la Scala

FRANCO DI MARE

Il caffè dei miracoli

Rizzoli

ISBN 978-88-17-07992-1
Prima edizione: aprile 2015

Impaginazione: studio pym / Milano

Il caffè dei miracoli

Ad Alessandra.
Il mio amore

Felice chi poté conoscere
le cagioni delle cose

Virgilio, *Georgiche*

Uno

Il primo ad accorgersi che qualcosa non andava fu Venanzio, lo spazzino – anche se lui preferiva la definizione di operatore ecologico, che, diciamo la verità, sembrerà pure esagerata però è una maniera per non mortificare il lavoro di un povero cristo costretto a raccogliere monnezza per portare un pezzo di pane a casa.

Alle sei del mattino, con la piazza deserta e il portone della chiesa ancora chiuso, quel... *coso* lì in mezzo sembrava addirittura più maestoso di quanto non fosse in realtà. Venanzio se lo trovò di fronte appena girato l'angolo. Peserà un paio di tonnellate, a occhio e croce, forse anche tre, pensò mentre lo rimirava, il mento appoggiato sull'asta della ramazza. Tu va' a sapere com'era arrivato fino a lì. Certo è che il giorno prima non c'era, poco ma sicuro.

E adesso eccolo là, enorme, bianco ma con alcune impercettibili venature grigie che, a detta di chi ci capiva, ne aumentavano il valore, anche se Venanzio questo non poteva saperlo. Lui si limitava a osservare che quel donnone di marmo, il fianco adagiato su un basamento che sembrava un baldacchino, aveva il culo più grosso che avesse mai visto in vita sua. E quell'esagerazione, quell'immenso mazzo nudo, era rivolto – che Dio abbia misericordia! – proprio verso la chiesa. Chissà il parroco come l'avrebbe presa quando aprendo il portone per la funzione delle sette se lo sarebbe trovato di fronte. Gli sarebbe venuto un colpo, di sicuro: non solo avevano messo la statua di una gigantesca chiattona nuda lì in mezzo, proprio davanti alla dimora del Signore, ma l'avevano piazzata pure col culo rivolto all'altare!

Non c'è più rispetto, pensò Venanzio scuotendo la testa. E, mentre rifletteva sui cambiamenti dei costumi e del comune senso del pudore, si accorse che su una natica, grande quanto il cofano della sua Panda, c'era appiccicato un foglio. Appoggiò la ramazza accanto al carretto coi secchi e si avvicinò a controllare. La frase che lesse non lasciava dubbi neanche a lui, che a malapena era arrivato alla licenza media. Sul foglio c'era scritto: "Modella dell'opera: Carmela Sgueglia".

Venanzio non ci poteva credere. Si guardò intorno sbigottito e poi tornò a leggere. Possibile? Davvero Carmela Sgueglia aveva fatto da modella per quella roba lì? Certo, Carmelina – come la chiamavano tutti – non era nota solo perché possedeva l'unico negozio di frutta e verdura del paese, ma anche perché era la titolare di un paniere, sì, insomma, di un fondoschiena che, stando alle malelingue, per consistenza ed estensione era secondo solo alla provincia di Salerno. Effettivamente, dovette ammettere Venanzio, a guardar bene c'era una certa somiglianza tra quel monumento di marmo e il baule che Carmelina, non senza fatica, era costretta a portarsi dietro. Lui ricordava ancora quella volta che, passando una mattina sotto il balcone di casa sua, l'aveva sorpresa a ritirare in gran fretta dallo stendino un paio di mutande così grosse che con tutta quella stoffa ci avrebbero potuto cucire le lenzuola di un letto matrimoniale. Ma da lì a immaginare che Carmelina avesse fatto da modella per uno scultore, via!, questa era una cosa a cui si faceva fatica a credere.

Carmelina era signorina, come si dice, viaggiava per i sessanta ed era nubile, non si era mai sposata e in paese nessuno le aveva mai attribuito storie, né estive né invernali, se si esclude un fidanzatino alle scuole medie, roba durata poche settimane che, vista l'epoca e gli sguardi sospettosi dei parenti, non poteva aver fatto grande danno. Insomma, Carmelina era conosciuta come una donna timorata di Dio che ogni domenica santificava il rito, seduta sempre negli scranni più vicini all'altare, la prima a mettersi in fila per ricevere il sacramento dalle mani di don Enzo. Figuriamoci se una così avrebbe mai posato nuda per uno scultore.

Certo, però, va pure detto che di questi tempi non si può essere più sicuri di niente e di nessuno. Chi se la sentiva di garantire per gli altri, chi avrebbe mai messo la mano sul fuoco, foss'anche per un parente, con quello che si legge sui giornali e si vede in televisione?, rifletteva Venanzio. Quotidiani e programmi tv erano pieni di cronache sorprendenti e, ai tavolini del caffè di Ernesto, tutti ricordavano ancora la storia di Rita Cannavacciuolo, una morettina di origini napoletane che per anni aveva lasciato credere a chiunque, marito incluso, che faceva la maestra in un paese a cinquanta chilometri da Bauci, il che spiegava i quotidiani spostamenti. E sarebbe andata avanti chissà per quanto tempo ancora se non fosse stato per Oreste Lo Cicero, che faceva il rappresentante di latticini e girava in lungo e in largo per la regione, ed essendo scapolo e puttaniere l'aveva trovata un giorno tra le ragazze di una casa chiusa a Nocera Inferiore, unica italiana in un gruppo di moldave e brasiliane e peraltro, pare, molto richiesta. Fu una storia di tale portata, quella, che a Bauci ci riempirono due lunghi inverni di discussioni al bar. Però era stata senza dubbio un'eccezione. Nessuna faccenda segreta poteva restare veramente tale, per tanto tempo, in un posto come quello. Aveva ragione Pasquale Infornato, che – a dispetto del cognome – faceva il tabaccaio e lui le storie non le doveva nemmeno andare a cercare, perché gliele portavano al negozio fresche fresche ogni giorno quelli che andavano a prendere le sigarette, a fare ricariche per i cellulari o a comprare detersivi, che in una tabaccheria di paese, si sa, si vende sempre un po' di tutto. «Qua stiamo a Bauci» diceva lui, «se non me lo dici adesso, lo vengo a sapere domani.»

E se qualcuno l'avesse drogata?, si chiese Venanzio. Sissignore, drogata: mica era una cosa impossibile. Proprio qualche sera prima la televisione aveva detto che c'era una nuova droga p-e-r-i-c-o-l-o-s-i-s-s-i-m-a che veniva dall'America e cancellava completamente memoria e volontà. Una cosa terribile. Se qualcuno te la metteva a tua insaputa nel caffè, finivi suo schiavo per ore e ore, e poteva farti fare chissà che cosa, magari pure costringerti a posare senza uno straccio addosso. E il giorno dopo non ricordavi più niente. Poteva essere capitato così a Carmelina, no?

Però, a riflettere bene, neppure questa ipotesi stava in piedi. Intanto perché per fare una statua come quella ci voleva ben più di una notte di posa, e poi perché uno scultore che poteva permettersi un blocco di marmo grosso come un camion – con quello che costano persino le piastrelle di ceramica, pensò Venanzio che ancora pagava le rate per aver rifatto il bagno di casa, figurarsi il marmo – che problema avrebbe avuto a tirar fuori qualche altro euro per pagarsi la chiattona più chiatta di tutte, quella col culo più gigantesco che c'è, per farle fare da modella?

Venanzio si sentiva di escludere anche l'ipotesi della vendetta di un amante respinto. Per quanto un deretano di quelle dimensioni potesse avere qualche estimatore, e lui stesso qualche sguardo più insistito a volte glielo aveva dedicato – come si dice? ogni treno ha i suoi passeggeri –, Carmelina non era certo un fiorellino tale da suscitare simili perdizioni.

Dunque non restava che un'ultima possibilità.

Carmela Sgueglia era stata vittima di uno scherzo.

Qualcuno l'aveva presa – per modo di dire, s'intende – per il culo.

Forte di questo ragionamento – che poi, quando si sarebbe trattato di commentare l'accaduto al bar, avrebbe riproposto pari pari a tutti, davanti al solito bicchiere di Aglianico con tre cubetti di ghiaccio –, Venanzio riprese a ramazzare la piazza, gettando ogni tanto un'occhiata al colosso.

Fu per questo che non si accorse che intanto don Enzo aveva appena aperto il portone della chiesa e per poco non gli era preso uno stranguglione. E che ci faceva quella roba là in mezzo? Nonostante fosse abbastanza lontana dalla scala che portava al sagrato, quell'oscenità aveva tali dimensioni che ignorarla era impossibile. Il prete non ebbe neanche bisogno di inforcare gli occhiali. Una roba del genere di fronte alla casa del Signore! Che oscenità! A chi poteva essere venuta in mente un'idea tanto blasfema? E tutto questo a pochi giorni dai festeggiamenti per la santa, oh Dio del Cielo...

Don Enzo portò la mano a coprire la bocca che era rimasta aperta per lo sgomento. Come avrebbero fatto a montare i paramenti sacri di fronte a quella roba? E come avrebbe potuto il corteo sfilare davanti a quello scempio, con la statua della santa in testa, portata a spalla dai fedeli? Più ci pensava e più inorridiva. Più immaginava e più gli montava il sangue alla testa. Come avrebbe potuto dire messa e levare in alto l'ostia con quel... con quella eresia esposta proprio davanti al Corpo di Cristo Benedetto? Tutto questo era inimmaginabile, un sacrilegio. Bisognava fare qualcosa. E presto anche.

Il parroco si riscosse e richiuse il portone quasi sul naso della sbigottita vedova Fasulo che, come ogni mattina, arrivava in anticipo per la funzione delle sette, un po' perché accendeva lumini per le anime del purgatorio prima della messa, e un po' perché soffriva di insonnia e alle cinque era già in giro per casa. «La messa è rimandata» le disse frettoloso mentre serrava il portone. C'è qualcosa di più importante da fare – che Dio mi perdoni – pensò. Andò in sagrestia, si schiacciò sul capo la berretta nera, quella delle occasioni ufficiali, e uscì di corsa, diretto a casa, che non era proprio dietro l'angolo. Doveva recuperare la sua agenda e chiamare subito l'arcivescovado. Bisognava informare sua Eccellenza. Era necessario che le autorità ecclesiali fossero messe al corrente: quella era una faccenda che si annunciava spinosa, spinosissima, certamente superiore alle sue possibilità di intervento.

Poi sarebbe andato al municipio.

Qualcuno – e lui sapeva anche chi – avrebbe dovuto dargli spiegazioni.

Due

Ormai era diventata una routine, parte del vivere quotidiano, per lui come per tutti. Però, ogni volta che ci appoggiava sopra i pensieri, quella faccenda della tecnologia lo lasciava stupefatto. Non che fosse incapace di destreggiarsi con gli ultimi ritrovati che il mercato offriva, sia chiaro. Anzi, non appena veniva annunciato il lancio di un nuovo gingillo, correva a comprarlo o faceva di tutto per averlo prima degli altri. Era proprio la cosa in sé a meravigliarlo ancora. Col tempo si era persuaso che il suo stupore fosse dovuto all'età e all'educazione che aveva ricevuto. Non poteva certo definirsi un nativo digitale, lui. Aveva da poco superato i sessanta e il suo curriculum scolastico si arrestava al diploma alberghiero conseguito a Castellamare di Stabia quando Gianni Morandi cantava *Chimera* e a Torino si celebrava la prima messa in italiano. Erano tempi, quelli, in cui Steve Jobs aveva i brufoli e il massimo che la tecnologia offrisse erano i calcolatori della Texas Instrument; Rocco Casillo era così appassionato di innovazioni che se ne era fatto spedire uno da un cugino che faceva il cameriere a Londra e, grazie a quell'oggetto miracoloso, riusciva a finire prima degli altri i compiti in classe di gestione aziendale, senza errori e all'insaputa del professore.

Preistoria era. Tu guarda adesso invece: aveva appena filmato con il suo smartphone l'installazione di un'opera maestosa, realizzata da uno dei più grandi scultori del mondo, e aveva spedito il video all'indirizzo di posta elettronica dell'artista, dall'altra parte del pianeta. In pochi secondi, e senza muoversi da Bogotá, il Maestro avrebbe potuto ammirare la sua opera, la *Maya tropical*, che ora faceva mostra di sé a Bauci, nella piazza più importante del paese, davanti alla facciata quattrocentesca della chiesa di Sant'Eufrasia, e di fronte al panorama mozzafiato della Costiera.

Miracoli della tecnologia al servizio del bello e – perché no? – della politica. Quell'installazione costituiva il modo migliore per celebrare l'incontro tra arte contemporanea, tradizione e territorio, la sintesi virtuosa che stava facendo di quel piccolo paese della Campania un centro artistico di fama internazionale e di lui un politico in ascesa: era stato o no rieletto sindaco al secondo mandato consecutivo con la lista civica "Insieme per Bauci"? E chi poteva negare che il successo crescente del Festival dell'Arte fosse dovuto all'attività di Rocco Casillo, primo cittadino del paese?

Quel Festival non l'aveva inventato lui, è vero, ma era nel corso della sua amministrazione che era diventato noto e apprezzato ovunque. L'anno precedente, per dire, aveva ospitato venti sculture di Alberto Giacometti che il direttore artistico aveva fatto collocare lungo le strade del paese a simboleggiare l'integrazione delle opere con il tessuto urbano. I turisti che giravano per Bauci si trovavano di fronte alle statue svoltando un angolo, o magari visitando il chiostro di un palazzo storico. «Si chiama museo diffuso, l'ho visto in un viaggio a San Diego» aveva spiegato ai membri della giunta comunale per giustificare i costi elevati dei premi assicurativi delle opere. Ma non era finita lì. Nella sala del palazzo comunale, quello stesso anno, avevano allestito una mostra dedicata a Katsushika Hokusai, la prima che raccoglieva così tante opere del più noto artista giapponese al di fuori del suo Paese: venticinque dipinti e oltre sessanta incisioni, inclusa la più famosa, *La Grande Onda*, che, come aveva detto un critico durante l'inaugurazione, sembrava predire con due secoli d'anticipo lo tsunami che avrebbe travolto la centrale nucleare di Fukushima.

Quello in particolare era stato il suo momento di gloria. Per l'occasione aveva indossato un abito blu cucito da Angelo Blasi (uno dei migliori sarti di Napoli, il solo in grado di farlo sembrare più magro), e sopra ci aveva messo con orgoglio la fascia tricolore. Era una celebrazione ufficiale e la forma andava rispettata: per il taglio del nastro era venuto da Roma il console giapponese, accompagnato da una delegazione dell'ambasciata, ed era arrivato pure il sottosegretario ai Beni culturali.

La mostra era stata un successone: oltre ventimila visitatori in soli due mesi. Un'altra medaglia da appuntarsi in petto, aveva gongolato sua moglie Renata: «Prima o poi vedrai che qualcuno a Roma si accorgerà di te. Hanno fatto senatori cani e porci, un posto a palazzo Madama un giorno o l'altro te lo daranno». Rocco la lasciava parlare e preferiva non pensarci, per scaramanzia, ma quel Festival dell'Arte avrebbe potuto portarlo lontano, lo sentiva.

Tutto lasciava presagire che anche quell'anno sarebbe andata bene. Dieci sculture e quaranta dipinti costituivano una magnifica personale per quello che era considerato il più grande artista latino-americano vivente. Ma il pezzo migliore, quello di maggior richiamo era senza dubbio la *Maja tropical*: l'omaggio del Maestro colombiano a Francisco Goya e alla sua *Maja desnuda*, o almeno così gli avevano spiegato.

Il sindaco sfiorò di nuovo il triangolino bianco sullo schermo del suo tablet e si godette ancora una volta il filmato dell'installazione notturna: quattro ore ci avevano impiegato per collocare l'opera nella posizione prescelta. E c'erano voluti dieci operai, tre tecnici, un architetto e una piccola gru.

«Queste sono soddisfazioni, Gaeta'» disse al segretario comunale che era appena entrato e lo aveva sorpreso a fissare il touchscreen. «Quando il Maestro vedrà come abbiamo sistemato la sua migliore realizzazione capirà anche perché abbiamo insistito tanto per averla.»

«Signor sindaco, qua fuori ci sta don Enzo che vi vorrebbe parlare» tagliò corto Gaetano, che era poco pratico di quelle cose.

«Don Enzo? Il parroco? E che vuole a quest'ora?»

«E io che ne saccio? Forse è meglio che lo chiedete direttamente a lui.»

«Vabbe', fallo entrare» si rassegnò il sindaco. Un prete alla porta, e peraltro di buon mattino, in genere è portatore di problemi. Il sindaco si diede una toccatina al cavallo dei pantaloni, perché magari saranno pure fesserie – pensò – ma una precauzione non costa niente.

Tolse la mano giusto in tempo per tenderla al sacerdote, trafelato. Don Enzo si sedette senza chiedere permesso, nonostante il sindaco fosse ancora in piedi per accoglierlo. Guai in vista, rifletté Casillo: la grattatina si era rivelata una misura inefficace.

«Carissimo don Enzo, a che devo la vostra gradita visita di buon mattino? Vi faccio portare un caffè?» esordì il sindaco risedendosi.

«Grazie, ma lasciamo stare il caffè. Entro subito in argomento, se non vi dispiace. Stamattina, aprendo la porta della chiesa per la messa delle sette, ho avuto una bella sorpresa...» e si zittì, ritenendo il prologo sufficiente perché il sindaco proseguisse per conto proprio. Ma Casillo invece taceva e lo guardava anzi perplesso.

«Insomma, sindaco» si spazientì don Enzo, «come credo dovreste sapere, davanti alle scale della chiesa, a pochi metri dal sagrato, ci sta una statua che ieri sera, dopo la funzione delle otto, non c'era.»

«Ho capito» concesse il sindaco. «È la *Maja tropical*: si tratta di un'opera straordinaria di uno dei massimi scultori viventi, il pezzo migliore del Festival dell'Arte di quest'anno.»

«Ma quale "pezzo migliore", sindaco, la vostra Maja sbatte il didietro in faccia all'altare!» sbottò padre Enzo senza mezzi termini, perché perfino un servitore di Dio a volte può perdere la pazienza e – come si dice – quando ci vuole ci vuole.

«Ah» fece il sindaco.

«Eh già» ribadì don Enzo. E approfittando dell'imbarazzo che si era creato, aggiunse rapido: «Spiegatemi voi come faccio a tenere messa, con il portone aperto, davanti a quel... Signore mio, che mi fai dire!... di fronte a quell'oscenità».

«Ma... ma caro don Enzo» balbettò Casillo, «in fondo si tratta solo di una statua. È un'espressione artistica. Peraltro le forme sono volutamente enormi, non realistiche. Guardate, lo spiega anche il testo di presentazione, ce l'ho qui, eccolo...» E si allungò a prendere una brochure fresca di stampa che stava in un angolo della scrivania.

«Ho capito, sindaco, qua nessuno sta pensando ai roghi della santa inquisizione, e non vogliamo mettere le foglie di fico a copertura delle pudenda, ma voi come...»

«Ecco qua» lo interruppe il sindaco, che iniziò a leggere ad alta voce aggrappandosi alle parole come un naufrago al salvagente: «"Il grande artista... eccetera eccetera..." Ah, ecco il passo che cercavo: "La dimensione grottesca del corpo umano...". Sentite bene don Enzo, questo è il passaggio fondamentale: "... in cui l'esasperazione delle forme, la loro ridondanza, sembra manifestare l'aspirazione a un progetto di rinnovamento dell'individuo, una sorta di nuova Creazione, come un anelito al divino che però intanto si fa corpo. La carne trasfigura il suo immanente in simbolo mistico, come nella rappresentazione dell'estasi di santa Teresa da... da..."». Rocco Casillo si era inceppato nella lettura: ma di dov'era quella santa?

«Santa Teresa d'Avila» intervenne don Enzo, che cominciava a perdere la pazienza. «Sindaco, lasciamo in pace la mistica dei santi. Qua santa Teresa non ci azzecca niente. Qua stiamo parlando di un fondoschiena grande come una Cinquecento che sta proprio dirimpetto all'altare. Mi spiegate come faccio a servire messa con il portone aperto e con quel coso in faccia al crocifisso?»

«E voi non lo potete chiudere il portone, don Enzo? Dopotutto si tratta di tre mesi appena...» L'aveva detto preso dalla disperazione, ma se n'era già pentito, perché don Enzo lo guardava da sotto in su.

«Ma che dite, sindaco! La nostra chiesa ha sempre avuto le porte aperte! Sempre. Voi sapete cosa era sant'Eufrasia prima di diventare santa?»

«Certo, come no» quasi balbettò Casillo, imbarazzato per quell'inattesa interrogazione. Mica aveva fatto il classico, lui... Ma, visto che don Enzo aspettava, si buttò, facendo appello a quello che ricordava di avere letto da qualche parte: «Si fece eremita nel deserto, rinunciando alle ricchezze...».

«Quella è sant'Eufrasia in Tebaide, sindaco. La nostra sant'Eufrasia, che poi sarebbe Maria di sant'Eufrasia Pelletier, è la fondatrice della Congregazione delle suore della Carità del Buon Pastore. E cosa vuol dire Carità del Buon Pastore?»

Don Enzo si era un po' sporto in avanti, scrutandolo da sopra gli occhiali, e al primo cittadino ricordò per un attimo il professore di matematica quella volta che lo aveva sorpreso a vendere le prestazioni del suo calcolatore ai compagni di classe meno dotati.

«E che cosa vuol dire?» deglutì il sindaco.

«Vuol dire celebrare il dono dell'accoglienza. Ecco cosa. Per questo, in ossequio alla santa, teniamo le porte della chiesa sempre aperte. Avete capito adesso perché non le possiamo chiudere per fare un favore all'artista e all'amministrazione di Bauci?»

L'altro taceva, cercando con gli occhi in un angolo del pavimento la soluzione a un problema che più passavano i minuti, più si annunciava foriero di guai grossi come i monti Lattari.

«E questo senza contare che per la festa della santa ci sarà la processione, nella quale vooooiii» e, puntando il dito verso il sindaco, don Enzo allungò sapientemente le vocali, caricando di responsabilità il pronome «sfilerete subito dietro la statua della santa. E il corteo passerà proprio davanti a quel... a quel coso lì. Come se non bastasse, quel giorno in chiesa, oltre al sottoscritto, ci sarà il vescovo che, se dessimo retta alla vostra amministrazione, dovrebbe celebrare messa e sollevare l'ostia consacrata di fronte a quell'affare artistico, chiamiamolo così. Adesso vi rendete conto del problema?»

Rocco Casillo, eletto primo cittadino con 1.689 preferenze, cominciò a intuire che la dimensione del problema stava diventando grande almeno quanto il fondoschiena della *Maja tropical.* Nessun amministratore sano di mente poteva coltivare aspirazioni politiche nazionali senza l'appoggio della Curia. Se voleva continuare a sognare un futuro romano, bisognava rimediare all'errore, e subito.

«Don Enzo, io vi giuro sul mio onore che troveremo una soluzione. La processione si farà senza alcun problema, ve lo garantisco.»

«E per le messe quotidiane che facciamo? Per quanto tempo dovremo tenere quell'inno marmoreo a Sodoma di fronte alla chiesa?» incalzò il sacerdote.

«Troveremo presto una soluzione anche per questo, ve lo prometto solennemente, quanto è vero che mi chiamo Rocco Casillo.» E così dicendo si alzò, prese la mano a don Enzo e si inchinò a baciarla, neanche portasse l'anello vescovile.

Il prete aveva varcato da un minuto il portone del municipio, quando un urlo belluino risuonò per i corridoi del palazzo.

«Gaetanooo!»

Il solo che lì dentro potesse rispondere era Gaetano Melchiorre, segretario comunale, che si precipitò nella stanza del sindaco.

«Che è successo?»

«Trovami subito Davide Ferrigno. Ho provato a chiamarlo ma ha il cellulare staccato. Corri a vedere se sta al bar e portamelo qui. Di corsa.»

«Volo» disse Gaetano che, anche se certi compiti di piccola manovalanza non spettavano a lui, sapeva bene che quando il sindaco stava in quello stato era meglio non contraddirlo. E si lanciò giù per le scale.

Rimasto solo, Rocco Casillo si accese una Marlboro. Davide Ferrigno era l'assessore alla Cultura. Era lui che l'aveva infilato in quel casino, toccava a lui tirarlo fuori.

Ma poi – si chiese il sindaco succhiando la sigaretta – 'sto Fernando Botero chi cazzo è?

Tre

Non ci sono chiacchiere che tengano: se usi quelle violette, le melanzane a funghetto vengono molto più buone, hanno un sapore diverso, sono proprio un'altra cosa.

Sono quelle le melanzane migliori, senza dubbio. Si chiamano proprio così, violette, perché alla base, vicino allo *streppolo*, il nero lucido della buccia diventa di quel colore cangiante. Sono più saporite perché sono strette e lunghe, hanno poco pane dentro, e quasi nessun seme. Per questo sono adatte per la frittura: non si sfaldano mai e la polpa compatta non si impregna d'olio. Bastano alcuni minuti, poi le asciughi e le ripassi in padella con due pomodorini del *piennolo*, quelli che si appendono per completare la maturazione, e due foglie di basilico dell'orto. Se le mangi così, accompagnate da una fetta di pane casareccio, embè, allora vedi il paradiso.

Mentre sistemava le sue violette sul banco fuori dal negozio, una accanto all'altra come soldatini, Carmelina pensava che lei invece ci doveva stare attenta a cosa mangiava. Il medico le aveva proibito questo e quello.

«Il diabete è una brutta bestia, Carmeli'. Se fai la brava e mi stai a sentire, non succede niente. Se invece sgarri, fai di testa tua e ti abbboffi, allora lui ti mozzica, ti morde e ti fa male» le aveva detto.

Era bravo il dottor Lo Giudice, lo dicevano tutti. Era un professore. Però, secondo le sue raccomandazioni, lei avrebbe dovuto fare colazione con un caffè amaro, due fette biscottate e due cucchiaini di marmellata. A pranzo settanta grammi di pasta al pomodoro e una verdura senza sale, con due gocce d'olio. La sera tre etti di pesce in bianco e un frutto. Vino niente, frittura neanche a parlarne. I dolci poi, be', quelli erano peggio del diavolo.

Insomma, 'na vita 'e mmerda, sintetizzava lei. Il peggio era che aveva un negozio di frutta e verdura e ogni volta che guardava i doni della natura che sistemava nelle ceste e sui ripiani del banco, le immaginava addobbate, arricchite e insaporite da condimenti e spezie. Sotto i suoi occhi quelle meraviglie si trasformavano nei piatti sontuosi della cucina borbonica che le aveva insegnato sua madre quando era ancora 'na creatura: pizze ripiene, minestre maritate con le spuntature, fagioli con le cotiche di maiale, scarole uva passa e pinoli, friarielli con il peperoncino, piselli saltati con la pancetta, zucchine fritte, a barchetta, imbottite di carne, parmigiana di melanzane, peperoni ripieni di pane, capperi e olive.

Quelli erano i suoi angeli e i suoi demoni, il solo peccato che si concedeva. Di notte, quasi di nascosto da se stessa, come posseduta, si alzava dal letto e, incitata dai brontolii della pancia vuota, si spingeva in cucina e saccheggiava il frigorifero. Poi la domenica, giorno di contrizione, si inginocchiava nel confessionale e don Enzo, in cambio di qualche pater nostro, le perdonava tutto per delega divina, anche se quello di gola era un peccato capitale e lei non si può dire che si mostrasse davvero pentita.

«Carmelina, mi date un po' di zucchine?»

A distoglierla dai suoi pensieri era una cliente di riguardo, la dottoressa Neri.

«E come no, dottore'! Sono speciali. Vedete come sono piccoline? Sono piene di sapore. Se le fate a fettine sottili e le friggete, poi le condite con uno spicchio d'aglio, un po' d'aceto e qualche foglia di basilico, vi viene una scapéce meravigliosa.»

«Veramente, Carmelina, io pensavo di farle bollite, con un filo d'olio a crudo e due gocce di limone. Anzi, se avete un poco di mentuccia...»

«Certo che ce l'ho. Però è un peccato, con zucchine come queste... è uno spreco.»

«Carmeli', complimenti! E quando ti vediamo sui giornali?» Fu Gennarino Nicotera a interrompere la conversazione gastronomica. Se ne stava a gambe aperte sulla moto, il sorriso insolente, proprio di fronte al negozio. Che cosa voleva dire quello sfacciato? Gennarino faceva parte di quel gruppo di nullafacenti che ciondolavano tutte le sere al bar e che le fischiavano sempre dietro quando lei, tornando a casa, era costretta a caracollare davanti ai loro tavolini e ad ascoltare i loro commenti scostumati: «E quanta roba, Carmeli'!», «Gesù, che abbondanza...», «E che ci hai messo il lievito, per farlo venire così?», «Si vede che il Padreterno quando ti ha fatto si è distratto e invece dei pani e dei pesci ha moltiplicato un'altra cosa...».

Lei faceva sempre finta di non sentire, ma le loro battute erano come coltellate.

«Hai cambiato mestiere?» insistette lo svergognato.

«Che volete dire, scusate?» intervenne d'impeto Elvira Neri, che in vita sua ne aveva passate troppe per consentire a un uomo di prendersi gioco di una donna in sua presenza.

«Che Carmelina tiene una doppia attività. Di giorno vende *cocozze* e *cocozielle* e la sera fa la modella per gli scultori importanti...»

Elvira si girò a guardare Carmelina, che aveva lo stupore dipinto sul volto. «Ma che state dicendo?»

«Voi affacciatevi un po' sulla piazza...» disse lo sfacciato ridando gas. E mentre la moto lo allontanava dai loro sguardi, risuonarono chiare le parole della canzoncina che stava cantando, un vecchio motivo di Renato Carosone: «Carmela è 'na bambula e ffà 'ammore cu' mme...».

«Ma che significa? Che ci sta sulla piazza?» chiese allarmata Carmelina.

«Voi trovatemi la mentuccia per le zucchine e, giacché ci state, preparatemi pure due pomodori. Io intanto vado a controllare. Datemi cinque minuti e ritorno» disse Elvira. E si avviò.

Non era affatto vero che la dottoressa Neri odiava gli uomini, come qualcuno malignava in paese. Era una che non dava confidenza, questo sì. Il fatto è che gli uomini che aveva conosciuto non si erano distinti per correttezza. C'erano stati due amori nella sua vita. E alcuni errori. Uno in particolare, l'ultimo, era stato il peggiore fra tutti. Un terremoto, una maledizione. Un uomo affascinante che alla lunga si era rivelato un vampiro, come tutti i narcisi. L'aveva riempita di bugie e tradimenti. Erano passati due anni da quando era sparito, ma Elvira ne portava ancora i segni.

Ogni volta che poteva, scappava nella vecchia casa di Bauci, il rifugio della sua infanzia. Era un palliativo necessario, in certi momenti, come una boccata d'aria fresca, un balsamo per le ferite che cercava di non mostrare a nessuno, ma che di notte spesso si facevano sentire e le laceravano sonno e pensieri. Un amico psichiatra, a Roma, dove viveva, l'aiutava con qualche farmaco. Ma a volte, quando il dolore le toglieva il respiro, neanche quelli bastavano. Allora si alzava e si metteva al computer a lavorare come una forsennata, augurandosi che la stanchezza avesse la meglio e la sfinisse.

Ma a Bauci i tranquillanti non le servivano. Era il paese stesso che aveva l'effetto di un calmante. Quando percorreva quei vicoli dove era stata bambina, per lei era come acciambellarsi sotto le coperte, al riparo da tutto, mentre fuori piove. Ogni pietra le offriva un appiglio sicuro, un ricordo accogliente, ogni strada e ogni casa la avvolgeva con il calore della familiarità. E quando poi si affacciava dai giardini del Belvedere e lo sguardo si allargava al mare e all'orizzonte, allora il cuore si apriva perfino a qualcosa che somigliava alla serenità e alla speranza. Quando era a

Bauci, a Elvira pareva rassicurante perfino l'antico maniero che, dalla cima della collina, dominava il paese, quello dove i turisti rabbrividivano alle descrizioni delle guide e al loro racconto dei lamenti della contessa, suicida per amore, il cui fantasma vagava ancora di notte nelle sale abbandonate, in cerca di pace.

Nel nido caldo della sua infanzia, fra le strade ricoperte di sampietrini, i profumi dei limoneti che la brezza portava dalla costa e i volti antichi della sua gente, Elvira Neri riusciva a dimenticare.

Non li odiava gli uomini. Ma senza dubbio era diventata diffidente e non tollerava più alcun compromesso con la vacuità di certi atteggiamenti maschili. Come la sparata che aveva fatto quel cretino in moto. Di qualunque cosa si trattasse, che gusto c'era a prendersi gioco di una donna fragile come Carmelina?

Se lo stava ancora chiedendo quando si trovò di fronte alla *Maja tropical*. Botero non era il suo scultore preferito, lei amava Calder, uno che si esprimeva attraverso gli equilibri e la leggerezza, proprio il contrario della potenza della materia espressa dal gigantesco deretano che dominava la piazza. Tuttavia, osservando meglio, dovette ammettere che l'insieme aveva una sua armonia. Quel corpo immenso, tutto curve e rotondità, adagiato come su un triclinio, rimandava alla sinuosità della costa che la statua sembrava rimirare, con lo sguardo rivolto al mare e la testa appoggiata nell'incavo della mano. Era suggestivo. Perfino bello, ammise.

C'erano tre persone che si trovavano a un metro dall'opera; guardavano qualcosa e parlottavano tra loro. Ridacchiavano, anzi. Si avvicinò anche lei e solo allora si accorse del biglietto: "Modella dell'opera: Carmela Sgueglia".

Non ci pensò due volte, lo strappò e lo appallottolò, sotto gli occhi sorpresi dei tre.

Tornò indietro a passo svelto. Le stava montando dentro l'ansia, preludio delle sue crisi notturne. Respirò a fondo, tentando di dominarla. Non voleva farsi turbare da un gruppo di ignoranti il cui unico divertimento era prendere in giro una donna obesa.

«Che cosa c'era in piazza, dottoressa?» le chiese Carmelina non appena la vide riapparire sulla soglia del negozio.

«Niente, Carmeli'. Sciocchezze. Hanno messo una statua con un bel didietro e qualcuno ha scritto che era il vostro. Ecco qua il biglietto che ci stava sopra. L'ho staccato. Uno scherzo scemo. Mica ci vogliamo fare il sangue amaro per questo, no?»

Carmelina si abbassò verso la cesta delle *percoche* e iniziò a sistemarle una sull'altra. Quell'anno erano proprio belle, la buccia come velluto, senza un'imperfezione, gialle e rosse, lo stesso colore del sole quando si buttava in acqua davanti al lungomare di Amalfi, dove la portava a fare i bagni il suo papà, quando lei era ancora una bambina. Felice e magra.

«Sapete che facciamo, Carmeli'? Mi è venuta una bella idea» le disse Elvira d'un fiato, come scuotendosi.

Carmelina la guardò senza parlare.

«Adesso mi date un poco di friarielli. Poi passo da Giovanni e mi faccio dare mezzo chilo di salsicce. Le cucino in padella insieme ai friarielli, che è la morte loro. Le zucchine invece le faccio fritte alla scapéce, come dicevate voi. In frigorifero tengo una bottiglia di Furore, un vino buonissimo che fa una donna in gamba, Marisa Cuomo, una femmina con le palle, come dicono gli uomini ignoranti, quelli senza fantasia. Comunque, proprio il vino che ci vuole per la cena che facciamo stasera. Che ve ne pare?»

Carmelina la guardava stranita. Non era sicura di aver capito bene: *la cena che facciamo stasera*? Facciamo chi? Possibile che la dottoressa Neri la stesse invitando?

«Voi lo sapete dove abito io, no?» la incalzò Elvira col tono sicuro di chi non ammette repliche o dinieghi.

«Come no, dottoressa. State a vicoletto Marinari, una traversa di via Roma. Me lo ricordo perché era là che a volte portavo la spesa a vostra madre, buonanima.»

«Ecco, brava, ci vediamo da me quando chiudete il negozio.»

Carmelina era confusa. Allora aveva capito bene. Si trattava di un invito a cena. Ma come fare ad accettare? La dottoressa Neri era una persona per bene, sempre gentile con lei, una vera signora, ma non era famosa per dare tutta quella confidenza. Insomma, anche se Carmelina la conosceva da tanto tempo, lei restava la fruttivendola e la signora una cliente di riguardo.

«Mi farebbe piacere, dottoressa, non dico di no» rispose, «ma il professor Lo Giudice – lo conoscete, no? – mi ha raccomandato di stare attenta a quello che mangio. Il diabete è una brutta bestia, me lo ripete sempre.»

«Uh Carmeli', e vuol dire che noi al dottor Lo Giudice non gli raccontiamo niente. Per una volta interrompiamo la dieta, voi ed io. Che volete che succeda, per una sera?»

«Non lo so se faccio bene...»

«Ma perché, tenete appuntamento con qualcuno?»

«Chi io? No, per carità! E poi con chi?» si schermì Carmelina.

«E allora ci vediamo da me quando chiudete. Per stasera non vi preoccupate del diabete, state tranquilla. Dottore è Lo Giudice e dottoressa so' pure io.» E così dicendo, Elvira prese le verdure e se ne andò, lasciando il dovuto sulla cassa e un sorriso incredulo stampato sul volto di Carmelina.

Sorrise anche lei mentre a passo sicuro si avviava da Giovanni a comprare le salsicce per la cena.

Dottoressa era anche Elvira Neri, e chi poteva negarlo? Però in storia dell'arte.

Ma per quella sera non avrebbe fatto differenza.

Quattro

Per quanto vantasse una laurea in Lettere con una tesi sulla traduzione dell'*Odissea* di Livio Andronico, non si poteva certo affermare che Davide Ferrigno presentasse tratti in comune con gli eroi omerici. Macché. Coraggio zero. Nessuna intraprendenza. Risolutezza nemmeno. A differenza del pelide Achille, per dire, lui non adduceva lutti nemmeno alle mosche. A volerla raccontare tutta, insomma, l'assessore Ferrigno era uno che trasaliva all'apparire della sua stessa ombra.

Che cosa ci facesse uno del genere in politica – territorio che sempre più era diventato un luogo di pirati e filibustieri, teatro di scorribande di briganti e gente con un pelo sullo stomaco alto così –, be', questo restava un mistero irrisolto quanto quello della piccola Atlantide nelle acque di Amalfi, sulla cui esistenza tutti giuravano ma nessuno, fino a quel momento, aveva ancora prodotto uno straccio di prova.

Quando si trovava solo con se stesso, stretto all'angolo, braccato dalla verità, Davide Ferrigno era costretto ad ammettere che era entrato in politica solo perché ce lo aveva trascinato Rocco Casillo. Ora era diventato un uomo di una certa importanza, ma doveva tutto al sindaco. Se non fosse stato per lui, sarebbe rimasto uno dei centomila precari impantanati nella palude del sistema scolastico nazionale.

Era andato a incontrarlo al Publio Virgilio Marone di Meta di Sorrento, il sindaco, dove Ferrigno era professore di storia dell'arte, ché le cattedre di lettere, latino, greco e filosofia erano già assegnate e dunque si era dovuto adattare. Le ore di insegnamento che gli avevano concesso erano poche, è vero, ma gli servivano a fare punteggio in attesa del prossimo concorso.

«Ma quale concorso, Davide» gli aveva detto Casillo offrendogli un caffè shakerato in un bar di piazza Tasso a Sorrento, lontano dalle malelingue di Meta. «Tu aspetti ancora la Divina Provvidenza. Però sai che ti dico? Tu sei un uomo fortunato, perché oggi piove nella terra tua. La provvidenza è arrivata, Davide! Sta seduta davanti a te e si chiama Rocco Casillo.» E così gli aveva spiegato il suo progetto. A Bauci bisognava investire ancora di più in cultura. Lui non aveva fatto il classico, certo, ma aveva capito che le città d'arte e quelle che investivano su iniziative culturali qualificate riempivano le casse comunali e aumentavano peso specifico e potere di chi le aveva promosse. Tu guarda quello che era successo a Bauci da venti anni a quella parte – gli aveva spiegato – da quando cioè alcuni grandi artisti si erano ritirati a svernare nel piccolo borgo addossato ai monti Lattari, a strapiombo sul mare: quel paesino fuori dalle rotte turistiche era diventato il *buen retiro* della ricca comunità artistica internazionale. Questo aveva fatto partire tutte le attività produttive e di servizio, dagli alberghi ai ristoranti, dai bar agli affittacamere, dalle piccole gallerie agli artigiani fino all'ultimo negoziante. Quella tribù zingara e snob che si muoveva lì intorno procurava lavoro a un piccolo esercito di camerieri, tecnici, interpreti, operai, autisti, panettieri, edicolanti, pittori, muratori. In pochi anni l'intera Bauci si era trasformata da povero centro contadino, dimenticato da Dio e dagli uomini su un pizzo di montagna della penisola sorrentina, a località chic e alla moda. I più grandi nomi della cultura italiana e non solo erano passati da lì. Qualcuno aveva anche preso casa, presto imitato da altri. Gli ingranaggi del mercato immobiliare si erano messi in moto senza più fermarsi. In meno di venti anni le case del paese avevano decuplicato il loro valore. Oggi un vecchietto che aveva un buco da vendere si poteva godere una vita tranquilla.

E tutto questo poteva ancora migliorare, secondo il sindaco.

«Sono stato una settimana in Costa Azzurra lo scorso ottobre, con la mia famiglia. Sei mai stato a Saint-Paul-de-Vence?» gli aveva chiesto, e aveva continuato senza che il professor Ferrigno avesse il tempo di replicare che no, non c'era mai stato. «È un paesino di meno di quattromila anime, Davide. E lo sai tu quanti siamo noi a Bauci? Tremilanovecentosessantatré, più o meno la stessa cosa. Ma tu lo dovresti vedere quel posto: è 'na bomboniera. Le strade sono pulite, i negozi curati, ci sono alberghetti e ristorantini ovunque, i balconi delle case sono pieni di fiori. Dovunque vedi una ricchezza che si tocca con mano. E i turisti? Migliaia, ogni santo giorno. Per camminare per quelle stradine devi fare a mazzate, tanti ce ne sono. E sai perché? Perché là ci sono passati tutti gli artisti del mondo. Come a Bauci, dirai tu. Esatto. Ma allora perché Bauci non è ancora altrettanto famosa?» E, di nuovo senza attendere risposta, aveva continuato. «Te lo dico io: perché a noi mancano l'organizzazione, la determinazione e il progetto, ecco perché. Però – e qua viene il bello, Davide – io tengo tutt'e tre le cose.» E così dicendo aveva spostato la sedia in avanti, avvicinandosi ancora di più al professor Ferrigno.

«Ma per portare avanti il mio piano di lavoro ho bisogno di un uomo di fiducia.» E gli aveva afferrato un braccio fissandolo dritto negli occhi e abbassando un po' il tono della voce. «In qualunque altra piccola amministrazione comunale di questo Paese l'assessore alla Cultura è il più scemo della giunta. E comunque, pure se è intelligente, non conta un cazzo. Il massimo che gli lasciano fare è la sagra dei taralli o un premio giornalistico. A Bauci invece, se le cose vanno avanti come dico io, quell'assessorato diventerà centrale, pure più importante di quello all'urbanistica. Perché lo sviluppo del paese, Davide, dalle prossime elezioni in poi, dovrà ruotare ancora di più intorno all'arte. È quella che ci ha portato il benessere. E se le cose procederanno bene, ci porterà pure la gloria. E adesso sta' a sentire quello che ti dico, perché tu oggi hai vinto la lotteria. Il futuro assessore alla Cultura della giunta Casillo sei tu.»

Il professor Davide Ferrigno, che lo aveva ascoltato fino a quel momento senza riuscire a proferire nemmeno una parola, quando finalmente avrebbe potuto replicare qualcosa, era riuscito a dire soltanto: «Io? Ma perché proprio io?».

«Lo sapevo che me lo avresti chiesto» aveva detto il sindaco stirandosi sulla sedia e buttando giù un sorso di caffè prima di rispondere. E poi aveva spiegato: «Sarai il mio assessore alla Cultura per tre ragioni, Davide: primo, perché sei di Bauci, e le radici contano, sennò come faccio a inserirti nella lista civica? Secondo, perché sei l'unico professore di storia dell'arte di tutto il paese, quindi la tua candidatura è inattaccabile, sei la persona giusta al posto giusto; terzo, perché sei amico mio, e tanto basta. Bada bene Davide: di tutti e tre questi motivi, è l'ultimo quello più importante, quello che conta veramente» e così dicendo il sindaco aveva suggellato l'accordo (perché – si sa – chi tace acconsente, e il professor Ferrigno non aveva spiccicato verbo fino a quel momento) con un vigoroso pizzicotto sulla guancia e due pacche sulla spalla.

Adesso l'assessore alla Cultura di Bauci stava realizzando che cosa avesse voluto dire il sindaco con quell'affermazione. Paonazzo in volto, Rocco Casillo andava su e giù sbuffando come un cinghiale, la sigaretta incollata alle dita.

«Ma come cazzo ti è venuto in mente, dico io, come?»

«Tu sai bene che l'intero percorso della mostra e la collocazione di quell'opera era stato visto e approvato anche da...» provò a obiettare Ferrigno.

«E chi se ne fotte chi l'ha visto e approvato, Davide! Se io ti do carta bianca è perché mi fido di te, perché penso che consideri tutti gli aspetti della faccenda, non soltanto i nomi di quelli che devi invitare al Festival!»

«È quello che ho sempre fatto, le opere di Botero non erano mai state considerate imbarazzanti neanche quando...»

«E invece imbarazzanti lo diventano, se piazzi un culo di tre tonnellate in faccia all'altare di Sant'Eufrasia! Come fai a non sapere che tra qualche settimana c'è la processione e a Bauci viene pure il vescovo di Salerno?» urlò il sindaco.

Nella stanza si era fatto silenzio. Alle ragioni di opportunità geopolitiche, diciamo così, l'assessore Ferrigno non aveva pensato. Botero era cattolico, alcune sue opere erano state esposte anche sui sagrati delle chiese. A Pietrasanta, dove il grande artista colombiano aveva eletto la sua dimora italiana, a lui non risultava che il parroco avesse mai protestato per la collocazione delle opere del Maestro. Chi poteva immaginare che a Bauci potesse scoppiare un tale putiferio... Erano in un *cul de sac*. Bisognava farsi venire un'idea.

«Forse ho trovato, sindaco!»

All'annuncio Ferrigno si era alzato in piedi per l'entusiasmo.

Casillo interruppe il suo andirivieni e lo guardò senza parlare, in attesa.

«Giriamola» disse l'assessore. E per spiegarsi meglio si avvicinò alla scrivania e fece ruotare sul suo asse la riproduzione in miniatura del *Pensatore* di Rodin che il sindaco usava come fermacarte. «Se giriamo la *Maja tropical* dall'altra parte, spalle alla costa, insomma, la statua non mostrerebbe più le terga alla chiesa e non ci sarebbe più il problema della presunta offesa all'altare...»

Il sindaco chiuse gli occhi, tirò un sospiro e poi disse: «Davide, ma tu te la ricordi la statua o no?».

«E come no» rispose l'assessore, perplesso.

«E te lo ricordi che non tiene uno straccio addosso, vero?»

«Certo.»

«E mi spieghi se la giriamo che cosa cambia? Tu pensi che se verso l'altare invece del culo ci mettiamo le zizze è meglio? Due zizze, poi, che sono quanto i copertoni di una macchina, eh?» Il volto del sindaco andava riacquistando un preoccupante colore paonazzo.

L'assessore si risedette e si zittì. Rocco Casillo fece un tiro alla quarta Marlboro della mattina. Come fai a smettere di fumare con collaboratori del genere?, si chiese. Poi, con tono grave, disse, come fra sé e sé: «Non c'è niente da fare. La dobbiamo spostare da lì».

«Non penso sia possibile, sindaco» replicò mogio l'assessore, dopo qualche secondo di silenzio.

«Come sarebbe a dire? E perché non si può fare?» saltò su il primo cittadino.

«Per problemi di budget. Non abbiamo i soldi.»

«Ma com'è possibile?»

«La collocazione di quella sola opera ci è costata tremilacinquecento euro, centesimo più, centesimo meno. Ce ne vorrebbero altrettanti per rimuoverla e collocarla altrove. Quei soldi non ci stanno perché abbiamo dato fondo a tutto quello che avevamo per allestire il Festival. Ma il problema non è solo questo. Se anche trovassimo i fondi, dove la mettiamo? Tutte le zone espositive sono occupate da altre opere. Non possiamo fare come al gioco dei quattro cantoni. Quelle sono statue, mica sedie: la più piccola pesa novecento chili.»

Il sindaco aveva ascoltato senza dire una parola. Effettivamente era un problema che non aveva considerato. Dove diavolo avrebbero potuto spostare la *Maja tropical*? Bauci era quello che era. Le uniche zone dove poter collocare opere di una certa dimensione erano tutte occupate. Ma quand'anche avessero individuato un luogo adatto, come avrebbero portato a termine un'operazione del genere in modo discreto? Già gli sembrava di sentire gli strali dei consiglieri dell'opposizione. Già, l'opposizione... Quell'infame del loro capogruppo aveva presentato una mozione di sfiducia quando la giunta aveva sottoposto al Consiglio l'approvazione della delibera con le spese previste per l'allestimento e la gestione del Festival dell'Arte. «Non comprendiamo con quale senso di responsabilità nei confronti della comunità di Bauci, e dell'intera comunità nazionale, in un momento così drammatico per i destini del Paese a causa del perdurare della crisi, la sua giunta, sindaco, possa pensare di avviare un progetto faraonico stornando risorse della collettività che potrebbero essere invece destinate a rimettere in moto l'economia locale, che quest'amministrazione sta contribuendo ogni giorno di più ad affossare.» Parola più parola meno, così aveva detto Alfio De Santis, ex sindaco e leader della lista del "Campanile", di sicuro perché roso dal livore per i successi che la nuova giunta aveva registrato anche sul piano internazionale. Che si fottesse, pensò Casillo.

Intanto, però, il problema restava. Forse, se avesse trovato qualche euro, dirottandoli da altre voci di bilancio (e magari riattivando l'autovelox che aveva fatto togliere giù sulla statale, all'ingresso del paese, alla vigilia delle passate elezioni) avrebbe potuto collocare l'opera accanto all'arco medievale, oltre le mura di Bauci, dove avevano avviato i lavori di costruzione del parcheggio.

«Mettiamola davanti alla porta di Federico II» disse risoluto. E tirò soddisfatto un'altra boccata di fumo dalla Marlboro: doveva pensare sempre a tutto lui.

«Sindaco, ma quello è un cantiere aperto» si lamentò l'assessore.

«E allora?»

«E allora uno come Botero non accetterà mai la collocazione di una delle sue opere più importanti in un posto così. L'intero percorso espositivo è stato studiato direttamente dal Maestro. C'è il rischio che se noi mettiamo la *Maja tropical* a cento metri dalle betoniere, lui chieda il ritiro di tutte le opere. Se succede una cosa del genere l'opposizione ci mangia vivi e noi finiamo sulle prime pagine dei giornali.»

«E qua sì e qua no, e lì va bene e là non va bene... E che rottura di palle però!» sbottò il sindaco. «Come se un povero cristo non avesse già i suoi problemi! Ci si mettono pure gli artisti adesso...» Casillo si era fermato in mezzo alla stanza e parlava con chissà chi, guardando in aria e agitando le braccia. «Eppure dovrebbero capire anche loro i sacrifici e l'impegno di un amministratore comunale. È un anno intero – un anno! – che lavoriamo per far arrivare sui monti Lattari marmi a tonnellate... E questo è l'apprezzamento, questa è la gratitudine... Mò sta' a guardare che per cento metri, appena cento metri, ci dobbiamo mettere a fare tutte queste tarantelle... E che vogliamo fare? Mica vogliamo turbare il Maestro, giusto?»

Quando perdeva le staffe, Rocco Casillo era noto per smarrire anche la sintassi e le buone maniere. Consapevole che questa sua debolezza lo esponeva agli attacchi dell'opposizione, aveva imparato a dominare gli scatti d'ira. Quando sentiva il sangue salirgli alla testa, si fermava di botto e si accendeva una sigaretta. La pausa gli serviva per calmarsi, come fanno quelli che contano fino a cento prima di reagire. Tirò un'avida boccata di fumo e, cercando di controllare il tono della voce, disse: «Ma non possiamo giustificarci parlando di scelta dovuta a generiche contingenze, oppure a una collocazione sperimentale?».

«Non penso che il Maestro abboccherebbe. E se mai ci venisse in mente di farlo di straforo, diciamo, qualcuno dell'opposizione ci metterebbe un attimo a far circolare un po' di foto via web, e così, magari, è capace che quello ci chiede pure i danni...»

«Usciamo, ho bisogno di un poco d'aria» sospirò Casillo, afferrando la giacca. Il professor Ferrigno gli caracollò dietro in silenzio.

«Magari un caffè mi aiuta a pensare meglio e così riesco a trovare una soluzione ai casini che mi combini» disse guardando torvo il suo assessore, che gli stava a un passo, lo sguardo verso terra.

Se esco vivo da questa storia – pensò Casillo, ormai in vista dei tavolini – il prossimo Festival dell'Arte lo dedichiamo alle miniature cinesi.

E la mano corse al pacchetto di sigarette.

Cinque

L'insegna del bar conservava il nome del proprietario dal 1931, anche se ormai da vent'anni Arturo guardava il mare dagli archi del cimitero di Amalfi.

Da tempo la gestione era passata al nipote Michele, che aveva riaperto i battenti dopo tre anni di chiusura dovuti a una battaglia legale fra i numerosi eredi che, iniziata come scaramuccia, aveva in breve assunto i toni di una faida calabrese. Chiaramente, colpi e contraccolpi intorno all'asse ereditario e alle volontà del defunto avevano animato la vita e le chiacchiere del paese. Oltre alla carta da bollo destinata agli scontri in tribunale, infatti, il conflitto parentale si era avvalso di strumenti di confronto quali il taglio di copertoni, l'impiccagione dei gatti di casa ai lampioni, il deposito di escrementi incartati davanti alle porte e l'invio di scritti anonimi alla Guardia di Finanza (con tanto di cartine disegnate a matita) che segnalavano la presenza di pollai non dichiarati, soprelevazioni abusive e capanni per gli attrezzi agricoli diventati villini nel giro di un mese o due.

Ma quello era il passato: come si dice? chi ha avuto ha avuto e chi ha dato ha dato. Oggi il bar Arturo era rifiorito nelle sapienti mani di Michele Gargiulo, uno dei venti nipoti della buonanima, un uomo che era la sintesi vivente di cosmopolitismo e *genius loci*. Forte di un'esperienza decennale come capo cameriere in un albergo di Berlino, Michele era tornato in paese con un nuovo sguardo sul mondo e un po' di euro in tasca che avevano contribuito a sedare i dissidi familiari intorno all'eredità. Grazie al suo expertise internazionale, il bar aveva iniziato a prosperare fin dal primo giorno della riapertura sotto la nuova gestione. Le poltrone di vimini, con i cuscini a fiori, avevano sostituito le sedie di plastica bianca; i tavolini di ferro battuto erano stati coperti con tovaglie dai colori pastello, sulle quali non mancava mai un piccolo bouquet di fiori freschi che la sera lasciava posto alle candele; ai clienti era sempre assicurata la copertura wifi gratuita; al tramonto il bar offriva una carta di vini alla mescita e un buffet per l'aperitivo così ricco che qualche furbetto locale, al costo di un paio di prosecchi, ci faceva cena.

Altoparlanti celati dagli ombrelloni diffondevano, a volume sapiente, brani che spaziavano dal *Concerto di Colonia* di Keith Jarrett a *Scalinatella* di Roberto Murolo passando per le *Variazioni Goldberg* di Bach nell'esecuzione di Glenn Gould. Da un paio d'anni, Michele finanziava anche la banda musicale del paese che, tutti i venerdì, si esibiva in piazza, di fronte al bar, registrando un tale successo che chi voleva un tavolo in quelle serate doveva prenotarlo con congruo anticipo, altrimenti il rischio di restare in piedi si tramutava in certezza.

A questa sua visione del mondo, Michele aggiungeva anche un tale sviscerato amore per i fatti del paese, per le vite degli altri, per le chiacchiere insomma, che a Bauci ormai tutti lo chiamavano Michele iPhone, dal nome del suo cellulare da cui sembrava aver mutuato la capacità di raccogliere e distribuire informazioni in tempi rapidissimi.

I maligni lo definivano la voce più perfida del paese ma, a onor del vero, va precisato che il suo non era il solo punto di raccolta e smistamento di notizie di Bauci. All'ignaro forestiero che fosse arrivato in paese e avesse voluto conoscere le storie, capire gli equilibri e sapere le ultime nuove, erano almeno altri tre i posti che sarebbe stato necessario indicare. E questi erano la tabaccheria di Pasquale Infornato, la merceria di Adelaide Strazzullo detta anche Radio Bauci, e un luogo immateriale quale era il blog del professor Gaspare Mangiafico, "Vite parallele", dal quale, ormai in pensione, l'ex insegnante di lettere del Tasso lanciava strali contro l'intero consiglio comunale sputtanando amministrazione, opposizione e i loro famigli.

Tuttavia il centro di tutto restava il bar Arturo, agevolato certo dalla sua posizione ma anche da alcune vecchie storie che gli anziani del paese, su richiesta, ancora raccontavano.

Il bar Arturo era chiamato il bar dei miracoli.

Il blasone, diciamo così, il bar Arturo se lo era guadagnato grazie a due o tre circostanze inspiegabili – miracoli, raccontava la gente – che si erano verificate a qualche anno dall'avvio dell'attività. Il primo episodio era avvenuto durante la ritirata dei tedeschi, pochi giorni dopo lo sbarco delle truppe alleate a Salerno, il 9 settembre del '43. I tedeschi, ripiegando, avevano minato la piazza principale di Bauci per rallentare l'avanzata delle truppe alleate. L'innesco degli esplosivi era stato collocato proprio vicino all'ingresso del bar. Ma, per ragioni misteriose, il dispositivo non aveva funzionato. I nazisti avevano gridato al complotto, minacciando una rappresaglia, ma i Marine del generale Clark erano ormai alle porte di Bauci. E i nazisti erano stati costretti a rinunciare al rastrellamento.

Il secondo miracolo si era verificato anni dopo, quando finalmente era arrivata in paese la campana che doveva sostituire quella vecchia, lesionata in modo irrimediabile da una scheggia di granata. Durante il trasporto, una puleggia si era rotta, la campana era caduta dal supporto e, rovesciandosi, era rotolata su se stessa, aumentando di metro in metro la velocità a causa della pendenza. Una trottola di tre tonnellate di bronzo che si era arrestata contro la parete del circolo della caccia, sfondandola. Nella sua corsa, la campana impazzita aveva sfiorato un bambino che, nel caos che era seguito all'incidente, era sfuggito al controllo della madre, ed era rimasto lì, paralizzato dal terrore, mentre la campana gli correva incontro.

L'ultimo miracolo, be', quello invece si raccontava solo a mezza bocca, soprattutto ai tavolini del bar Arturo. Era avvenuto proprio lì, quando il Cavaliere del Lavoro, notaio Goffredo De Lorenzi, avvertito da una lettera anonima molto circostanziata, aveva fatto irruzione nel retrobottega del bar, certo di sorprendere la sua consorte tra le braccia del proprietario, determinato a trapassarli entrambi con un solo proiettile della Smith & Wesson calibro 38 che si era portato dietro. Tuttavia, una volta piombato nel retrobottega, ci aveva trovato il solo Arturo, che lo aveva accolto in piedi, sul volto un'espressione di autentica sorpresa. Con tono pacato, convincendolo ad abbassare l'arma, il barista lo aveva rassicurato sulla assoluta infondatezza di quelle voci che lo avevano portato fino a lì. E, per suffragare coi fatti le parole, gli aveva aperto la porta del bagno e spalancato le ante dell'armadio, perché gli fosse chiaro che, a parte loro due, lì dentro non c'era nessun altro. Guai a dare credito alle volgarità degli anonimi, aveva aggiunto, invitandolo al bancone a prendere un cordiale: offriva lui. Il cavalier De Lorenzi aveva declinato il gentile invito e se n'era tornato a casa farfugliando scuse, rosso in viso per la vergogna e la mortificazione. Il notaio non aveva pensato a rovistare nell'ampio cesto della biancheria usata. Ed era stato quello il miracolo, perché, se lo avesse fatto, ci avrebbe trovato, semisepolta da tovaglie e tovaglioli, la signora Amalia Jacopino, sua legittima e disinvolta consorte.

Ecco, pensava il sindaco Rocco Casillo, seduto al suo solito tavolino in compagnia dell'assessore alla Cultura: ciò che serviva per uscire da quella faccenda era proprio un piccolo miracolo. L'intercessione di sant'Eufrasia, o almeno la mano del destino. Insomma qualcosa che cambiasse la direzione degli eventi, che pareva segnata da un indirizzo infausto.

«Buongiorno, sindaco. Buongiorno, professo'. Che vi

posso portare?» chiese solerte Michele, invitando con gli occhi il cameriere a lasciare a lui l'incombenza dell'ordinazione: il riguardo, da quelle parti, si misurava anche così, dalla liturgia dei saluti e dalla cerimonia dei gesti. Com'era accaduto – tanto per citare un caso – alle penultime amministrative, quando entrambi i comitati elettorali avevano eletto la loro sede ufficiosa proprio ai tavolini di Arturo. Quasi superfluo dirlo: "Il Campanile" da una parte, "Insieme per Bauci" dall'altra. La sera delle elezioni, a pochi minuti dalla chiusura delle urne, Michele aveva fatto lo slalom tra i tavolini per andare a prendere l'ordinazione dello sfidante prima di quella del sindaco. In quel momento era diventato chiaro a tutti che Bauci aveva cambiato colore.

Così andavano le cose da quelle parti. Chi sapeva guardare era il primo a capire.

«Portami un caffè freddo senza granita, Miche'» disse Casillo. «A me la stessa cosa» si accodò l'assessore Ferrigno, più per evitare lungaggini che per convinzione.

«E se gli parlassimo?» propose il sindaco quando Michele si trovò a debita distanza.

«A chi, all'artista?» chiese il professor Ferrigno.

«Certo, all'artista, e a chi se no?» si spazientì Casillo. «Gli telefoniamo e gli spieghiamo che c'è un problema di opportunità politica, diciamo così. Gli parliamo della processione e della festa della santa. Se è cattolico, come dici tu, capirà che a volte ci sono questioni più grandi di una statua, no?»

«Possiamo provare, ma se ti faccio vedere il numero delle mail che ci siamo scambiati con il suo assistente per studiare il percorso e la collocazione delle opere, ti vengono i capelli dritti in testa. A stamparle tutte ci facciamo Natale.»

«Oh, Davide» sbottò Casillo, «ma noi qualcosa la dobbiamo fare! E presto anche. Entro stasera, al massimo domani, io devo dare una risposta a don Enzo» disse riabbassando il tono della voce e gettando un'occhiata intorno.

«Lo so, ma non è una cosa semplice» ammise l'assessore.

«Eh già» convenne il sindaco, e il suo sguardo corse al pacchetto di Marlboro che aveva appena appoggiato sul tavolino.

«Buongiorno, signori.» La voce, chiara e squillante di Elvira Neri li distolse per un attimo dalle loro preoccupazioni.

«Buongiorno, dottoressa» risposero in coro i due.

«Ho visto l'installazione della *Maja tropical.* A parte la bella trovata di qualcuno che ci aveva appiccicato sopra un biglietto stupido, devo ammettere che è molto suggestiva, complimenti» disse lei rallentando il passo.

«Eh dottoressa, sapeste i problemi che ci sta dando...» sospirò il professor Ferrigno.

Il sindaco tentò di fulminarlo con lo sguardo. Come gli veniva in mente di divulgare una faccenda delicata e riservata come quella? E nel bar di Michele, poi, dove perfino le sedie avevano le orecchie! Si passò una mano sul viso e si domandò perché il Padreterno – che pure sapeva essere così lungimirante e misericordioso – non lo avesse azzoppato mentre andava a Meta a proporre a quello squilibrato di diventare assessore alla Cultura.

«Che tipo di problemi?» disse la dottoressa Neri, che a

quel punto si era fermata davanti al loro tavolino, con le borse della spesa in mano.

La frittata era fatta. Quella donna era un mastino, non mollava una questione neanche se a intercedere erano i santi. Il sindaco lo sapeva bene. Lo aveva imparato a sue spese quella volta che aveva firmato una piccola variante del piano del commercio per consentire l'apertura di una paninoteca nella strada dove lei viveva. Non l'avesse mai fatto. La Neri gli aveva messo in piedi un tale putiferio – con tanto di petizione, raccolta di firme, campagna stampa e diffida legale – che lui era stato costretto a scusarsi pubblicamente e fare marcia indietro. La cosa gli era costata due giorni di litigi con sua moglie e suo cognato, proprietario delle mura del negozio, al quale aveva assicurato che aveva già la licenza in tasca.

Bella femmina ma osso durissimo, pensò il sindaco mentre le rispondeva.

«Mah, niente, dottoressa, cosa vuole? Piccoli scrupoli, banalità. Ci sarà la processione per la festa della santa e ci ha punto vaghezza che la collocazione della statua potrebbe – e dico *potrebbe* – creare una piccola questione di opportunità, per così dire. Non che qualcuno abbia protestato, per carità. È un dubbio che ci sta sfiorando in virtù della natura stessa dell'opera, diciamo...»

«Non capisco...» La dottoressa Neri a questo punto era sinceramente incuriosita. E, tirando a sé una sedia, fece quello che il sindaco si augurava che non avrebbe fatto: si piazzò seduta di fronte a lui, chiaramente intenzionata a restare lì fino a quando la faccenda non le fosse stata chiarita nei dettagli.

«Be', sa com'è, un nudo di tali dimensioni, con la porta della chiesa aperta e il prete che officia messa lì di fronte... Insomma, ci stiamo ponendo la questione in via preventiva, non vorremmo urtare qualche suscettibilità, lei capisce...»

«No, francamente non capisco.»

«Come non capisce?» si allarmò Casillo.

«Voglio dire che non capisco la sua preoccupazione, sindaco. La Chiesa è stata il più grande committente di opere d'arte della storia e l'arte sacra è da sempre piena di nudi. Anche se la Controriforma ha poi aggiunto veli e foglie di fico ad affreschi, tele e perfino alle sculture, le rappresentazioni del pantheon cristiano sono sempre state una continua esibizione di corpi nudi offerti allo sguardo dei fedeli. Credo che i vostri scrupoli siano esagerati.»

«È quello che sostenevo pure io, il problema è che don Enzo si è messo di traverso» si inserì d'impeto l'assessore Ferrigno, al quale non pareva vero che la dottoressa Neri – che era capo divisione al ministero dei Beni culturali, un'autorità in materia – fosse del suo stesso parere.

Il sindaco emise un sospiro che somigliò a un gemito, volse per un attimo gli occhi al cielo e allungò la mano verso le sigarette.

«Perché, che cosa vuole don Enzo?» chiese Elvira.

«Avanza qualche piccola perplessità» intervenne Casillo, nel tentativo di limitare i danni che l'assessore stava facendo.

«Di che tipo?» incalzò lei.

«Mah, sa, la posizione della statua, che offre le terga – con rispetto parlando – all'altare, potrebbe turbare qualche fedele, in vista della processione per la festa della santa.» Il sindaco aveva cercato di metterla giù il più morbida possibile, augurandosi che ciò bastasse a soddisfare la curiosità dell'autorevole concittadina.

«Ho capito» disse Elvira Neri. «Pensate di spostarla?» chiese di rincalzo.

«Stavamo immaginando una possibile collocazione verso la porta di Federico II, ma così, in via puramente ipotetica» buttò lì Casillo, stringendosi nelle spalle e rivolgendo intanto un silenzioso appello al Creatore perché quel deficiente di fronte a lui non aprisse il capitolo dei problemi di budget e delle ubbie dell'artista.

«Ma lì ci sono i lavori per il parcheggio. Senza contare che è *extra moenia*, fuori dalle mura della città» notò Elvira.

Al suono di quelle parole, le labbra del professor Ferrigno si distesero in un sorriso compiaciuto: visto? Che cosa aveva detto lui? Ah, se la dottoressa Neri si fosse trovata nell'ufficio del sindaco mezz'ora prima, che soddisfazione si sarebbe preso!

«Non abbiamo grandi alternative, dottore', però una soluzione a quello che per il momento è praticamente solo un nostro scrupolo la troveremo di certo» disse Casillo, tentando di chiudere lì la faccenda e augurandosi che Elvira Neri cogliesse, grazie a quella sua precisazione, che si trattava di una scelta autonoma della giunta comunale, e non di una cosa imposta dalla curia.

«Forse una soluzione alternativa allo spostamento dell'opera ci sarebbe» disse Elvira accarezzandosi il mento, dopo un attimo di silenzio. «Qualcosa che vi consentirebbe di lasciare la statua di Botero lì dov'è, ma occultandola nello stesso tempo alla vista della chiesa...» La dottoressa Neri fissava un punto indefinito da qualche parte, in alto a destra, e aveva portato l'indice alle labbra.

Al tavolino era calato un silenzio di marmo.

«Sapete chi è Christo, vero?» chiese all'improvviso guardandoli alternativamente negli occhi. E per evitare equivoci e imbarazzi aggiunse subito: «È quell'artista bulgaro, rappresentante della *land art*, che ha fatto performance in mezzo mondo: ha impacchettato monumenti con stoffe o carta colorata, come il Pont Neuf a Parigi, il Reichstag di Berlino...».

Il volto del sindaco, che si era contratto nell'attesa, si distese all'improvviso e si illuminò: «Ho capito! Impacchettiamo la *Maja tropical*!» disse. E subito dopo si guardò intorno, nel timore di aver alzato un po' troppo la voce.

«Non pensavo esattamente a questo» sorrise Elvira. E aggiunse: «Del resto non credo che Botero approverebbe mai una soluzione del genere». Accanto a lei, l'assessore Ferrigno confermava il sospetto della dottoressa Neri con ampi cenni. Casillo gli rivolse uno sguardo rassegnato.

«A me veniva in mente invece un'altra performance che Christo fece anni fa in un deserto degli Stati Uniti, una valle delle Montagne Rocciose, se non ricordo male» proseguì Elvira. «Installò un telo di tessuto alto tre metri e lungo quasi mezzo chilometro. Una sorta di muro di stoffa che sembrava tagliare in due la valle.»

Sindaco e assessore la osservavano perplessi, senza capire dove volesse arrivare: mica stava pensando di avvolgere Bauci nella garza?

«Se voi stendete una tela colorata, alta due o tre metri e lunga almeno trenta o quaranta, e la fate passare perpendicolarmente tra la statua e la gradinata della chiesa, avreste risolto il problema. Non sareste costretti a spostare l'opera e quel diaframma visivo consentirebbe il passaggio della processione senza che la statua della santa incontri quella della *Maja tropical*. Inoltre, se la barriera di stoffa sarà sufficientemente alta nel punto in cui si avvicinerà all'opera, dall'altare la statua nemmeno si vedrà.»

Sindaco e assessore ascoltavano in silenzio, rapiti.

«Potreste giustificare la presenza di quella cortina come una scelta culturale, come una performance voluta dal direttore artistico del Festival per esaltare al meglio la *Maja tropical*» aggiunse Elvira, ormai ispirata, «come se fosse una passerella, un corridoio che accompagna i visitatori verso l'opera più importante della mostra. E infine – se proprio volete fare felici anche i critici – potreste aggiungere che quell'enorme drappeggio, quel grande nastro di tessuto è l'omaggio che il Festival vuole rendere a Francisco Goya, perché costituisce una citazione della sua *Maya vestida*, che è la tela gemella della *Maya desnuda* esposta nello stesso museo di Madrid. La statua e il percorso di tessuto diventerebbero una rievocazione simbolica di entrambe le opere di Goya, insomma. Et voilà. Il gioco è fatto senza danni per nessuno» concluse Elvira dando un colpo col palmo della mano sul tavolino.

Il professor Ferrigno la fissava con lo stesso sguardo che hanno le triglie dopo la frittura. Il sindaco invece era a bocca aperta. Quella donna era pestifera, pensò, ma poteva essere fantastica. Adesso avevano la soluzione. Che peraltro sarebbe costata molto, molto meno di un trasporto speciale, e salvava capra e cavoli: poche decine di metri di tela, che saranno mai? Era l'uovo di Colombo. Perché non ci avevano pensato loro? Ma tutto sommato, si disse scuotendosi, chi se ne fotteva? Ora, come per incanto, tutto tornava a posto. Don Enzo sarebbe stato soddisfatto, l'artista non avrebbe protestato, gli attacchi dell'opposizione erano soffocati sul nascere e i suoi progetti politici restavano ancora in piedi. Il sindaco si sentì come un naufrago che approdi d'incanto, grazie a un'onda salvifica, in un'isola piena di alberi da frutta e ruscelli d'acqua cristallina.

«Così nessuno penserà che il parroco vi ha fatto un cazziatone e vi ha costretti a mettere una foglia di fico alla statua» aggiunse Elvira ridacchiando. E si alzò, raccogliendo le borse della spesa.

Casillo sorrise scuotendo la testa, ma neanche ci provò a replicare. L'assessore Ferrigno invece continuava a restare muto.

«Io la farei rossa» disse Elvira mentre andava via, senza voltare la testa. «È il colore della passione e si intona anche con i paramenti sacri.» Poi, fatti pochi passi, si girò e aggiunse: «Oppure fatela blu, così contrasta con la facciata della chiesa e rimanda al colore del mare. L'importante è che evitiate il verde» concluse, «sennò sembra la protezione di un campo da tennis».

E se ne andò.

I due la seguirono con lo sguardo fino a quando non sparì dietro l'angolo. Lì dove era stata fino a un minuto prima, l'aria profumava ancora di verdure fresche e lavanda.

«Che femmina, lei sì che tiene le palle» mormorò Rocco Casillo gettando un'occhiata al professor Ferrigno che, caffè tra le mani e sguardo perduto, ancora non mostrava segni di ripresa. Che fantastico assessore alla Cultura sarebbe quella donna, pensò. Magari glielo proponeva per le prossime amministrative, perché no? Era un'idea niente male, si disse alzandosi. Mise il pacchetto di Marlboro in tasca, prese il cellulare e compose un numero.

«Don Enzo? Sono il sindaco, m'è venuta un'idea...»

Sei

Aveva ragione suo nonno quando gli diceva che il fieno va stipato in cascina e dimenticato lì, tanto prima o poi vedrai che torna utile. Con i detti antichi, si sa, non si sbaglia. Per questo, quando gli erano cresciuti quei cinquanta metri di raso blu, residuo dell'addobbo di un palco per un congresso, aveva pensato bene di conservarli in magazzino. Magari un giorno sarebbero serviti. E poi il raso non ha mica bisogno di particolari attenzioni, aveva pensato. Non è come il cotone, che raccoglie umidità come fosse carta assorbente, o come la lana, che se non stai attento se la mangiano le tarme. Il raso lo lasci lì e non ci pensi più. Quando lo tiri fuori, anche anni dopo, basta togliere un po' di polvere e sembra appena uscito dalla fabbrica, lucido e serico.

Pasquale Vollero, figlio del Cavaliere del Lavoro Giovanni, titolare del più grande negozio di tessuti di piazza Mercato a Napoli, proprio questo si accingeva a raccontare a quei due clienti. Non era gente di città, pensò ascoltandoli. Lui ci era cresciuto a piazza Mercato, la zona delle antiche botteghe tessili. Lì ci venivano da tutta la regione a comprare stoffe. Ormai gli bastava una sfumatura dell'accento per riconoscere chi veniva da fuori: la finale di una parola, una vocale un po' più aperta, un verbo coniugato in modo leggermente diverso. A un orecchio allenato come il suo, quelli di paese non sfuggivano. Non che questo lo facesse diventare spocchioso ma, diciamoci la verità, ai clienti occasionali, di passaggio, si presta un'attenzione relativa. Quella è gente che vedi una volta sola. Non vale la pena di impegnarsi.

E così, mentre quei due gli parlavano, a lui era tornata in mente quella pezza di raso che aveva lasciato in un angolo del magazzino. «Forse ho quello che fa per voi» disse una volta ascoltata la richiesta. E sparì dietro una porta. Riemerse dal retrobottega dopo qualche minuto con lo scampolo tra le mani, come un pescatore di perle che porta l'ostrica in superficie.

«Questo arriva fresco fresco dai telai di una grande azienda piacentina. È a doppia altezza, vuol dire che adesso sembra largo solo un metro e venti, ma il tessuto è piegato a metà, vedete?»

I due seguivano con attenzione frettolosa, neanche avessero il ghiaccio in tasca. Sono i clienti migliori, pensò Pasquale, impiegano poco tempo a decidere e acquistano senza trattare sul prezzo.

«Questo, però» aggiunse, «è l'unico così alto che abbiamo al momento. Se vi occorre ancora più grande, bisogna aspettare un po'. Dovremmo avere delle nuove consegne fra due o tre settimane. Se avete pazienza...» bluffò Pasquale, scommettendo fra sé e sé che avrebbero abboccato.

«Per carità, non abbiamo tutto questo tempo. Chi lo sente don Enzo?» disse quello piccolo, con gli occhiali.

«Don Enzo?» domandò il negoziante.

«Lasciamo stare» tagliò corto quello grosso e pelato.

«Questo tessuto però al momento è disponibile solo in blu, come vi dicevo non...»

«Basta che non sia verde» rispose quello corpulento prendendo il portafogli. Il negoziante non capì, ma pensò che fosse meglio fermarsi lì e non impicciarsi. Con la gente strana che c'è in giro, uno mica può stare dietro a tutti, no?

Si accordarono sul prezzo e dopo un po' i due uscirono dal negozio, portandosi via cinquanta metri di raso che erano ben altro che un semplice scampolo di stoffa – peraltro pagato cinque volte il suo valore. Per Pasquale Vollero in quel pacco c'era la conferma che suo nonno era infallibile; per quei due, invece, c'era la soluzione ai loro problemi.

L'incontro con l'architetto Cosimo De Arcangelis, direttore artistico del Festival, avvenne nel parcheggio dell'autogrill che precede l'uscita di Angri sud, quella che porta al valico di Chiunzi. Lì ci fu il trasbordo dell'ingombrante involucro dall'auto del sindaco a quella dell'architetto. Meno occhi vedevano e meglio era. Il direttore del Festival ripartì subito, era meglio che arrivassero in paese separati. Nessuno doveva sospettare che la scelta di creare un corridoio di stoffa che portasse all'opera non fosse dettata da ragioni artistiche, bensì da esigenze politiche così pressanti che necessitavano dell'intervento diretto di sindaco e assessore.

Occorsero tre ore di fatica per montare tutto, ma quando calò la sera il risultato fu più che accettabile. Bello anzi, secondo l'insindacabile giudizio di Rocco Casillo. L'architetto De Arcangelis aveva fatto un buon lavoro e adesso una specie di onda blu – che peraltro fluttuava lieve, proprio come l'acqua del mare, mossa dalla brezza che saliva dalla costa – accompagnava sinuosa il percorso dei visitatori fino alla rivelazione dell'opera del Maestro. A completare l'insieme, a rispettosa distanza dalla statua, il direttore aveva fatto realizzare un totem che illustrava le ragioni della scelta, citando l'omaggio aggiuntivo di Bauci a Francisco Goya e alla sua *Maya vestida*.

La piazza era adesso divisa in due dal "percorso blu", come l'aveva ribattezzato l'architetto De Arcangelis. Da una parte c'era la *Maja tropical* e dall'altra la chiesa di Sant'Eufrasia. Invisibili e indifferenti l'una all'altra.

La mattina dopo, aprendo le porte della chiesa per la funzione del mattino, don Enzo si affacciò sul sagrato e buttò uno sguardo giù in basso. Un'onda di seta oscillava lenta a una decina di metri dall'inizio della scalinata. La sola cosa che si intravedeva era la testa dell'opera che faceva capolino. Perfetto. A occhio il sacerdote calcolò che lo spazio tra quel serpente di tessuto blu e la scala era sufficiente perché la processione passasse senza intoppi. Poteva ritenersi soddisfatto, *deo gratias*.

La vedova Fasulo lo sorprese così, sul sagrato, la faccia rubiconda e una strana aria sorniona.

«Buongiorno, don Enzo» lo salutò arrampicandosi sull'ultimo gradino della scala, con la velocità che la sua artrosi le consentiva.

«Buongiorno, Maria» rispose allegro il parroco.

«Certo non sanno più che inventarsi al giorno d'oggi, questi artisti...»

«Perché dici così, Maria? In fondo quel drappo una ragione ce l'ha, ha una sua spiegazione...»

«Ma io non sto parlando di quella roba blu, don Enzo.»

«Ah no?» si sorprese il parroco.

«Sto parlando della statua che sta dietro alla stoffa.»

«Eh, lo so, Maria» sospirò don Enzo, immaginando che la vista di quella pornografia in marmo avesse scandalizzato la povera vecchia, e provò a spiegare. «È anche per questo che quella divisione di tessuto...»

Ma la vedova Fasulo ci sentiva ora sì e ora no, e così continuò senza ascoltarlo.

«Io mi ricordo che, tanti anni fa, quando era ancora vivo mio marito buonanima, andammo in pellegrinaggio a Roma e visitammo pure la basilica di... di... quella dove sta il *Mosè* di Michelangelo...»

«San Pietro in Vincoli» le venne in soccorso don Enzo.

«Esatto, e mi ricordo ancora che la guida ci disse che l'artista aveva tirato un piccone alla statua...»

«Un martello» corresse il prete, ma senza concrete speranze di essere ascoltato.

«... e le aveva domandato "perché non parli?". Ecco, io mò mi domando che direbbe Michelangelo se fosse ancora vivo.»

«Benedetta Maria» sospirò don Enzo, «ma che c'entra Michelangelo?»

«Come che c'entra? Questi adesso le statue le fanno parlare veramente...»

«Come sarebbe?» chiese don Enzo paziente, ché un parroco di paese è confessore ma anche un po' geriatra.

«E come sarebbe? Ma voi la statua l'avete vista da vicino?»

«Proprio da vicino vicino no» ammise il sacerdote.

«E allora andateci, così ve ne accorgete. Se la sento io, che ogni tanto sono un po' debole d'udito, figuriamoci voi, che c'avete le orecchie buone.»

«Ma che dice la statua, Maria?» chiese don Enzo che, facendo un rapido calcolo, ricordò che la vedova Fasulo doveva essere vicino alla soglia dei novanta.

«Non è che dice proprio cose. Si lamenta, più che altro. Chissà che inciuci tecnici ci stanno là dentro. Sarà pure 'na cosa artistica, non dico di no, ma io, per la verità, non la capisco proprio...» bofonchiò Maria avviandosi verso la chiesa.

Don Enzo si diede un'occhiata intorno. La piazza era deserta. Venanzio, il netturbino, era già passato. Se avesse dato un'occhiatina da vicino, non se ne sarebbe accorto nessuno. Così, giusto per togliersi la curiosità. Occorreva fare in fretta però. Dio non voglia che qualcuno mi veda mentre mi avvicino a quell'affare, pensò. E, tenendosi la tonaca, scese le scale più in fretta che poté.

Quando arrivò all'altezza del telo lo sentì.

Signore benedetto, Maria aveva ragione! Era un lamento lieve e sottile, ma chiarissimo. Qualche vocale ogni tanto, pronunciata a lungo... Cosa poteva essere? Don Enzo bordeggiò più in fretta possibile il telo, arrivando a una delle due estremità. Poi fece il percorso a ritroso, dall'altra parte.

L'enorme fondoschiena gli si parò dinanzi all'improvviso, sovrastandolo quasi. Distolse subito lo sguardo, anche se non c'era nessuno a vederlo. Il lamento adesso era ancora più chiaro. Il sacerdote si guardò intorno, alla ricerca della fonte. Non c'erano dubbi. Veniva da dietro la statua. Cos'era? Un animale? E quale animale poteva emettere un suono simile? A meno che...

Col cuore che gli pulsava in gola il sacerdote girò intorno a quel monumento alla carne. E la vide. Una scatola di cartone, di quelle da generi alimentari. Era tra il basamento della statua e il telo blu.

Il lamento veniva proprio da lì. Si avvicinò guardingo, i battiti a mille. Scostò i lembi con le mani e trasecolò.

Una cosa del genere l'aveva letta sui giornali, ma in quarant'anni di sacerdozio non gli era mai capitato.

Dal fondo della scatola, avvolto in uno scialle di lana, nudo come il figlio della Vergine Maria, scalciava e gli sorrideva un neonato.

Sette

Non ci pensava quasi più ormai, ma per lungo tempo si era chiesta perché suo padre e sua madre fossero stati così crudeli con lei. Come avevano potuto essere tanto insensibili? Possibile che non ci avessero pensato? Eppure era così evidente.

Lei lo sapeva che faceva parte della tradizione. Era sempre stato così: il primo figlio maschio prende il nome del nonno paterno, quelli che arrivano dopo vengono chiamati come gli altri nonni, nascita dopo nascita. Se poi si superano i quattro figli, oppure arrivano tre femminucce (o tre maschietti: può capitare, no?), allora si pesca tra i parenti più stretti, gli zii e le zie.

Era così che era successo ai suoi genitori e, prima ancora, ai genitori dei loro genitori.

E va bene – pensava – ma chi l'ha detto che le tradizioni debbano essere sempre rispettate? Per una volta non si poteva fare diversamente? Chi si sarebbe lamentato? La nonna paterna no di certo: lei era morta da anni e i morti, si sa, non protestano mai. E in ogni caso, nel posto in cui si trovava adesso, alla nonna di sicuro non importava più niente della tradizione.

Ai suoi fratelli era andata molto meglio. Luigi aveva preso il nome dal nonno paterno; Alfredo si chiamava così in onore dell'altro nonno e sua sorella Clotilde, be', lei non doveva neanche provarci a protestare – pensava – perché era stata fortunata. Come ultima arrivata della famiglia, le era toccato il nome della nonna materna, un nome allegro come una lapide al camposanto, una condanna; lo pronunciavi e già ti sembrava di sentire le campane a morto e la richiesta di una prece.

Addolorata.

Proprio così l'avevano chiamata. Neanche Maria Addolorata, che sarebbe stato tutto più semplice, perché una si faceva chiamare Maria e la scalogna finiva lì. Nossignore. Addolorata e basta.

Da bambina non ci fai caso a certe cose, un nome vale l'altro. Quando sei piccola non lo capisci mica che il nome sbagliato può diventare una croce. I problemi, e la consapevolezza, cominciano quando cresci, arrivi alle medie e qualche deficiente inizia a sfottere.

Nella sua classe, per esempio, a parte i ragazzi, c'erano tre Concette; due Anna; una Rosaria; tre Rose; una Teresa; due Angela; due Assunta e una sola Addolorata: lei, che di cognome – per di più – faceva Iannaccone. Ma si può?

Quando cominciò a scoprire la vita oltre i confini dei monti Lattari, grazie a uno schermo piatto da quarantadue pollici che suo padre aveva comprato a rate e che lei monopolizzava tutti i pomeriggi, Addolorata capì che i ragazzi e le ragazze che avrebbe voluto conoscere e frequentare vivevano lontano da Bauci, dall'altra parte dell'oceano, in luoghi fantastici.

E avevano nomi bellissimi. Si chiamavano Liam, Harry, Nial, Zayn, Katy, Jesy, Jade, Perrie.

Lei invece restava Addolorata Iannaccone, nata a Bauci, dove risiedeva a vicolo Ventaglieri 31 fin dal giorno della nascita, avvenuto diciassette anni prima.

Questo non bastava a giustificare Carmine Fusco, quello che in prima media era seduto al banco dietro il suo e che ogni mattina le rinnovava la pena a cui l'avevano condannata i suoi irresponsabili genitori. Credeva pure di essere divertente, il cretino – che poi, che cos'hai da sfottere con il nome che ti ritrovi? Ti chiami Carmine, mica Justin. E invece non mancava giorno che non facesse lo spiritoso. Non appena qualcuno pronunciava il suo nome in classe, lui faceva finta di essersi fatto male: «Addolorata...», «Ahi!». Ogni volta la stessa storia.

Un incubo.

Così, al primo anno di liceo artistico sperimentale, forte di un brillantino alla narice e di un tribale sul polso sinistro che era riuscita a conquistare nonostante le minacce paterne, Addolorata sparì per sempre per lasciare il posto a Doll, che era molto meglio di Dolores, e poi in inglese vuol dire bambola.

E – bisogna essere onesti – Doll Iannaccone una bambolina lo era diventata davvero.

Quando si ritrovavano tutti al muretto, e lei arrivava coi leggins neri che spuntavano da una gonnellina cortissima di Subdued, le Jeffrey Campbell maculate ai piedi e la camicia a righe rosa di Desigual, non ce n'era per nessuno, tutti i maschietti le ronzavano intorno, anche quelli che la ragazza ce l'avevano già, perfino quelli che alle medie la sfottevano. Ma lei, che pure a volte poteva sembrare sensibile alle loro attenzioni, in realtà non ci faceva caso più di tanto. Aveva la mente e il cuore oltre quel muretto dove ogni sera i ragazzi di Bauci sognavano il futuro e nel frattempo litigavano col presente.

A Doll Iannaccone Bauci andava stretta, più stretta che a chiunque altro in paese, più stretta delle t-shirt di Underground – e non le portava nemmeno gli stessi vantaggi delle magliette.

Una volta, mentre bevevano uno spritz al muretto, aveva provato a spiegare a un ragazzo di Milano che era lì in vacanza coi genitori la trappola in cui si trovava.

Brando, si chiamava, e – quando si era presentato – lei aveva pensato che ci sono genitori in gamba, padri e madri che il nome dei figli lo azzeccano. Mica come i suoi. Brando, insomma, le diceva che Bauci era bellissima, e che quei giardini a strapiombo sul mare erano «proprio giusti» e «beati voi che avete il mare tutto l'anno e se vi gira andate in barca anche a gennaio». «Vienici d'inverno a vedere com'è» aveva provato a spiegare lei. «Qua d'inverno si muore, è un deserto, spariscono tutti, voi turisti andate via a settembre e fino a giugno qui restiamo solo noi. I negozi chiudono, ne rimangono aperti pochissimi, il tabaccaio, il fruttivendolo, la salumeria e un solo ristorante fra tutti quelli che vedi. Il cinema chiude. Non succede più niente qui.»

«Non ci avevo mica pensato» aveva detto lui.

«La conosci *Soli* di Emis Killa?» gli aveva chiesto lei.

«No.»

«A un certo punto dice "la soluzione migliore sarebbe andare via e invece resto qui all'inferno"... Ecco, Brando, questo è un bel posto per voi turisti, per me invece è una prigione.»

Così pensava Doll Iannaccone e non sapeva che invece qualcosa stava per accadere, anche se non era proprio quello che sperava.

Avvenne pochi giorni dopo, quando Giusy e Betty, le sue migliori amiche, l'avevano convinta ad andare ad Amalfi: c'era un concerto di una band inglese, i Not before '91, perché nessuno dei quattro ragazzi del gruppo era nato prima di quell'anno. Un cugino di Betty, che lavorava per il Comune, le fece entrare oltre le transenne, all'interno della fascia di sicurezza, e trovarono posto proprio sotto il palco, a pochi metri dalla band. Le casse facevano un frastuono assordante, ma quella sera Doll non se ne accorse. I suoi occhi erano incollati sul batterista. Aveva i pantaloni di pelle nera aderentissimi, un gilet dello stesso colore indossato sul torso nudo, le braccia tatuate e i capelli biondi. Era più bello di Eminem. Ogni tanto lui la guardava, ne era sicura. Una volta addirittura le aveva sorriso, se ne erano accorte anche Giusy e Betty.

Alla fine del concerto, approfittando del caos, erano riuscite a intrufolarsi dietro il palco. E lo aveva visto. Da vicino era ancora più bello. Aveva ringraziato mentalmente suo padre, che le aveva imposto di fare corsi di lingua fin dalle medie, perché in una località che vive di turismo, come Bauci, le aveva detto, imparare una lingua fa sempre comodo e lei, mentre tutti imparavano il tedesco, aveva scelto l'inglese, e meno male. Con il cuore che le batteva a mille lo aveva avvicinato e gli aveva chiesto un autografo. Chris, si chiamava. Lui le aveva sorriso e le aveva detto di aspettare. Aveva firmato autografi a un branco di ragazzine che erano lì ad attenderlo girandosi però un paio di volte verso di lei. Lei se n'era accorta e aveva spostato i capelli dal viso.

E così, quando lui le aveva dato la mano, lo aveva seguito nel suo camper, per una volta docile, senza dire una parola, come si va incontro al proprio destino, come dice Fedez nel *Cigno nero*: "Se mi fissi bene non vedrai i miei occhi sbattere, chi sogna ad occhi aperti perde l'uso delle palpebre".

Due mesi dopo, quando Chris era in tour chissà dove, lei si accorse di essere incinta.

Chiusa dentro la sua stanza, con la strisciolina del test tra le mani, Doll si chiese se Chris conosceva le parole di Fedez, che adesso le sembravano scritte apposta per loro: "A cosa servirebbe dirci che ci siamo amati, tanto quando esce il disco ci saremo già lasciati, godiamoci il momento perché prima o poi finisce, l'amore spesso prende ma poi non restituisce, io sto ancora aspettando il cuore che gli ho dato in prestito".

Cosa avrebbe fatto adesso?

Otto

Di sicuro il Signore lo stava mettendo alla prova, perché lui, in quarant'anni di sacerdozio, non si era mai sentito a disagio come in quel momento. Tutti quei sermoni sulla famiglia, le omelie, i consigli dispensati per decenni nel segreto del confessionale e all'ombra discreta della sagrestia su matrimonio, tolleranza, sacrificio, sessualità, figli, si stavano sgretolando d'improvviso, tutti insieme, davanti a quel fagotto che ora teneva tra le mani in modo circospetto e maldestro.

Un prete sa descrivere e motivare la benedizione del loro arrivo, ma i bambini in braccio non li tiene nemmeno quando li battezza. E inoltre, quello che si trovava a rimirare adesso non era certo simile ai neonati che lui era abituato a vedere in chiesa, addobbati di pizzi e trini, accompagnati come benedizioni divine alla fonte battesimale da genitori, zie, nonni, comari e compari orgogliosi e sorridenti.

Avvolta in una coperta, quella creatura era stata abbandonata chissà quando nella pubblica piazza, alla mercé dei cani randagi, nascosta in una scatola di cartone di una ditta di pomodori pelati, ai piedi di una statua che era un monumento ai riti dionisiaci... Domineddio! Chi aveva potuto fare una cosa del genere, una tale bestemmia proprio nella sua diocesi, si chiedeva don Enzo mentre risaliva con attenzione le scale che lo portavano alla chiesa.

La sua fede incrollabile lo ancorava alla sacralità del destino e della provvidenza, manifestazioni degli imperscrutabili disegni di Dio, eppure mentre percorreva a larghe falcate la navata non riusciva a togliersi dalla testa che quella statua, ora nascosta dal velo blu, fosse causa diretta e indiretta degli eventi che da alcuni giorni andavano scombussolando la tranquilla vita di Bauci.

Incluso quest'ultimo.

La vedova Fasulo, occupata a sistemare lumini in attesa della prima funzione del mattino, lo vide passare trafelato, dirigersi dietro l'altare e inforcare la porta della sagrestia con un fagotto tra le braccia da cui provenivano strani suoni. Se non si fosse trattato di don Enzo, si disse Maria Fasulo, avrebbe detto che dentro quella coperta portata con tanta furia dal prevosto c'era un neonato. Ma figuriamoci – disse tra sé e sé, scrollandosi quel pensiero di dosso –, cose del genere si vedono soltanto in quei programmi pomeridiani della televisione che lei non si perdeva mai.

«Adelaide... Adelaide!» chiamò don Enzo irrompendo nella sagrestia.

«Eccomi, sono qui. Che c'è?»

Non si poteva propriamente definire una perpetua, Adelaide Strazzullo. Di mestiere faceva la merciaia, da oltre vent'anni gestiva il negozio in paese e chiunque avesse bisogno di ago, filo, bottoni, passamanerie e consigli (oltre che essere messo al corrente degli ultimi segreti, a volte inconfessabili, di Bauci) trovava in lei un porto accogliente e sicuro; ma per tradizione di famiglia e per devozione a sant'Eufrasia (il nome di sua madre buonanima), ogni mattina dava una mano a don Enzo a tenere pulita chiesa e sagrestia prima di andare ad aprire bottega. Era quello il suo modo di essere una brava cristiana e di farsi perdonare dal Signore qualche parolina di troppo distribuita qua e là.

«E che portate in braccio, don Enzo?»

«Un bambino.»

«Oh beata Vergine!»

«Lascia in pace la Madonna e dammi una mano, piuttosto.»

«Datelo a me, don Enzo, che voi con ostie e aspersorio siete un maestro, ma se uno vi dovesse giudicare da come tenete questa creatura... Ma da dove spunta fuori quest'anima di Dio?»

«Qualcuno l'ha abbandonato dietro la statua, sotto la gradinata.»

«Oh Gesù, come la ruota degli Esposti.»

«Adelaide!» protestò don Enzo, che inorridì al pensiero che uno strumento della carità cristiana come la ruota degli Esposti, per secoli benemerito argine contro infanticidi e aborti, potesse essere paragonato alle terga del demonio che si trovavano lì in basso, nascoste dal telo blu.

Adelaide intanto aveva sistemato il fagotto sulla credenza dei paramenti. Scostò i lembi della coperta.

«Sembra sana. È una bella bambina.»

«Una bambina...» ripeté don Enzo. Ecco spiegata la bambola che le era stata messa accanto. Il prete se l'era infilata in tasca, quando aveva sollevato la bimba dalla scatola. La tirò fuori e si accorse solo in quel momento che la bambola aveva qualcosa legato a un braccio. Era un biglietto arrotolato. Lo spiegò. C'era scritta una frase, forse si trattava di versi: "Non senti che freddo che c'è? Ho lasciato indietro una parte di me. Ma il sole dov'è? È qua vicino a me. Resterò al buio anche se loro non sapranno mai tutto di me".

Cosa voleva dire? Che significava? Di certo doveva averlo scritto la madre. La grafia era rotonda, regolare, femminile. Chi poteva essere? Chi mai poteva aver abbandonato una bambina nella piazza della cattedrale? A lui non risultava che ci fossero altre fedeli incinte in paese a parte Clotilde Marino, la professoressa di matematica della Falcone e Borsellino, e Lucrezia Lo Curto, la moglie del maresciallo Saverio Mannino, che aveva seguito il marito insieme alla loro primogenita Piera, di anni sei, quando un anno prima era stato trasferito a Bauci da Partinico.

Era da escludersi a priori che una di loro potesse essere la madre della bambina. Entrambe erano, come si dice, in felice e trepidante attesa. Invece la creatura che adesso scalciava sotto le mani di Adelaide era il frutto indesiderato di un peccato. Era evidente. Altrimenti perché abbandonarla? Ma se la madre era una femmina di Bauci, come aveva fatto a portare avanti una gravidanza senza che nessuno se ne accorgesse? E com'era possibile che lui non ne sapesse nulla? Certe cose non possono sfuggire al setaccio fine del confessionale di un paese, non è neppure immaginabile. E meno che mai a lui, che era un pastore attento a tutte le pecorelle del gregge che il Signore gli aveva affidato in custodia. Nessuna esclusa, soprattutto quelle che avevano la tendenza a smarrirsi di frequente – e ce n'erano a Bauci, eccome se ce n'erano.

E se invece si fosse trattato di una turista? Magari una straniera, una di passaggio? Poteva anche essere, perché no? In questo caso trovare la madre della bambina sarebbe stato davvero difficile, forse addirittura impossibile.

Pensieri e ipotesi si rincorrevano, affastellandosi gli uni sulle altre. Ci avrebbe pensato dopo, si disse don Enzo. Adesso bisognava trovare una soluzione per quella scabrosissima faccenda. Occorreva cercare un rifugio per la bambina. Rapidamente e in modo discreto. Poi avrebbe indagato con delicatezza e circospezione. Se era figlia di una donna del paese, lui l'avrebbe scoperto, quant'è vero Iddio.

«Adelaide, tienila per una mezz'oretta, per favore. Io corro alla stazione dei carabinieri.» Fece per uscire ma poi, come preso da un dubbio, tornò indietro e, abbassando il tono della voce, aggiunse: «Mi raccomando, Ade': non fare parola con nessuno di questa storia. Muta devi stare. Muta. Ci siamo capiti?».

Punta sul vivo, Adelaide quasi si scandalizzò.

«Don Enzo, e che me lo dovete pure dire? Una cosa così delicata... Voi lo dovreste sapere, io sono una che si tiene il cecio in bocca senza farlo cadere.»

Seee vabbe', disse fra sé e sé don Enzo mentre si calava la berretta in testa. Poi uscì dalla sagrestia rivolgendo un appello silenzioso alla Misericordia, senza aggiungere altro.

«Don Enzo, ma dove andate? E la messa?» La domanda della vedova Fasulo lo inseguì lungo la navata centrale.

«La funzione è rinviata Maria, tanto a quella delle sette ci stai sempre solo tu. Ci vediamo alla messa delle otto» tagliò corto il prete.

E uscì quasi di corsa, lasciando sbigottita la vedova: per il secondo giorno di fila don Enzo aveva rinviato la funzione di apertura del rito delle preghiere. Non era mai accaduto in venti anni: lei ci sentiva un po' male, è vero, però aveva buona memoria. Ma cosa stava succedendo a Bauci? Statue che si lamentano, preti che rinviano le messe. Che tempi erano diventati quelli...

Arrivato alla stazione dei carabinieri, all'ingresso del paese, don Enzo si attaccò al campanello. Dopo un po' da una finestra si affacciò il maresciallo Saverio Mannino. Aveva la giacca della divisa sbottonata. Sotto si intravedeva la canottiera.

«Don Enzo?» lo salutò con stupore.

«Buongiorno, maresciallo. Vi devo parlare con urgenza.»

«Un minuto e scendo. Vi apro il portone. Accomodatevi nella sala d'aspetto, intanto.»

Il sacerdote entrò ma restò in piedi, a misurare la stanza coi passi, tra calendari dell'Arma e una replica della prima pagina della "Domenica del Corriere" col ritratto di Salvo D'Acquisto che offriva il petto al plotone nazista.

«Eccomi qua, padre. Accomodatevi nel mio ufficio.» Con la divisa in ordine, Saverio Mannino aveva ritrovato un po' della sua autorevolezza, a dispetto dell'alito che sapeva di caffè.

Il sacerdote si sedette, non prima di essersi chiuso la porta alle spalle. Il carabiniere lo guardò incuriosito ma non commentò.

«Maresciallo, voi sareste in grado di capire, facendo indagini discrete, se qualcuna delle donne del paese ha avuto un figlio senza denunciarne la nascita?»

In sette anni di permanenza a Partinico, ne aveva viste di tutti i colori e ascoltato le richieste più bizzarre. Ma una cosa così...

«Be', dovrei intanto verificare negli ospedali di zona se qualche donna ha partorito oppure si è fatta medicare per problemi riconducibili a un parto. Poi dovrei sentire le levatrici autorizzate e i ginecologi dei paesi limitrofi, non solo quelli di qua. Perché magari il fatto non è avvenuto a Bauci. Insomma, ci vuole un po' di tempo, ma non è una cosa impossibile. Sempre che la donna non abbia partorito in casa, magari con l'ausilio di qualcuno che non è un professionista tenuto a denunciare la nascita. In questo caso diventa un po' più complicato...»

«Ecco, io mi stavo chiedendo se...»

«Don Enzo, perdonatemi, ma di che stiamo parlando esattamente?» lo interruppe il maresciallo.

«Ecco, io avrei trovato una bambina, una neonata, questa mattina, davanti alla chiesa...»

«*Avreste* trovato una bambina?»

«Eh già» rispose il prete, al quale l'ansia impediva di cogliere l'ironia nella domanda del maresciallo, che era un catanese di battuta pronta e spirito acuto.

«E questa bambina dove si *troverebbe* ora?» chiese Mannino adattandosi alla prudenza del condizionale di don Enzo.

«In sagrestia. Sarebbe nelle mani della mia perpetua Adelaide, persona affidabile.»

«E dov'è che l'*avreste* trovata?»

«Diciamo che sarebbe stata abbandonata dietro la statua di quell'artista colombiano, nella piazza davanti al sagrato.»

«Capisco» disse il maresciallo riportando all'indicativo le poche informazioni che il sacerdote centellinava con parsimonia.

«Però io vorrei chiedervi, se possibile, che nella denuncia venisse riportato che la bambina è stata abbandonata davanti al portone della chiesa» aggiunse don Enzo.

La richiesta suonava strana. Per quale motivo era necessaria quella variazione? Saverio Mannino glielo chiese apertamente. Il sacerdote si toccò la berretta e sospirò prima di rispondere.

«Vedete, maresciallo, voi ce l'avete presente quella statua? Basta guardarla per rendersi conto che si tratta di un inno a Sodoma. L'idea che una bambina, un'anima innocente, benché forse ancora priva del sacramento del battesimo, possa essere stata abbandonata lì vicino, e non davanti alla chiesa – come sarebbe stato più giusto, se la disperazione costringe a un gesto come quello – è una cosa che lascia l'amaro in bocca, non credete?»

Il maresciallo ascoltava senza replicare.

«Insomma, si tratta di una storia piena di brutti simboli. E in un momento come questo, poi. Dopotutto» disse don Enzo, spostandosi un po' avanti con la sedia, «che cosa cambia se diciamo che la bambina è stata abbandonata davanti al portone? Non sarebbe un danno per nessuno e sarebbe in linea con la tradizione di accoglienza della Chiesa e con la storia di sant'Eufrasia. Oltretutto, tra poco c'è la processione...»

Il maresciallo si prese qualche altro secondo. Il prete non aveva torto, in fondo non si trattava di spostare il luogo di ritrovamento di un cadavere, non c'era il rischio di inquinare la scena del crimine, mica era una faccenda per i Ris quella, trenta metri di distanza non avrebbero modificato la sostanza delle cose. Però don Enzo si doveva assumere la responsabilità della scelta, si disse Mannino. E rilanciò.

«Facciamo in questo modo, padre. Questa che ci siamo appena fatti la consideriamo una chiacchierata informale. Voi adesso però mi fate una bella denuncia, che noi raccogliamo per avviare un'indagine vera e propria – il che ci consentirà di avvertire gli assistenti sociali del Comune di

Bauci e il magistrato del tribunale dei minori competente, che nel nostro caso è quello di Salerno.

«E adesso veniamo a noi. Nel corso della ricostruzione degli eventi, quando io vi rivolgerò la domanda specifica, voi mi direte in quale luogo avete trovato la bambina, e quella, badate bene don Enzo, sarà la prima volta che io ve lo sentirò dire. Tutto chiaro?» disse il maresciallo fissandolo dritto negli occhi.

«Ho capito» rispose il prete raccogliendo l'offerta. Avrebbe mentito in un atto ufficiale, ma sarebbe stato un peccato veniale, finalizzato al bene. Il Signore, nella sua infinita misericordia, avrebbe saputo perdonarlo.

E le cose si svolsero come concordato.

Al momento di accomiatarsi, don Enzo portò la mano alla tasca, tirò fuori la bambolina e la allungò al maresciallo.

«Una fatina Winx. Era nella scatola insieme alla creatura?» chiese il carabiniere.

«Esatto. Conoscete questa bambola?» si stupì il sacerdote.

«Be', sapete com'è, don Enzo, ho una figlia piccola. Non c'è bambina che non desideri una di queste fatine, mannaggia alla televisione e alla pubblicità, con quello che costano...»

«Con la bambola c'era anche questo» aggiunse don Enzo passandogli il biglietto. Il maresciallo Mannino lo prese e lo lesse.

«Può essere d'aiuto?» chiese il sacerdote.

«Vedremo. Tutto serve» rispose enigmatico Mannino, al

quale quei versi misteriosi avevano attizzato l'istinto dell'investigatore e, di colpo, era tornato a essere carabiniere e basta.

Il sacerdote lasciò la caserma e si diresse verso la chiesa. Almeno la messa delle otto doveva officiarla, altrimenti si sarebbe scatenato un putiferio. Poi avrebbe chiamato il sindaco per chiedere l'intervento dell'assessorato alle Politiche sociali. Occorreva trovare un posto alla bambina in attesa che il tribunale dei minori di Salerno decidesse delle sue sorti. A meno che nel frattempo lui non fosse riuscito a ritrovare la madre e a convincerla a riprendere sua figlia: sarebbe stata la soluzione migliore, quella meno dolorosa e meno scandalosa per il paese. Bauci aveva bisogno di ritrovare la sua tranquillità: tra poco ci sarebbe stata la processione annuale, e quel drammatico abbandono, per non parlare dell'oscenità esposta in piazza, non avrebbe certo aiutato a creare il miglior clima d'accoglienza per sua Eccellenza. Cosa avrebbe pensato il vescovo? Che figura ci avrebbe fatto lui? Un parroco che non riesce a governare le anime della sua diocesi... Gli vennero i brividi al pensiero. Occorreva fare le cose rapidamente e con discrezione.

Questo si ripeteva don Enzo entrando in chiesa.

Si affacciò sull'uscio della sagrestia giusto in tempo per vedere Adelaide rimettere a posto la cornetta del telefono.

«Chi era?» chiese.

«Avevano sbagliato numero» rispose la perpetua. E distolse lo sguardo.

Un'ora dopo tutta Bauci sapeva.

Nove

Era stata una serata memorabile, la loro. Erano passati due giorni ma la piacevolezza dei sapori, dei profumi e della conversazione ancora ovattava il ricordo. Una cena semplice e sontuosa, di quelle che sua madre, buonanima, avrebbe definito *di soddisfazione*. Lei e Carmelina non si erano fatte mancare nulla.

Aveva preparato le *freselle* acconciate con pomodorini, olive, capperi, un paio di acciughe, olio, origano e uno spicchio d'aglio. Il segreto (glielo aveva insegnato nonna Luisa quand'era bambina) consisteva nel bagnarle prima con un po' d'acqua di mare, così si ammorbidivano e si salavano in modo uniforme e naturale. Poi aveva tagliato le zucchine a rondelle sottili, le aveva fritte e servite alla scapéce, col basilico e un filo di aceto. Infine le salsicce *cervellatine* (in tutta la Costiera nessuno le faceva come Giovanni), che lei aveva maritato coi friarielli, i broccoletti amari che si coltivano solo nelle terre del Vesuvio.

Un bicchiere dietro l'altro s'erano spartite una bottiglia

di Furore, un vino di uve Falanghina e Biancolella col nome di un minuscolo fiordo fatato non lontano da Amalfi, dove lei andava a fare il bagno appena poteva.

E per finire, Carmelina – che si era messa in cerimonie, come si dice – si era presentata con una fiamminga di Santa Rosa, la versione locale della sfogliatella *riccia* napoletana.

Ecco, pensò Elvira, quella era stata la perfetta conclusione per una cena così, una serata dove col pane e companatico s'erano divise anche vecchi ricordi e qualche confidenza intima. Perché forse Carmelina non lo sapeva, ma la sfogliatella era il dolce più antico e misterioso della pasticceria napoletana, una vera ode alla sensualità.

Le vestali che aprivano i riti del culto della Grande Madre nelle colonie greche – com'era Napoli più di due millenni fa – portavano tra le mani un dolce di forma triangolare, simbolo della femminilità e della fertilità. Addolcito dal miele e offerto anche nei baccanali dedicati a Priapo nella cripta di Piedigrotta, quel pane triangolare era riapparso poi nei conventi dell'alto medioevo. Nel Seicento il segreto della ricetta era passato alle carmelitane scalze. Lontano dagli sguardi del mondo, le giovani nobili sacrificate all'oblio dalle proprie famiglie, sepolte vive spesso contro la loro volontà, avevano creato la più scostumata delle sfogliatelle aprendo un piccolo taglio perpendicolare in uno degli angoli e riempendolo di crema pasticcera e amarene. La Santa Rosa era una rivendicazione di femminilità e un invito al peccato, secondo le letture maliziose delle cronache d'epoca. O forse, come sostenevano altri, un disperato inno d'amore evaso dalle segrete di un convento.

Se Carmelina avesse immaginato quanti simboli si nascondevano in quel dolce, forse avrebbe lasciato le Santa Rosa nella vetrina della pasticceria.

Elvira, seduta ai tavolini del bar Arturo davanti a una granita al limone, sorrideva al pensiero.

Lo scandalo è negli occhi di chi guarda, si disse osservando la *Maja tropical* che se ne stava lì, lasciva e superba, a rimirare lo spettacolo eterno del mare che abbraccia la costa di Amalfi, indifferente ai tumulti e alle passioni che andava causando, la schiena nuda rivolta alla chiesa, esagerata, sfacciata e senza Dio.

Se a Carmelina e alle sue paure si poteva perdonare tutto, pensava Elvira osservando le curve sinuose della statua, era però difficile perdonare chi invece aveva studiato, chi aveva responsabilità precise verso la comunità, quelli che si rivolgevano ai fedeli e agli elettori, insomma. Elvira non sopportava pruderie e ipocrisia, anche se sapeva che era una battaglia persa. Nel suo paesino la modernità era arrivata tutta d'un botto, quasi dalla sera alla mattina. E Bauci appariva ancora come disorientato, confuso. D'estate diventava cosmopolita, coi turisti che ne facevano una Babele, e d'inverno tornava un paesone di campagna, quando, insieme ai ristoranti e agli alberghi, chiudevano le imposte anche gli animi e i cuori di quelli che restavano. E spesso pure i cervelli. Davanti a certe esplosioni d'ignoranza e di pregiudizio, sua madre, vecchia professoressa di lettere, citava sempre Leopardi: "Non so se il riso o la pietà prevale".

E mentre sfogliava il giornale cercando un po' di conforto nei guai degli altri, fu fulminata da un titolo: *Il miracolo di Bilbao*. Si fermò a leggere meglio. Il quotidiano dedicava un reportage alla città principale dei Paesi Baschi, diventata la seconda meta preferita dai turisti stranieri in Spagna. In pochi anni la città aveva scalato le classifiche del gradimento e ora veniva subito dopo Madrid, lasciandosi alle spalle Barcellona, Siviglia, Malaga, la Costa del Sol e perfino le Baleari. Il miracolo – raccontava l'inviato – era dovuto alla costruzione del museo Guggenheim realizzato alla fine degli anni Novanta dall'archistar Frank Gehry: un'opera stupefacente costruita sulle rive del fiume Nervion che sembrava un'enorme nave aliena, ricoperta da un manto di squame di titanio sulle quali la luce del sole rimbalzava, lanciando mille baluginii colorati, da qualunque prospettiva la si guardasse. Ogni anno un milione di persone arrivava là per ammirare quel museo ormai più importante delle stesse opere che conteneva: tutti in coda, richiamati dal canto della ciclopica sirena di metallo distesa sull'argine del fiume. Intorno al Guggenheim, Bilbao era rifiorita e l'economia anche: in pochi anni il reddito pro capite dei suoi trecentocinquantamila abitanti era aumentato di un sesto.

La *Maja tropical*, adagiata sul suo triclinio, il volto nell'incavo della mano, sembrava osservare Elvira, che intanto pescava in un angolo della memoria frammenti di un viaggio fatto nei Paesi Baschi, quando il Guggenheim non c'era ancora, lei faceva uno stage universitario di tre mesi in Spagna ed era mossa dalla curiosità. Ricordava una città con pochissimi, sparuti turisti. Cos'è che aveva visitato? Ecco, sì... la cattedrale gotica di Santiago (*bellissima...*), la basilica di Nuestra Señora de Begoña, i duecento gradini della Calzadas de Mallona (*o forse erano un po' di più, vatti a ricordare*), il mercato della Ribera... ma per quanti sforzi facesse, non le veniva in mente null'altro. Insomma, era innegabile che davanti al fervore di Barcellona, all'opulenza di Madrid, all'eleganza di Siviglia, alla trasgressione all inclusive delle isole del Mediterraneo, Bilbao, affacciata sull'Atlantico, apparisse fredda e lontana.

Eppure, per superare l'isolamento geografico e culturale era bastato un museo (be', certo, *quel* museo, non uno qualunque) e Bilbao era diventata da un giorno all'altro una tappa irrinunciabile del nuovo Grand Tour di massa. Una lezione per tutti, rifletteva Elvira. Anche per quel vecchio ministro delle Finanze, quel tale... come si chiamava? Quello che per giustificare i tagli ai musei, al teatro, all'editoria aveva detto che con la cultura non si mangia... Ma sì, quello lì...

Però, tutto sommato, nemmeno Bauci si poteva lamentare. Certo – è ovvio – il suo paesino era molto più piccolo di Bilbao, ci mancherebbe: il paragone neanche si poneva. Ma per quanto piccolo fosse, Bauci portava in dote la bellezza della natura e della storia; i secoli erano passati lungo la Costiera fissando tracce indelebili: poeti, scrittori, sovrani, musicisti, scultori e pittori avevano lasciato testimonianza del loro passaggio suonando, descrivendo e riproducendo con opere sensazionali la bellezza dei luoghi dove lei era nata e cresciuta.

Ecco, pensò, forse quello che a noi manca è un piccolo Guggenheim. Sarebbe il quarto miracolo del bar Arturo. Guarda caso il giornale era proprio lì che lo aveva trovato. Se Bauci avesse un museo ne guadagneremmo tutti. Un piccolo museo, magari a strapiombo sulla Costiera, un rifugio per le opere degli artisti che si affacci sul mare. Ma bello però, un gioiellino architettonico, un'opera memorabile. Magari di pietra viva, legno e cristallo, che richiami la natura del luogo, catturi la luce e non spezzi la linea dell'orizzonte. Un ricovero per tutte le *Majas tropicales* che a causa della stupidità degli uomini faticano a trovare posto in piazza.

Elvira doveva avere una strana espressione mentre fantasticava, perché Carmelina la scosse chiedendole: «Tutto bene, dottoressa?».

«Scusate, Carmelina, non vi avevo visto arrivare. Tutto bene, grazie. E voi?»

«A dire la verità, sono un po' impressionata. Non avete saputo di don Enzo e della statua?» E così dicendo le si sedette accanto, non senza aver prima gettato uno sguardo fugace alle rotondità della *Maja tropical*, che se ne stava poco distante, più altezzosa che altera.

«Non so nulla, Carmelina. Che cosa vuole don Enzo, un velo ancora più grande? Non gli basta quello collocato dal Comune?»

«No, non c'entra niente il velo.» Portandosi una mano sul petto, Carmelina abbassò un po' la voce, come se si trovasse nel confessionale della chiesa di Sant'Eufrasia, e non al bar

Arturo. E rivelò d'un fiato: «Don Enzo ha trovato una bambina ai piedi della statua!».

«Una bambina?» esclamò Elvira, e per poco la coppa con la granita non le cadde dalle mani.

«E di chi è? Chi l'ha lasciata lì?»

«Non si sa. Adelaide Strazzullo – la conoscete, no? Radio Bauci, la perpetua – dice che è un mistero che nemmeno i carabinieri sono ancora riusciti a risolvere.»

«Ma la bambina adesso dove sta, chi la tiene?»

«Sta ancora in sagrestia, povera creatura» disse Carmelina.

«Gesù, ma chi l'avrà abbandonata? Chi può aver fatto una cosa del genere?» mormorò Elvira.

«La vedova Fasulo è stata la prima ad accorgersene, perché ha sentito i lamenti che venivano da sotto la statua. Anzi, sapete che si racconta in giro, dottoressa?»

«Che cosa si racconta?»

«Io non ci credo, a dire la verità, però ho sentito le sorelle Iaccarino che dicevano che un sacco di gente ha notato troppe strane coincidenze: quella cosa nuda là in mezzo, la statua della santa che le deve passare proprio davanti il giorno della processione, il parroco che si arrabbia, il sindaco che ci mette una pezza, anzi, un velo... Insomma, sono numeri al lotto. Se poi ci mettiamo pure il fulmine che ha colpito la campana tre settimane fa, quando c'è stato quel temporale tremendo... Voi non lo potete ricordare perché stavate ancora a Roma, ma qua...»

«E allora?» tagliò corto Elvira, temendo di sapere già quale fosse l'approdo del ragionamento.

«Insomma, dottore', la gente mormora che questa è una cosa che non si spiega, perché a Bauci altre femmine incinte, a parte quelle regolari, chiamiamole così, non ce ne stavano. È un mistero. E allora qualcuno adesso va raccontando che quella bambina potrebbe essere il frutto di una fattura, una magia... Dicono che la statua forse c'azzecca qualche cosa...»

«E certo! Si capisce! Mò le statue si mettono a partorire! E chi sarebbe il padre? Il *David* di Michelangelo? Carmeli', ma vogliamo veramente credere a queste sciocchezze? Gesù, solo in questo paese si possono sentire cose del genere... Non bastava il caffè dei miracoli, mò c'abbiamo pure la sala parto delle statue» sbottò Elvira, alzando un po' la voce per il nervoso.

«Non vi arrabbiate, gliel'ho detto pure io che è una sciocchezza. Ma voi lo sapete com'è: non date importanza. So' chiacchiere 'e paese...»

«Carmeli', sono le chiacchiere la rovina di questo paese. Mettiamocelo bene in testa. Una disgraziata abbandona una povera creatura e qua pensano alle fattucchiere e se la pigliano con una statua? Ma per favore...»

Nel silenzio che seguì, senza dirselo, volsero entrambe lo sguardo al triclinio. Se anche era seccata, la *Maja tropical* non lo dava a vedere.

Dieci

Gli mancavano due anni alla pensione. Appena due. Gaetano Melchiorre si era fatto fare bene i calcoli dal patronato sindacale. Con le agevolazioni che gli spettavano per la sua piccola invalidità, tra ventiquattro mesi avrebbe salutato tutti e via.

Aveva programmato ogni cosa da tempo. Il pezzetto di vigna lo aveva messo a reddito, come si dice, da almeno tre anni. La casa in cui viveva – due stanze, ma con tutte le comodità, incluso giardino e pergolato – era di sua proprietà. Prima che i prezzi crollassero, era riuscito a vendere un fondo agricolo, frutto di un'eredità, che gli aveva reso bene. Insomma, sommando la liquidazione con quello che aveva già messo da parte (solo titoli di stato: rendita bassa ma sicura, gli aveva spiegato il direttore della banca), aveva ormai quello che gli serviva per godersi il resto dei suoi giorni senza lavorare.

Il suo sogno stava per realizzarsi. Si sarebbe trasferito in Thailandia. Avrebbe fatto la vita del signore, proprio come si vede in certi film: un lettino sotto le palme, di fronte al mare, uno smoothie al mango in mano, l'ombrellino colorato nel bicchiere e una femmina vicino: più giovane di lui, certo, mica era lo scemo di Bangkok.

Erano anni che ci pensava e faceva i conti. Gaetano Melchiorre, segretario comunale di Bauci col cuore ai tropici, aveva studiato tutto fin nei particolari. L'inverno precedente aveva trascorso le ferie di Natale a Ko Samet, a duecento chilometri dalla capitale, proprio per mettere a punto gli ultimi dettagli del suo piano segreto e dare l'anticipo per la casa. Con centocinquantamila euro si era portato via una villetta sull'isola. Una volta trasferito, si sarebbe fatto accreditare la pensione in una banca locale e con quei soldi avrebbe fatto la vita del principe. Con cento, centoventi euro al mese, paghi una coppia che tutti i giorni pulisca casa e pensi alla cucina. Da quelle parti, le aragoste te le tirano dietro per pochi euro. Sole, mare, frutta e pesce alla griglia. Nove, dieci mesi all'anno così. Il paradiso. Poi, quando arriva la stagione dei monsoni, te ne torni per un po' al sole della Costiera e lasci la pioggia ai thailandesi.

Figuriamoci se davanti a quella prospettiva poteva preoccuparsi del permanente stato di agitazione del manicomio dove continuava a lavorare. Gaetano se ne fotteva. Li guardava agitarsi e li compativa. Per lui ogni giorno che passava era un giorno in meno che lo separava dall'Eden: tutte le sere ne depennava uno dal calendario di Padre Pio appeso in cucina.

Però bisogna dire che c'erano giornate che non passavano mai. Come succedeva da un po'. Lui non ci capiva niente, e a certe voci non ci credeva, ma doveva ammettere che da quando c'era la statua della chiattona nuda in piazza, ogni minuto c'era un problema. E tutte le volte, puntuale come un pagherò, don Enzo si presentava in Comune e il sindaco entrava in confusione e poi se la pigliava col primo che gli capitava davanti. E in genere il primo era lui.

Come se non bastasse, poi, quella mattina Rocco Casillo sembrava ancora più nervoso del solito. La sera prima era stato a Roma ed era rientrato a Bauci a notte fonda. Lui che lo conosceva bene aveva capito subito che gli giravano assai, perché quando si era presentato in Comune nemmeno aveva risposto al suo saluto. Aveva fatto un verso, per la verità, come quello che fanno i cinghiali: brutto segno. Doveva aver dormito poco o niente, o forse le cose alla direzione del partito non erano andate come voleva lui: tu vallo a sapere.

Comunque, per evitare problemi, arrivato alla porta, Gaetano bussò con molta discrezione.

«Avanti!»

«Sindaco, ci sarebbe don Enzo che chiede di parlare con voi.»

«Ancora? E che vuole, te l'ha detto?»

«E vi pare che me lo dice proprio a me?»

«Vabbuo', fallo entrare» concesse il primo cittadino, infilando di riflesso una mano sotto la scrivania e mandando l'altra a cercare il pacchetto di sigarette.

«Lo vado a chiamare, l'ho fatto accomodare in sala d'aspetto. Ma mi pare agitato assai...» aggiunse Gaetano tirandosi dietro la porta.

Agitato? E perché?, si chiese Rocco Casillo ripassando quello che era successo negli ultimi giorni mentre accendeva la Marlboro. La *Maja tropical* era ormai celata allo sguardo della chiesa; lo spazio tra il velo blu e la scalinata era sufficiente a far transitare la processione e la statua della santa; il vescovo non aveva saputo nulla; l'opposizione non aveva protestato; i giornali non ne avevano parlato: tutto sembrava procedere per il meglio, insomma. Allora perché il prete era agitato?

«Buongiorno, sindaco.»

Agitato? A dir poco, pensò Rocco Casillo guardando il parroco: sembrava fuori dalla grazia di Dio, un fascio di nervi con la faccia tutta rossa. Il sindaco gli indicò la sedia di fronte a lui, ma il prete si stava già sedendo per conto suo.

«Che succede, don Enzo?»

«Una bambina. Questa mattina ho trovato una bambina davanti alla chiesa.»

«Una rom, una questuante?» equivocò preoccupato Casillo, che nel suo programma aveva messo sicurezza e decoro urbano tra i primi punti.

«Ma quale rom, sindaco! Una neonata...»

«E che ci faceva una neonata davanti alla chiesa?» si stupì il primo cittadino, che si chiedeva a quel punto cosa diavolo c'entrasse lui con quella faccenda.

«È stata abbandonata da qualcuno, è evidente.»

«Uh Gesù!... Non si può credere. E chi può essere stato?»

«È quello che ci domandiamo io e i carabinieri.»

«E che possiamo fare adesso?» chiese Casillo con un filo di tensione nella voce: qualcosa gli diceva che quella storia gli avrebbe causato problemi.

«Questo è il punto: che cosa possiamo fare adesso. La bambina è stata abbandonata vicino alla vostra opera, chiamiamola così. Nella denuncia invece – che Dio mi perdoni – ho dichiarato che è stata lasciata davanti al portone della chiesa. Non vi dovrebbe sfuggire il perché» disse don Enzo sbirciandolo severo da sopra gli occhiali. Il sindaco annuì ad occhi chiusi facendo un gesto con la mano come a voler cancellare quella spiacevole faccenda.

«Voi capite, sindaco, che non è una bella immagine quella di una bambina abbandonata a pochi giorni dalla processione davanti al portone della chiesa. Se per disgrazia poi si spargesse la voce che in effetti la neonata è stata abbandonata sotto quell'obbrobrio di marmo, sarebbe ancora peggio, con le implicazioni simboliche che uno ci potrebbe leggere. E comunque, in un caso o nell'altro, staremmo messi male tutti e due.»

Un momento, pensò il sindaco, come sarebbe *tutti e due*? Che cosa voleva insinuare il prete? Che cosa c'entrava lui? La bambina era stata abbandonata davanti alla chiesa, mica davanti al municipio, giusto? E allora per quale motivo don Enzo lo tirava in ballo? Rocco Casillo gli rivolse uno sguardo perplesso.

Era quello il momento di debolezza che il prete stava aspettando: e affondò il coltello nella carne.

«Eh già, perché io non ci farei una bella figura con sua Eccellenza il vescovo, ma neppure voi potreste continuare a camminare per Bauci a testa alta...»

Rocco Casillo non riusciva a nascondere la sua costernazione. Non riusciva a capire a quali responsabilità il prete si riferisse. Ma sentendosi sotto attacco, provò d'istinto a rintuzzarlo, appellandosi all'esperienza di anni di battaglie politiche.

«Don Enzo, con tutta la buona volontà, davvero non vedo in quale modo l'amministrazione, che indegnamente rappresento e guido, potrebbe farsi cari...»

«Sindaco, a me è affidata la responsabilità della cura delle anime di questo paese» lo interruppe il sacerdote, che non aveva nessuna intenzione di lasciargli chiudere la liturgia. E sferrò il colpo finale. «Però è a voi che è affidata la responsabilità delle sue Politiche sociali. Noi non sappiamo ancora che cosa sia successo esattamente, ma se una donna di Bauci ha abbandonato la sua bambina perché non poteva mantenerla, o magari perché si sentiva incapace di affrontare da sola la maternità, embè allora in questo caso le vostre responsabilità di amministratore sono superiori a quelle del povero pastore di anime che ora vi sta di fronte. Non so se mi sono spiegato» concluse il prete guardando dritto negli occhi il primo cittadino.

Il sindaco era ammutolito, la sigaretta sospesa tra le dita ingiallite.

Diavolo d'un prete, pensò Casillo. Don Enzo lo aveva incastrato. Quella faccenda poteva diventare una disgrazia.

Se la cosa finiva sui giornali erano guai seri. Già vedeva i titoli, già sentiva i commenti di quell'infame di De Santis, l'ex sindaco, suo acerrimo avversario politico. Gli sembrava di sentirlo tuonare nell'aula del consiglio comunale: "L'amministrazione Casillo spreca il danaro pubblico per allestire mostre pornografiche mentre le madri di Bauci sono costrette ad abbandonare i propri figli".

A Rocco Casillo corse un brivido lungo la schiena. Allora si alzò, girò intorno alla scrivania, prese una sedia e si piazzò di fronte al prevosto.

«Che cosa dobbiamo fare?» gli chiese sporgendosi in avanti.

«Occorre trovare subito una sistemazione alla bambina, rapidamente e in modo discreto, con la massima riservatezza possibile.»

Il sindaco rispose con un leggero moto di impazienza.

«Siamo realisti, don Enzo. Una notizia così non resta segreta per molto tempo. Soprattutto in un posto come Bauci. Avete detto che i carabinieri stanno avviando le indagini, giusto? Questo – a casa mia – vuol dire che andranno in giro a fare domande. Ora, per quanto discreti possano essere, per quanto tempo ancora pensate che la notizia resterà segreta?»

«Ma certo, lo immagino, vivo a Bauci pure io, sindaco, e conosco bene le attitudini alle chiacchiere che abbiamo qui in paese. Proprio per questo penso che se il Comune si muove rapidamente, e in modo riservato, salviamo capra e cavoli. Così, quando questa storia diventerà di pubblico dominio – perché sarà inevitabile che accada, prima o poi – noi potremo dire che, data la delicatezza della questione, il Comune, in concerto con la parrocchia, si è mosso fin dai primi minuti per risolvere tutto al meglio, tutelando nel contempo la privacy della bambina e della sfortunata genitrice. Dunque il nostro sarà stato un comportamento tempestivo e caritatevole, che ha tenuto conto delle esigenze di tutti, nel rispetto del diritto e della compassione. In altre parole nell'osservanza della legge degli uomini e di quella di Dio» concluse con enfasi don Enzo, rivolgendo occhi e dito indice verso il soffitto.

Il ragionamento era convincente. Anzi, non faceva una grinza. Quel prete era davvero diabolico, pensò il sindaco. E si alzò, perché bisognava mettere subito mano alla faccenda e lui era sempre stato un uomo del fare, come si dice.

«Ora chiamo subito l'assessore alle Politiche sociali» annunciò.

«La soluzione ideale, una volta espletate le formalità di legge, sarebbe quella di affidare la bambina a una famiglia, e non a una struttura. Credo che nessuno si opporrà» aggiunse don Enzo. E, davanti allo sguardo perplesso del sindaco, spiegò: «Una famiglia tutelerebbe meglio la riservatezza necessaria e apparirebbe come una soluzione vicina alla tradizione caritatevole del nostro paese. Questo anche per neutralizzare eventuali morbosità giornalistiche. Una famiglia di Bauci che si prende cura della bambina restituisce dignità alla comunità, significherebbe che noi stessi possediamo gli anticorpi per sconfiggere il virus dell'indifferenza».

Non c'è che dire, pensò ammirato Rocco Casillo, il prevosto era un rompipalle, ma tanto di cappello.

Accompagnò don Enzo alla porta, lo congedò e, mentre il prete si allontanava lungo il corridoio, chiamò a gran voce il segretario comunale. Bisognava attivare subito i Servizi sociali. Che gli chiamasse l'assessore Pinuccia Vollero. Avevano bisogno di volontari che si accollassero... cioè – voleva dire – che si prendessero cura della bambina fino a quando non fossero arrivate disposizioni diverse dal tribunale di Salerno.

«Eccomi, sindaco.»

«Fammi venire subito l'assessore Vollero.»

«Corro... a proposito, sindaco: di là ci sarebbe la dottoressa Elvira Neri, l'ho fatta accomodare in sala d'aspetto» disse il segretario.

«E che cosa vuole la dottoressa Neri? Ci mancava solo lei stamattina...»

«Nun 'o saccio, sindaco. Le ho detto che eravate occupato con don Enzo. Ma lei ha risposto che avrebbe aspettato e si è assettata. Ora ha visto il prete che se ne andava: che le devo dire, che c'avete da fare?»

«Ma no, fatto trenta, facciamo trentuno, così vediamo se questa mattinata finisce oppure no» rispose il sindaco e, rassegnato, si risedette dietro la scrivania.

In una nuvola soave di lino color pastello, Elvira entrò nella stanza con un sorriso disarmante e un aroma di lavanda che per un attimo sconfisse l'olezzo di sigaretta che impregnava l'ambiente.

«Buongiorno, dottoressa, quale onore, accomodatevi. A cosa devo il piacere della vostra visita?»

«Buongiorno, sindaco. Volevo parlarvi di un progetto, anzi di un'idea che mi era venuta guardando l'opera di Botero in piazza.»

Al solo nome dell'artista, il sindaco sentì una fitta allo stomaco.

«Vi ascolto» disse Casillo, coi gomiti sulla scrivania e le mani congiunte davanti al mento, per vincere la tentazione di mandarne una giù in basso a sistemare le munizioni, come da qualche giorno gli veniva di fare ogni volta che qualcuno nominava lo scultore e la sua statua.

«Pensavo che i problemi che avete avuto con la *Maja tropical* sono stati causati soprattutto dalla sua collocazione. Se l'opera avesse trovato posto in una struttura adeguata, don Enzo non avrebbe avuto nulla da recriminare, la processione non avrebbe incontrato difficoltà e noi non ci saremmo dovuti scervellare per trovare una soluzione che salvasse capra e cavoli. Risolta questa faccenda, però, il problema rimane. Che cosa accadrà in futuro? Se mai vi dovesse venire in mente di esporre opere più trasgressive, magari di artisti scomodi come – che so? – Damien Hirst, quello che mette gli squali morti in formaldeide, o Maurizio Cattelan, con la statua di Papa Wojtyla colpito da un meteorite... ecco, in casi del genere vi siete chiesti come fareste?»

Casillo ascoltava in silenzio, facendo di tanto in tanto leggeri cenni col capo: un modo per temporeggiare, non prendere posizione e aggirare la richiesta di un commento – anche perché, per la verità, non aveva la più pallida idea di chi fossero quei due, sì insomma, quello del Papa acciaccato e quell'altro dello squalo morto.

«Ecco, allora io pensavo che se riuscissimo a ottenere un finanziamento, si potrebbe immaginare di costruire un museo d'arte contemporanea per ospitare mostre itineranti che comprenda anche una sezione permanente. E mi è venuto in mente che esiste un fondo dell'Unione Europea destinato alla realizzazione di opere di particolare rilievo culturale. Badi bene, sindaco: stiamo parlando di finanziamenti a fondo perduto. Bauci insomma potrebbe aspirare ad avere un piccolo Guggenheim, come quello di Bilbao, senza tirare fuori un centesimo...»

Casillo non aveva la benché minima idea di cosa stesse dicendo Elvira Neri, e peraltro aveva serie difficoltà a individuare Bilbao sulla cartina geografica (era in Portogallo?), però possedeva il fiuto e la sensibilità di un cane da tartufo per isolare, tra una miriade di proposte, quella che gli poteva tornare utile. E ciò che sentiva era in linea con il suo progetto per Bauci: il paese doveva fare un salto di qualità, come diceva da sempre – e diventare così la piattaforma di lancio della sua carriera politica.

«Lei ha mai visitato il Guggenheim di Bilbao?»

«Onestamente no, dottoressa.» Elvira Neri gli allungò il giornale con l'articolo.

«Ecco, legga questo allora, ma la invito a cercare altre informazioni su internet. Pensi cosa potrebbe essere Bauci se costruissimo una casa per le opere degli artisti, una specie di rifugio dell'arte, in una delle nostre terrazze a strapiombo sulla Costiera, un museo progettato da una star dell'architettura... Io me lo immagino di cemento nudo, legno e cristallo... Bauci diventerebbe un centro d'attrazione planetario, altro che Saint-Paul-de-Vence...»

La dottoressa Neri doveva aver parlato con quel cretino dell'assessore alla Cultura, pensò il sindaco. Era a Davide Ferrigno che lui citava ogni tre per quattro l'esempio del paesino francese, dunque solo lui poteva averle accennato del progetto. Ma poco importava come l'avesse saputo. L'idea era buona e i sogni appartengono agli audaci – o era la fortuna? Mah, non ricordava. Comunque la faccenda lo intrigava. E molto. E così chiese, buttandola lì: «Ma per accedere a questi fondi bisogna partecipare a una gara, dottoressa?».

«No, è sufficiente presentare un progetto credibile che sia accompagnato da una relazione di contesto, diciamo così. In altre parole, se una città poco vocata chiedesse il finanziamento di un'opera da realizzare in mezzo al nulla, il progetto verrebbe respinto. Ma se invece Bauci, che è nel cuore della Costiera amalfitana, con una storia trentennale di accoglienza di artisti da mezzo mondo, presentasse un progetto con tutti i crismi, be' allora le possibilità che l'Europa conceda il finanziamento diventerebbero molto alte.»

Quelle parole erano balsamo profumato per le sue ferite, linimento miracoloso per le pene e i dolori che la responsabilità del comando porta sempre con sé. Elvira Neri, senza saperlo, gli stava offrendo la possibilità di coronare uno dei suoi sogni. Se le cose fossero andate come prospettava lei, il primo cittadino avrebbe legato il suo nome a un'opera di caratura internazionale. Già vedeva la targa sul piazzale d'ingresso del museo: "Al sindaco Rocco Casillo, gli abitanti di Bauci qui posero, con stima imperitura e gratitudine eterna".

Gli artisti di mezzo mondo – ma sì, pure quei due lì, quello del Papa colpito e quello dello squalo – avrebbero fatto la fila per avere l'onore di allestire una personale nel *suo* museo. E lui sarebbe diventato famoso. Le troupe della televisione avrebbero fatto ore di anticamera per intervistarlo. E sulle ali di quel successo sarebbe arrivato al Senato, membro (forse pure presidente) di una commissione parlamentare, magari di quella più ambita: Lavori Pubblici.

Rocco Casillo sarebbe diventato l'uomo più importante della Costiera e avrebbe potuto mettere mano e dare concretezza al suo vero progetto segreto, quello di cui parlava solo e unicamente con la moglie. Un'opera maestosa, che avrebbe proiettato il suo nome nel firmamento dei politici di livello internazionale e avrebbe assicurato benessere a tutti: un traforo che da Pagani portasse direttamente ad Amalfi, una galleria a due corsie di marcia che sarebbe passata sotto monte Cervigliano, superando le difficoltà e i tornanti del valico di Chiunzi. Il turismo sarebbe decuplicato, con un simile traforo. Lui aveva immaginato tutto. All'uscita del tunnel, a Palavena, sotto Monte Scorca, un grande parcheggio avrebbe accolto gli autobus turistici provenienti da tutta Italia e da lì apposite navette – più adatte alle stradine della Costiera – avrebbero portato i turisti lungo tutte le perle affacciate sul golfo di Salerno. La Costiera amalfitana avrebbe sconfitto quella sorrentina, da sempre facilitata grazie a una rete di trasporti più agevole.

Rocco Casillo sarebbe passato alla Storia, quella con la S maiuscola, come il politico più geniale che quelle terre avessero mai generato. Piazze e scuole avrebbero portato il suo nome, e forse finanche lo stesso tunnel. Nei suoi sogni vedeva un'enorme targa di bronzo all'imbocco della galleria, da entrambi i lati: "TRAFORO CASILLO". Una follia? Dicevano così anche del progetto della galleria sotto il monte Bianco. E quelli che immaginavano il tunnel sotto la Manica, poi? Cosa avrebbero dovuto fare con loro, ricoverarli in manicomio? Del resto, come diceva il protagonista di quel film che aveva visto una volta in una rassegna estiva? "Chi sogna può muovere le montagne." Lui la voleva traforare la montagna, ma il senso era lo stesso di quel film, quello dove uno fa scavallare una collina alla nave che trasporta i materiali per costruire un teatro in Amazzonia... Come diavolo si chiamava? *Fritz Castaldo... Fritz Capaldo*, vatti a ricordare, qualcosa del genere, insomma. Non importava.

«Che ne pensate, sindaco?... Sindaco?»

La voce della dottoressa Neri lo distolse dalla contesa coi fantasmi.

«Pensavo, dottoressa, che a me la vostra proposta piace moltissimo. Però bisognerebbe trovare un progetto all'altezza delle aspettative. E un architetto che sposi l'idea.»

«Sono problemi che si possono risolvere, questi. Se voi credete che il progetto possa ottenere l'appoggio della maggioranza qualificata del consiglio comunale allora saremmo già un passo avanti. Un'opera del genere ha bisogno del più grande sostegno possibile, voi capite, no?»

«E chi potrebbe essere contrario a una cosa simile, dottoressa? Sarebbe come dire no alle Piramidi, al Louvre, al Maschio Angioino... Chi avrebbe il coraggio di assumersi una tale responsabilità politica?» azzardò Casillo, assemblando alla buona i primi riferimenti monumentali che gli venivano in mente.

Elvira gli sorrise, benevola.

Lui la guardò e pensò che quella femmina aveva di sicuro una marcia in più delle altre. Bella e determinata. Piena di carattere, forte tanto da affrontare a testa alta ogni avversità, come pure qualcuno gli aveva raccontato... Che spettacolo di femmina era.

Mentre la osservava Casillo si fece accarezzare da un'idea. Ma sì: poteva essere la persona giusta, perché no? Era una scommessa, pensò. Però la dottoressa godeva della stima di tutti i suoi concittadini, il che costituiva un innegabile vantaggio. E in definitiva che cosa importava che non fosse sposata, che fosse single, come si dice adesso. La legge prevede una deroga, laddove esistano circostanze eccezionali, e Dio sa se quelle non lo erano. Poteva provare a chiederglielo, no? Che cosa costava? Dopotutto chi domanda non fa errori, gli diceva sempre sua madre.

E così glielo domandò, proprio mentre lei era passata a illustrare i nodi legali del progetto.

«Dottoressa, ma a voi piacciono i bambini?»

Undici

Fimmine, *fimminazzi*, *fimminuni*. Snelle, tonde, alte o *picciridde*, bionde, rosse o more. *Vota e gira*, sempre intorno a quello si muovevano le vicende umane. E, di conseguenza, pure una parte del lavoro di un servitore dello Stato come lui. Certo, un carabiniere in servizio al Sud si trova a lottare per lo più contro il crimine organizzato – e questo purtroppo è innegabile, ragionava il maresciallo Saverio Mannino, catanese nel cuore e nella mente, dunque direttamente coinvolto. Però come si fa a non pensare che è intorno a loro, le *fimmine*, che si muove l'oceano delle passioni, e che questo mare, quando tira malo tempo, in un niente può voltare a tempesta, e così, allo stesso modo, in un attimo l'amore può diventare gelosia, inganno, intrigo e, nei casi peggiori, approdare nel penale? Questo si chiedeva Mannino, al quale la divisa aveva stemperato ma non soffocato una sottile vena poetica, diretta eredità di sua madre Consiglia, maestra elementare amatissima.

In dodici anni di servizio ne aveva viste di storie finite male. Matrimoni conclusi a coltellate, tradimenti e denunce per maltrattamenti, omicidi passionali (solo lui ne aveva risolti una mezza dozzina), figli contesi e magari rapiti. E anche figli abbandonati.

Non toccava a lui – che prima di addormentarsi appoggiava l'orecchio sulla pancia della moglie per sentire il *picciriddu* muoversi – giudicare chi abbandona una creatura innocente. Col mestiere che faceva ci aveva messo poco a capire che quando i sentimenti governano la mente umana, allora la ragione va a farsi fottere. E i romanzi dei suoi eroi, Maigret e Nero Wolfe, glielo ricordavano a ogni pagina. Però gli sembrava lo stesso una cosa terribile. Lo aveva visto accadere due volte nel corso della sua carriera. E in entrambi i casi si era trattato di storie nate dalla disperazione e dalla miseria.

Stavolta però le cose sembravano diverse. Il maresciallo Mannino aveva messo la Winx sul tavolo e si girava tra le mani quel fogliettino. Era una poesia, sicuro. Lì dentro, pensò, c'era la chiave per risolvere l'enigma. Quei versi nascondevano la spiegazione del gesto e dunque anche il modo per arrivare al nome della mamma della bambina: "Non senti che freddo che c'è? Ho lasciato indietro una parte di me. Ma il sole dov'è? È qua vicino a me. Resterò al buio anche se loro non sapranno mai tutto di me".

Col foglietto in una mano, il maresciallo s'attaccò al telefono e compose il numero di sua madre.

«*Mammuzza bedda*, come stai?»

«Bene, Saverio, e tu? E la *picciridda*? Come va la gravidanza di Lucrezia?»

Sempre così, sorrise lui: duecento domande una in fila all'altra, senza attendere la risposta. Se non l'avesse interrotta subito, tra poco gli avrebbe chiesto se mangiava come si deve o si stava sciupando, che era la sua maggiore preoccupazione.

«Tutti bene, *mammuzza*, ringraziando Dio. Senti un po', se ti leggo una poesia, mi aiuti a capire chi può essere l'autore?»

«Leggimela e vediamo» rispose la maestra Consiglia Mannino, incuriosita.

Il maresciallo lesse i versi.

«Non mi dice niente. Ora però mi segno le prime parole e provo a cercartela in internet. È urgente?» chiese premurosa sua madre.

Mannino sospirò lasciandosi andare sullo schienale della sedia. Ma perché non ci aveva pensato da solo?

«Grazie, *mammuzza*, faccio io. Pensavo la conoscessi, così risparmiavo tempo» tentò di arrampicarsi sugli specchi. «Ma se perfino tu non sai chi è, allora non dev'essere una poesia importante» aggiunse per gratificarla un po', e la salutò prima che lei gli proponesse di spedirgli melanzane e peperoni sott'olio appena fatti, ché lei lo sapeva bene che a lui piacevano tanto e sua moglie non glieli preparava mai.

Il maresciallo mise giù il telefono, scrisse il primo verso al pc e premette il tasto invio. Google rispose subito. Non erano i versi di una poesia, quelli. Erano di una canzone. Il titolo era *Mercurio*, la cantava Emis Killa. Mai sentiti, né lui né la canzone, pensò il maresciallo. Per curiosità cercò il video su YouTube e la ascoltò dagli altoparlanti del computer per una manciata di secondi. Ritmo sincopato, cupo. Rap. Non era roba per lui. A lui piaceva la musica leggera, quella orecchiabile, non impegnativa. Il solo rap che il maresciallo avesse mai apprezzato – se così si può dire di una canzone in cui il cantante parla invece di cantare – era *Minchia signor tenente*, per motivi che uno non deve nemmeno spiegare.

Dunque la bambina era stata abbandonata al ritmo di rap. La motivazione del gesto doveva essere proprio in quelle parole: "Ho lasciato indietro una parte di me...". Cambiano i tempi, cambia la musica, scosse la testa Mannino, ma le cose restano sempre le stesse. C'è chi va via e chi rimane fermo lì, col cuore spezzato. E magari con un figlio in braccio. Era la storia più vecchia del mondo. Quello di cui si stava occupando doveva essere l'epilogo di una relazione, una storia finita con una rottura e una gravidanza indesiderata.

Non aveva quasi niente in mano, però quella piccola traccia era qualcosa, perché lo aiutava a restringere il campo. Adesso sapeva, ad esempio, che la mamma della bambina era giovane, forse giovanissima. Quella era musica per ragazzi: non aveva mai sentito un trentenne mettersi a cantare roba del genere. E quella bambolina, poi, era un altro indizio determinante. Era una cosa da adolescenti, non si trattava del solito orsacchiotto, che è un oggetto senza tempo. Era da escludere che la mamma l'avesse acquistata per la sua bambina: non era da neonati. Di conseguenza doveva appartenere a lei, era forse il giocattolo che aveva accompagnato parte della sua infanzia, la sua bambola preferita, una di quelle che alcune ragazze non mollano nemmeno quando diventano grandi e che ancora si vedono nelle camerette di molte ventenni. Le Winx erano sul mercato da non più di dieci anni, e questo voleva dire che, se il suo ragionamento stava in piedi, la mamma della bambina doveva averne tra i quindici e i venti.

Il maresciallo ormai cominciava a figurarsi la scena: la ragazzina prende la bimba, la sistema dentro la scatola, avvolta nella coperta, le lascia il bigliettino accanto e poi, quando sta per chiudere la scatola, la osserva, così piccola e indifesa, le si stringe il cuore, si guarda intorno e prende la cosa più cara che ha, la sua bambola, e gliela mette vicino, come un portafortuna, fissando il foglietto a un braccio perché non vada perduto. Poi chiude la scatola e la lascia di notte ai piedi della statua.

Il maresciallo Mannino quasi rabbrividì al pensiero. Doveva essere andata così. Poco alla volta l'ipotesi cominciava a prendere consistenza e il quadro si andava delineando nei suoi contorni. Ad abbandonare quella povera creatura davanti alla chiesa di Sant'Eufrasia (era quella la versione ufficiale, no?) era stata una ragazzina, e con ogni probabilità si trattava proprio di una di Bauci perché, come diceva spesso sua madre, la mela non cade mai lontano dall'albero.

Se questo era vero – e lui ci avrebbe scommesso i gradi che lo era – allora la situazione si faceva ancora più delicata.

Come si poteva indagare tra i ragazzi del posto senza allarmare mezzo paese? Mica poteva convocare trecento ventenni come "persone informate sui fatti" e pretendere che non si scatenasse un putiferio. E poi informati su cosa? No, era un'ipotesi che non si teneva in piedi neppure con le stampelle. D'altra parte non c'erano sospetti su qualcuno del paese e meno che mai testimoni che potessero aiutare le indagini.

Nonostante avesse ormai le idee chiare su ciò che era successo, il maresciallo sapeva di non avere molto tra le mani. Tuttavia da qualche parte bisognava pur cominciare. Dubitava che negli ospedali della zona, tra i ginecologi accreditati e le levatrici conosciute, ci fosse qualcuno o qualcuna che avesse fatto partorire una ragazzina senza avvertire le autorità competenti. In ogni caso, avrebbe fatto il suo dovere e avviato verifiche e ricerche anche in quella direzione.

Ma lui, a dispetto dei Ris e dei Ros, dei computer e delle intercettazioni – tutte cose fantastiche, per carità –, preferiva l'indagine vecchio stampo, privilegiava il contatto umano. Aveva da poco superato i quaranta ma leggeva Simenon e Rex Stout. A lui quelli di CSI non gli smuovevano un pelo dei baffi. L'esperienza gli diceva che il territorio lo scopri andando in giro, mica guardando le foto satellitari o Google Maps. Non intendeva con questo sminuire il valore della tecnologia, ci mancherebbe altro. Però c'è poco da raccontarsi minchiate: certe indagini vanno ancora condotte facendo consumare la suola delle scarpe, come gli diceva sempre il capitano Achille Loffredo, grande investigatore e suo maestro, che adesso, divenuto colonnello, comandava la legione di Bergamo. Un bravo carabiniere è discreto e si muove in mezzo alla gente. Questo è il segreto.

Tu metti il caso che aveva adesso tra le mani: come la cercavi la mamma di quella bambina a Bauci, col satellite? Chiamavi le forze speciali, i Ris, chiedevi alla Procura di Salerno di autorizzare le intercettazioni ambientali? Discreti, bisognava essere, invece. Riservati e capaci di ascoltare. E così avrebbe fatto. Qualcuno doveva andare ad annusare in giro con misura ed equilibrio. Se fosse andato lui a fare domande qua e là, il paese avrebbe drizzato le orecchie in un secondo. Dunque occorrevano una o più persone che non creassero sospetti, che non destassero allarme. Magari qualcuno del posto. Ecco: il brigadiere Giacomo Calì, per esempio. Era di Atrani, lui, a due passi da Bauci; conosceva tutto e tutti, era uno che, se i sampietrini del posto avessero avuto ciascuno un proprio nome, avrebbe saputo chiamarli uno alla volta. Se fosse stato il brigadiere Calì a seminare due domande qua e là, nessuno ci avrebbe fatto caso. Inoltre – e quello era di sicuro un altro grande vantaggio – Calì aveva un figlio adolescente che si chiamava Renato, gli pareva di ricordare. Magari il ragazzo avrebbe potuto essergli d'aiuto. Chissà, poteva aver sentito qualcosa tra gli amici, forse aveva raccolto confidenze. A quell'età non dicono niente ai genitori, ma tra loro si parlano, eccome.

E poi, qualcuno doveva pur aver visto qualcosa: una gravidanza non si può mica nascondere, pensò ricordando d'improvviso la pancia di Lucrezia, che aveva ormai raggiunto dimensioni ragguardevoli. Come fai a nascondere una cosa così?

Insomma, valeva la pena di provare. Del resto non è che avesse grandi alternative.

Chiamò all'interfono il brigadiere Calì e, appena mise giù la cornetta, resistette all'irresponsabile voglia di salire nella residenza di servizio, correre in camera dalla moglie e abbracciarle il pancione per sentire se Salvatore scalciava o no.

Proprio così: Salvatore si sarebbe chiamato, come suo padre buonanima. Lucrezia era d'accordo, per fortuna, ma a patto che mai e poi mai lui lo avesse chiamato Tore. Una promessa che il maresciallo aveva fatto volentieri: niente diminutivi, aveva giurato, non piacevano neppure a lui.

E mentre rifletteva, il pensiero di Saverio Mannino corse di nuovo alla bambina abbandonata.

Chissà che nome le avrebbero dato gli assistenti sociali.

Dodici

Ogni volta che ci tornava su col pensiero, al professor Gaspare Mangiafico prendeva un tale nervoso che gli si alterava tutto il sistema simpatico. Quando gli succedeva cambiava umore, gli si rivoltavano stomaco e intestino e doveva correre in bagno. Il dottore la chiamava colite nervosa. Lui lasciava al cerusico la definizione clinica e le scelte terapeutiche, ma per quello che riguardava l'irritabilità del suo colon, be', sapeva bene a cosa attribuirne le responsabilità, non aveva bisogno di riscontri scientifici per risalire alla fonte dei suoi disturbi. La loro comparsa coincideva infatti con la data della sua rottamazione, come si dice adesso.

Tutto era cominciato quando lo avevano allontanato dalla scuola, così, senza nemmeno un grazie, come una roba vecchia, un peso. Trentotto anni d'insegnamento, una colonna del liceo classico Torquato Tasso, un docente stimato, punto di riferimento per i colleghi, una dozzina di generazioni di studenti avviati, anzi quasi accompagnati per mano verso l'età adulta e l'università e, alla fine, gli avevano indicato l'uscita, senza alcun riguardo. "Prego si accomodi, quella è la porta."

Era in pensione. La formula di rito recitava "per raggiunti limiti d'età". Era quello a fargli male davvero. Ma un uomo di sessantacinque anni non ha raggiunto proprio nessun limite! Chi lo ha detto? Chi è che stabilisce il limite? E poi, di che tipo di limite parliamo? Nelle sue mansioni non rientrava mica la maratona alle Olimpiadi, per dire. Era un professore di lettere, lui. I limiti di un uomo dovrebbero essere commisurati ai suoi compiti, giusto? Cosa si voleva dire, che lui ad appena sessantacinque anni non era più in grado di citare una poesia a memoria, di fare un raffronto storico-letterario, di correggere una versione dal greco? Lo sapevano quegli ignoranti del ministero che Verdi aveva scritto il *Falstaff* a ottant'anni? E che Goethe aveva terminato il *Faust* a ottantuno?

Ma protestare era inutile. Che senso aveva resistere agli ingranaggi della macchina statale? Un mostro informe, impietoso, governato da conventicole, burocrati e lobby politiche. Aveva ragione Foscolo quando diceva che "A rifar l'Italia bisogna disfar le sette", pensava il professore.

Lui ci aveva anche provato a rimettersi in gioco, come no. Solo al mondo, da quando un brutto male gli aveva portato via la sua amata moglie, avrebbe voluto dedicare il proprio tempo alla didattica, rendersi utile alla comunità. Aveva sperato che la propria competenza potesse essere ancora di beneficio a qualcuno, anche dopo la pensione. E così si era offerto all'amministrazione di Bauci. Dopotutto c'era un assessorato alla Cultura che ruotava intorno alle mostre d'arte e al Festival che si apriva ogni primavera: ci sarebbe pur stato bisogno di qualcuno che redigesse i cataloghi, ne controllasse i testi, che stilasse schede critiche, effettuasse verifiche. Invece sia il sindaco attuale che il suo predecessore avevano cortesemente declinato l'offerta, rivolgendosi a un gruppetto di implumi ragazzini, redattori di un foglio parrocchiale. Il professor Mangiafico non ce l'aveva certo con loro: dopo un'intera esistenza dedicata all'insegnamento, il suo sguardo verso quel periodo della vita così fugace e problematico era quello di un padre benevolo. Ma lui sospettava che dietro a quella scelta, che accomunava vecchia e nuova amministrazione, si celasse la volontà di soggiogare e manipolare menti giovani e inesperte. Quali strumenti di contrasto avrebbero avuto quei ragazzini, se si fossero trovati di fronte a qualche stortura? Quale autonomia critica avrebbero potuto esercitare?

In breve, il professor Mangiafico si era fatto persuaso che entrambi i sindaci, quello di prima e quello di adesso, avessero qualcosa da nascondere. Se così era, si era detto, lui sarebbe stato per loro quello che Catone il Censore era stato per i costumi di Roma e le mollezze e la corruzione del Senato.

Si sarebbero pentiti di aver rifiutato la sua generosa proposta.

E così gli era venuta l'idea di creare un blog. Dietro la sua nuova cattedra digitale, il professor Gaspare Mangiafico era rinato d'incanto. Non c'era giorno che dalla tastiera del suo computer non sferrasse un attacco al consiglio comunale di Bauci: senza guardare in faccia a nessuno, chiunque fosse il sindaco, di qualunque colore fosse la giunta in carica, senza risparmiare neppure i banchi dell'opposizione: tanto, erano tutti della stessa pasta, a suo giudizio, burattini dello stesso teatrino dei pupi.

"Vite parallele" si chiamava il blog. Gli ignoranti pensavano che il titolo si riferisse alla sua stessa vita on line, parallela a quella scolastica. Invece il professor Mangiafico si riferiva all'opera di Plutarco, che comprendeva la migliore biografia di Marco Porcio Catone, detto il Censore: rosso di capelli e fustigatore di costumi, proprio com'era lui.

In poco tempo il blog si era trasformato nella spina nel fianco dei responsabili della vita pubblica di Bauci. Chiunque volesse sapere che cosa accadeva nel Palazzo, quali fossero gli umori, gli intrighi, gli accordi presi sottobanco, i complotti, i piani segreti, le trappole e i progetti che ruotavano dentro e fuori il consiglio comunale, non doveva fare altro che accendere il computer e leggere le rivelazioni e gli strali del professor Mangiafico.

Qualunque fosse l'argomento trattato, qualunque fossero i segreti svelati, le sue invettive si concludevano sempre con la frase: "Per il resto, ritengo che Cartagine debba essere distrutta", proprio come faceva Catone il Censore, che chiudeva in quel modo qualunque perorazione, perché, al di là dell'importanza della questione di cui si discuteva, considerava la sopravvivenza di Cartagine il vero pericolo per Roma e per l'Impero.

Per il professor Mangiafico, invece, il vero pericolo per Bauci era rappresentato dal consiglio comunale, era quella la sua Cartagine. Ciò che lui desiderava sopra ogni cosa era che la rozza compagine di incompetenti, ignoranti e incapaci che vi bivaccava venisse sciolta per manifesta incapacità e al suo posto fosse nominato un commissario prefettizio che portasse ordine, pulizia e buona amministrazione. Aria pulita per Bauci: quella era la sua battaglia, e non disperava affatto di vincerla. Per questo la conduceva senza andare troppo per il sottile. «Dove forza non val, giunga l'inganno» diceva spesso, citando Metastasio.

Il blog era sempre informatissimo su ciò che accadeva in paese. Come arrivasse a conoscenza di fatti così riservati, be', quello era un mistero che lasciava tanti a bocca aperta. In realtà era il segreto di Pulcinella. Se si escludevano il parroco, cinque carabinieri e i bambini, gli informatori segreti che alimentavano il blog del professor Mangiafico erano tutti gli altri abitanti di Bauci, ciascuno all'insaputa dell'altro. Dunque, di qualunque segreto si trattasse, bastava essere pazienti e prima o poi, per un motivo o per un altro, qualcuno gli avrebbe telefonato per informarlo sui fatti e svelarne tutti gli insospettabili retroscena.

Era stato "Vite parallele", ad esempio, a rivelare che il vice sindaco Carlo Ingenito aveva preso in affitto una casetta a Dragonea, vicino a Vietri sul Mare, lontano da occhi indiscreti. Nel contratto d'affitto era stato registrato come locale di rappresentanza dalla lista civica di cui il vice sindaco era tesoriere. Ma il vero scandalo fu che in quella casa sarebbe stata vista entrare, più volte e con fare circospetto, una bella signora bionda, nota per indossare un camice bianco quando lavorava, che si dice fosse la moglie di un altro signore in camice bianco, entrambi molto conosciuti a Bauci. Il blog non aggiungeva altro e il professor Mangiafico era interessato solo a denunciare l'ipotesi di reato di concussione (la casa era stata affittata col danaro pubblico, dopotutto), ma quella notte, benché soffocate, le urla che si levarono sui vicoli del paese provenivano dalle finestre della casa del farmacista, il dottor Egidio De Nicola, numerario dell'Opus Dei, professionista stimato e persona di moralità adamantina, che chiedeva conto alla moglie Consuelo, farmacista anch'ella, delle sue continue e ingiustificate trasferte a Vietri.

Nessuna meraviglia, dunque, se quella mattina il telefono del professor Mangiafico sembrava quello della levatrice: non smetteva un attimo di squillare. Una dozzina di chiamate in pochi minuti equivalevano a una notizia bomba, a occhio e croce una cosa che per importanza si annunciava non inferiore alla fuga di Serena Iacobelli e Vincenzo Tammaro, entrambi impiegati all'ufficio postale, spariti a due giorni dalle nozze che l'avrebbero unita a Procolo Adinolfi, vigile urbano, con tanto di pranzo per duecento invitati già pagato, bomboniere acquistate e regali ormai spediti. Una tragedia. Anzi, peggio: uno scandalo.

Era stata trovata una bambina ai piedi della contestata opera del maestro Botero, abbandonata in una scatola di cartone. Non era ancora nota l'identità della snaturata genitrice, i carabinieri stavano indagando, ma si facevano già una quindicina di nomi plausibili, alcuni dei quali i-n-s-o-s-p-e-t-t-a-b-i-l-i. La bambina era ricoverata adesso nella sagrestia della chiesa e si trovava nelle amorevoli mani di Adelaide Strazzullo, merciaia e perpetua, da tutti conosciuta come Radio Bauci. A questa notizia si erano subito aggiunte voci inquietanti, che parlavano di magie e fatture compiute di notte, misteriosi riti esoterici e dionisiaci che si erano svolti – e secondo qualcuno si svolgevano ancora – tra la statua e la chiesa di Sant'Eufrasia.

Raggiunta la ragguardevole quota di venti telefonate, quando il quadro gli sembrava ormai chiaro, il professor Mangiafico si mise al computer e iniziò il primo resoconto sul caso.

Cari amici di "Vite parallele",

occorre premettere che neanche la peggiore delle invettive di questo blog avrebbe potuto contemplare una simile ipotesi. Nella totale assenza di una politica di assistenza da parte dell'amministrazione, nel nostro disgraziato paese, una infelice (che tale dobbiamo ipotizzare essere la sventurata genitrice) ha dato alla luce una neonata e l'ha poi abbandona nottetempo davanti alla Maja tropical *– opera eccelsa del maestro Botero, purtroppo al momento finita in mani incompetenti. Incapace di affrontare una simile emergenza, il sindaco di Bauci, Rocco Casillo il Diplomato, ha affidato la bambina al parroco don Enzo, facente le funzioni dell'assessore alle Politiche sociali, Pinuccia Vollero, che dobbiamo evidentemente ritenere dispersa.*

Notiamo tuttavia – e la cosa ci riempie il cuore di mestizia – che, fra tutti i luoghi in cui poteva essere abbandonata, quella povera creatura risulta due volte sfortunata, poiché è vero, come dice il Petrarca, che "nel mondo sua ventura ha ciascun dal dì che nasce" ma il destino sembra essersi accanito con particolare malanimo contro questa piccola innocente, abbandonata proprio qui, nelle mani della peggiore classe politica che la Costiera amalfitana abbia mai conosciuto. Se il Signore, nella cui misericordia noi tutti confidiamo, avesse voluto essere più clemente con quella creatura, allora avrebbe guidato la scelta della disgraziata genitrice verso ben altri lidi e la piccola oggi si gioverebbe di cure certamente migliori ad Amalfi, Sorrento o Napoli.

I carabinieri intanto, attivati da pochissimo, sono sulle tracce della madre della piccina. Sulla identità della genitrice potremo presto proporvi delle ipotesi. Alcune di queste riguardano congiunte di consiglieri comunali e assessori in carica: sapremo fornirvi presto interessanti ragguagli. Al momento non ci resta che sperare che il tribunale dei minori di Salerno intervenga al più presto a salvaguardia della povera piccina.

Per il resto, ritengo che Cartagine debba essere distrutta.

Tredici

Eppure non c'era nessuno lì fuori. Si guardò bene intorno. Si affacciò dal negozio, lanciò uno sguardo in fondo al vicolo, ma niente: non si vedeva anima viva. Carmelina non si capacitava. Doveva pur essere passato qualcuno: quella rosa non si era mica materializzata da sola sul banco della verdura. Quando lei era entrata nella bottega a sistemare le cose non c'era, questo è certo. Ma appena pochi minuti dopo, tra i banchi pieni di merce, il rosso squillante del bocciolo le era sembrato un urlo, tanto contrastava, inatteso, col verde tenero della lattuga.

C'era un biglietto insieme alla rosa, piccolo come quelli da visita. Lo lesse: "Se davvero siete voi la modella della statua, allora dite all'artista che si è sbagliato. Voi siete meglio". Carmelina avvampò, anche se era sola, le guance dello stesso colore delle mele *annurche* in mostra lì accanto.

Gesù, e chi poteva avere scritto una cosa del genere? Il messaggio non portava alcuna firma. Razza di stupidi, pensò: doveva trattarsi degli stessi sfaticati che l'avevano presa in giro due giorni prima, quelli che avevano attaccato il bigliettino sulla statua.

Però, rifletté, chi è che si accollerebbe il fastidio di andare a comprare una rosa per fare uno scherzo a lei? Comprare, proprio così: perché quella non era mica una rosellina striminzita, di quelle col gambo alto come un barattolo che i venditori ambulanti offrono alle coppiette nei ristoranti. Ah no, quella era una rosa imperiale, lunga più di un metro, con il bocciolo grosso e consistente come una bella susina, altroché.

Infilò il bigliettino nella tasca del grembiule, guardandosi di nuovo intorno, nel timore di essere osservata. Provò a dominarsi, mentre cercava di ricordare dov'è che teneva un vasetto, ma quella faccenda le aveva messo dentro una tale agitazione che il petto continuava ad andarle su e giù, come quella volta che Giovanni Pagliuca, quand'erano ragazzi, le aveva passato un braccio dietro le spalle mentre stavano al cinema e lei si era turbata al punto che non aveva capito com'era finito il film. Per quanti anni la sensazione di quel braccio intorno alle spalle aveva accompagnato le sue notti...

Ma cosa le tornava in mente adesso? Scrollò la testa, sorridendo da sola e vergognandosi un po' di quel pensiero.

«Carmelina, vi devo parlare. Mi dovete dare una mano.»

La dottoressa Neri era piombata nel negozio all'improvviso. Era agitata, si guardava a destra e a sinistra e si arricciava la punta dei capelli con le dita, come faceva quando era nervosa.

«Che succede, dottoressa?» le chiese Carmelina, la rosa ancora tra le mani.

«Il sindaco mi ha chiesto se me la sento di prendere in affidamento la bambina abbandonata, in attesa che il tribunale di Salerno si esprima» rispose d'un fiato Elvira.

«Oh Madonnina bella del Carmine. E voi che gli avete risposto?»

«E che dovevo rispondere? Gli ho detto che non tengo figli, che non sono la persona più adatta per una cosa del genere...»

«Giusto, dottoressa, e lui ha capito?»

«Macché. Ha insistito, anzi. Ha precisato che non si tratta mica di un'adozione. Si tratta di prendersi cura di quell'anima innocente per qualche giorno, un paio di settimane al massimo, fino a quando il tribunale decide.»

«Scusate, ma non sarebbe più semplice cercare una famiglia già formata? Che so io? Marito, moglie, due bambini...»

«È proprio quello che gli ho detto io. Ma lui ha insistito, mi ha fatto una capa così: il prestigio, le chiacchiere, il buon nome del paese e che io di qua, io di là, io sopra e io sotto... eccetera eccetera.»

«Ma voi, giustamente, avete mantenuto il punto e avete ribadito che non è possibile, è così?» chiese conferma dei suoi ragionamenti Carmelina.

«Nossignore» rispose Elvira, continuando a tormentarsi i capelli.

«Come sarebbe *nossignore*, dottoressa?»

«Sarebbe che ho risposto va bene.»

«Oh mamma mia bella!» esclamò la fruttivendola tirando a sé uno sgabello: troppe emozioni e tutte insieme, doveva sedersi. «E adesso che si fa?»

«Proprio di questo vi volevo parlare. Mi serve il vostro aiuto. Voi mi dovete dare una mano. Mezz'ora fa ho firmato la richiesta di affido temporaneo alla presenza dell'assessore alle Politiche sociali del Comune, che ovviamente l'ha subito accolta e controfirmata. Perciò da questo momento sono ufficialmente affidataria della bambina, fino a quando il tribunale non deciderà la sua collocazione definitiva.»

«E io come vi posso aiutare? Di cose legali non capisco niente» si schermì Carmelina.

«E infatti io mica vi vengo a chiedere pareri legali. Quello che vi chiedo è un'altra cosa. Vi ricordate l'altra sera a cena, quando mi avete raccontato che da ragazzina vi siete presa cura di almeno quattro bambini di Bauci, che davate una mano alle loro mamme, prima che vostro padre vi chiedesse di restare al negozio con lui?»

«Ho capito, vi serve una baby-sitter...» sorrise la fruttivendola.

«Mi serve una mano, Carmelina. Mi serve qualcuno più pratico di me, che mi aiuti a capire come si dà da mangiare a un neonato, come si cambiano i pannolini; quelle cose là, insomma. Io non ci capisco niente» ammise Elvira, con leggero imbarazzo.

«E come faccio a dire di no a voi, dottoressa? Se poi si tratta di aiutare un'anima innocente, figuriamoci se vi nego una mano... A proposito, ma quella creatura adesso dove sta?»

«La devo andare a prendere. È in sagrestia, con Adelaide Strazzullo.»

«Ah, ce l'ha ancora Radio Bauci, e allora stiamo freschi. Sentite quello che vi dico, dottoressa...» e per sottolinearlo meglio Carmelina si tirò su dallo sgabello: «Tempo un minuto da adesso e io purtroppo mi sento di garantirvi che questa storia la sapranno fino a Castellammare di Stabia e oltre, quanto è vero che mi chiamo Carmela Sgueglia». Il tono era solenne e la fruttivendola sottolineò la profezia brandendo saldamente la rosa davanti a sé, come fosse la bacchetta magica degli anatemi, il bocciolo rivolto verso il cielo.

«E questa da dove spunta?» si incuriosì la dottoressa Neri, che si accorgeva solo in quel momento del fiore.

«L'ho trovata poco fa sopra l'insalata. Ce l'ha messa qualcuno che mi voleva sfottere, penso io. Però mi dispiace buttarla via. Non si buttano i fiori, è peccato» si giustificò, adagiando la rosa sullo sgabello.

«Di nuovo quei deficienti?»

«Non lo so. Può essere, ma non sono sicura. Ci stava questo bigliettino» aggiunse la fruttivendola e, tirandolo fuori dalla tasca del grembiule, lo allungò titubante alla dottoressa Neri, che lo lesse.

«A dire la verità, non mi sembra per niente offensivo. Quello dell'altra volta era sarcastico e stupido, in questo invece non ci trovo niente di simile. Anzi, mi sembra un vero complimento, a essere onesta. Volete vedere che, ridendo e scherzando, c'avete un corteggiatore misterioso?» sorrise Elvira.

«Non prendiamoci in giro, ma vi pare che io posso pensare di essere meglio di una statua?» e così dicendo si girò e iniziò a rovistare sugli scaffali.

Elvira Neri la guardò mentre si muoveva all'interno dello spazio protetto del negozio, al sicuro, lontano dagli sguardi altrui. Carmelina non era affatto brutta. A Roma conosceva tante donne simili a lei ma che, curate nell'aspetto e con una maggiore attenzione verso se stesse, erano riuscite a conquistare spazio nella vita e nel lavoro, e conducevano un'esistenza piena di relazioni e affetto. Aveva provato ad affrontare l'argomento con lei, la sera in cui avevano cenato insieme, quando si erano ritrovate da sole a casa, con la complicità del vino e delle sfogliatelle Santa Rosa.

Ma adesso forse occorreva dirglielo di nuovo, e stavolta in modo ancor più chiaro, pensò Elvira.

«Carmelina, ci stanno anche uomini che sanno guardare oltre le apparenze, credete a me. Incontrarne uno è una grande fortuna, perché sono rari, è vero. Però esistono. Ma voi dovreste anche provare a dare una mano alla fortuna. Non siete una persona anziana, però vi comportate come se lo foste, come se la vostra vita fosse ormai solo tra *cocuzze* e *cocuzielli*.»

Carmelina, di spalle, metteva l'acqua nel vasetto in silenzio, ma ascoltava attenta. A nessuno mai aveva permesso di entrare così a fondo nella sua vita, nei fatti suoi, ma quella donna aveva trovato la chiave giusta, sapeva come avvicinarsi a lei.

Elvira continuò, ignara di avere aperto una breccia nel cuore di Carmelina: «Voi avete un viso bellissimo, e occhi molto intensi. C'è un pittore del Settecento – si chiama Francesco De Mura – che ha dipinto un quadro oggi conservato al museo di San Martino, a Napoli. Si intitola *Ritratto di dama*, così, senza nome, dedicato a una donna misteriosa. Embè, voi non ci crederete, Carmeli': quella dama è tale e quale a voi. Ha il vostro stesso viso, i vostri occhi. Due gocce d'acqua. È una donna florida, come no, e si vede bene, ma si capisce pure che se ne fotte, perché è consapevole della sua bellezza e delle sue possibilità. Dovrei avere un libro a casa con la riproduzione di quel ritratto. Ecco, se voi provaste a perdere un po' di peso, diventereste proprio tale e quale a lei. E otterreste un sacco di vantaggi: il vostro medico non vi farebbe più cazziatoni, la glicemia si abbasserebbe e l'autostima crescerebbe».

«Lo so, dottoressa, io ci provo, ma non è facile» rispose Carmelina, che l'aveva ascoltata senza fiatare.

«D'accordo, ma non è nemmeno impossibile, dico io. Voi perdete sette, otto chili, poi con un buon parrucchiere e un abito giusto, vi faccio vedere io quante altre rose arrivano. Ora però corro a prendere la bambina, ci vediamo stasera da me, così vi faccio vedere pure il libro col ritratto di De Mura. Ho preparato le seppie in umido, ma mi sa che devo comprare pure omogeneizzati e latte in polvere... Gesù! Se solo ieri qualcuno m'avesse detto una cosa del genere l'avrei preso per pazzo» concluse con aria incredula. Poi uscì, lasciando Carmelina alle prese con l'acqua, la rosa e – per la prima volta in vita sua – con un'immagine di sé che invece di dissolversi se ne stava ancora lì, sospesa nel negozio.

Lungo la strada che la portava alla chiesa di Sant'Eufrasia, dove (*anima di mamma mia, aiutami tu!*) l'attendeva una bimba mai vista prima, Elvira incrociò Venanzio. Senza la tuta da operatore ecologico, quasi non lo riconosceva. Alto, un po' allampanato, in pantaloni blu notte e camicia bianca Venanzio rivelava una insospettabile eleganza. Se ne veniva con uno strano sorrisetto nella sua direzione.

Giunto all'altezza della dottoressa Neri, abbassò la testa in deferente segno di rispetto; lei rispose con un impercettibile cenno del capo, passando oltre.

Chissà che cosa avrà da fischiettare così allegramente, si chiese lei. Avvolto in una nuvola di "Notti d'oriente" – «un profumo che non fa prigionieri» gli aveva assicurato Tonino il barbiere – Venanzio sparì dietro l'angolo, coi mocassini nuovi che facevano crick e crock.

Quattordici

Seduto ai tavolini del bar Arturo, davanti a un tè freddo con un po' di granita di limone, Marco De Matteo si concedeva il lusso della pausa, come il gatto con la lucertola sotto la zampa: non c'era alcuna fretta.

Era stato strappato alle cronache giudiziarie del suo quotidiano e inviato ad "annusare" in giro, lungo la Costiera. «Trova qualche bella storia estiva» gli aveva intimato il direttore, che per vendere un paio di copie in più avrebbe inseguito col pedalò i lettori in acqua.

Così, vagabondando lungo uno dei litorali più belli del mondo, il giornalista era inciampato in una vera storia: più rileggeva gli appunti e più se ne convinceva. Gli elementi c'erano tutti: intrighi e complotti, segreti inconfessabili, amori, politica e religione. Interpreti e comprimari abbondavano: preti, artisti, ragazzine incinte, sindaci ignoranti, carabinieri e statue scollacciate. Insomma, c'era tutto quello che serviva per riempire le pagine estive di un quotidiano: un vero feuilleton, proprio come una volta, come ai bei tempi.

E dire che non aveva neanche faticato molto a trovarla. Gli era bastato curiosare tra i blogger della zona: l'ultima versione di un vecchio trucco dei corrispondenti esteri, che realizzavano servizi saccheggiando i quotidiani locali, e senza spostare il culo dalla sedia.

Un tempo Marco non apprezzava quel modo di procedere, il cinismo, le scorciatoie. Ma da anni aveva superato il periodo dell'innocenza, del mondo in bianco e nero. Aveva imparato che la vita è una successione di grigi. Come la sua, con un matrimonio alle spalle e tutte le velleità ormai sepolte in fondo a un cassetto della scrivania, in redazione.

Ma andava bene così, e poi a una certa età non si può più correre dietro a tutti i palloni, si disse tirando giù un altro sorso di tè. Meglio contenere lo zelo e risparmiare le energie; che ci pensino gli altri a sbattersi. Quando gli veniva qualche dubbio – o peggio, qualche scrupolo – gli bastava darsi un'occhiata intorno per dissipare il sospetto di essere il solo a coltivare i vizi dell'accidia e del cinismo. Dopo una vita passata a sgroppare su e giù per il campo, ora Marco De Matteo portava i suoi cinquant'anni con disincanto: si piazzava davanti alla porta in attesa della palla giusta da spingere in rete.

Non correva più, ma segnava lo stesso.

«Fa caldo, eh?» Michele non prendeva mai l'iniziativa di chiacchierare con gli avventori seduti nel suo bar, a meno che non fossero loro stessi a farlo. Era una delle regole che gli avevano insegnato nell'albergo di Berlino dove aveva lavorato: la privacy e la tranquillità del cliente sono sacre, inviolabili.

Ma è pur vero che la curiosità è la molla della conoscenza. E quell'uomo che guardava con tanta attenzione il tablet e prendeva appunti su un taccuino, al fresco del suo bar, era come miele per le mosche per uno come lui, che veniva chiamato Michele iPhone non per caso.

«Già, fa caldo, e le temperature sono pure in leggero aumento» rispose Marco, ma tanto per dire, augurandosi che il dialogo s'interrompesse subito.

«Per fortuna tra poco dovrebbe arrivare un refolo di vento da ponente. Qua rinfresca sempre. Abbiamo il mare di fronte e la collina alle spalle. Buono per il vostro lavoro. Siete uno scrittore, non è vero?» chiese Michele, che non intendeva mollare la lenza proprio ora che sentiva di averlo all'amo. Vedendolo in piedi accanto a lui, in sorridente attesa, Marco capì che non se ne sarebbe liberato facilmente. Tanto valeva sfruttare la situazione.

«Sono un giornalista, sto scrivendo un piccolo reportage» rispose con asciutta cordialità.

«Un articolo sul Festival dell'Arte?»

«Sul Festival dell'Arte e non solo...» lasciò cadere lì senza spingersi oltre, per vedere se il tizio gli andava dietro.

«E cos'altro vi interessa di Bauci? Se posso aiutare...» si offrì Michele iPhone, che già immaginava la foto del suo bar sulle pagine del giornale.

«Il paese in generale. Bello e pieno di storie interessanti da raccontare.»

«Eh, caro signore, se le pietre di Bauci potessero parlare, ci potreste scrivere dieci romanzi con tutte le storie che vi direbbero» annuì Michele con l'aria di chi la sapeva lunga e non aspettava altro che raccontarla. Perfetto, pensò Marco. E ci provò, senza girarci intorno: «Per esempio questa storia della bambina ritrovata vicino alla statua... Com'è andata veramente? Si è capito chi è la madre?».

«Ah, questo non ve lo so dire. Non ne ho proprio idea» disse Michele iPhone aprendo le mani davanti a sé e scuotendo la testa. E dopo un attimo di silenzio aggiunse: «Io per carattere mi faccio gli affari miei, soprattutto su questioni così delicate. È la mia indole. Sono uno che pensa che è meglio vivere e lasciar vivere e non fare pettegolezzi. L'ho imparato in Germania. Ci ho passato quasi undici anni: là tutti si fanno gli affari loro. E faccio così pure io».

Marco lo aveva ascoltato senza replicare. Si era sbagliato. Aveva capito male, era evidente. Il tizio era più abbottonato di un pastrano militare. Tu guarda a volte le apparenze, pensò.

Poi, d'improvviso, abbassando la voce, l'uomo riprese a parlare.

«Però, se proprio devo dire, qualche nome in giro si fa. Ma chi se la sente di esporsi, di parlare? Mica uno si può sputtanare su un giornale per avere raccontato chiacchiere, non vi pare, signore caro?»

Quell'occasione andava colta al volo, pensò Marco. E replicò subito, con tono grave: «Capisco benissimo. Però io non vado in giro a rovinare la gente. I nomi di chi mi racconta le cose li pubblico solo se loro stessi mi autorizzano a farlo. Voi non mi conoscete, ma io sono un galantuomo».

«Dunque, se io – e stiamo ragionando per ipotesi – raccontassi ma non autorizzassi...» chiese Michele lasciando in sospeso il resto del ragionamento.

«Niente autorizzazione, niente nome. E quello che dico è Vangelo» chiuse il ragionamento Marco, mimando un taglio netto con un gesto della mano.

«Però in questo caso non ci sarebbe più la foto sul giornale. Se il proprietario del bar non ha parlato, perché il giornale dovrebbe mettere proprio la fotografia del suo bar?» proseguì Michele, che amava le chiacchiere, ma non per questo era scemo.

«E perché no? Sono io che decido. Un paio di foto di Bauci sul giornale le devo mettere in ogni caso. Una – di sicuro – sarà quella della statua e della chiesa, che stanno una vicino all'altra, e quindi ce la caviamo con uno scatto solo. Ma la seconda potrebbe essere proprio quella del vostro bar, nella piazza principale, l'ombelico di Bauci. Secondo me verrebbe proprio bene.» E ciò detto si zittì, lasciando l'offerta sul piatto, in bella vista, succulenta come un babà col rum. Michele iPhone si grattò il mento. Marco attese in silenzio, senza guardarlo, bevendo un altro sorso di tè. Poi Michele parlò.

«Niente nomi?»

«Niente nomi.»

«E due foto del bar col nome in vista?»

«E *una* foto del bar col nome in vista.»

L'accordo era siglato. Michele iPhone prese la sedia da un tavolino vicino e si sedette accanto al giornalista.

«Dobbiamo essere chiari, qua le prove provate non le tiene nessuno. Però si fanno alcuni nomi. Per esempio, pare che la figlia dell'assessore al Bilancio, una bella guagliona di diciannove anni – un carattere un po' ribelle, proprio come il padre da giovane – senza una ragione, così, all'improvviso, sia stata mandata dai genitori a fare un corso a...»

«Buongiorno, Michele.» Mentre fendeva un gruppo di turisti giapponesi che si avviava verso la cattedrale al seguito di una guida con l'ombrellino in vista, Elvira Neri fece un segno con la mano al barista.

«Buongiorno, dottoressa» si interruppe lui, proprio nel pieno della rivelazione.

Marco De Matteo drizzò le antenne. Quel nome era citato in uno dei resoconti del blog "Vite parallele". Mentre la donna passava oltre, Marco chiese conferma: «Ma è la stessa dottoressa Neri che lavora a Roma al ministero dei Beni culturali?».

«Proprio lei. Bella femmina eh? La chiamano la Monica Bellucci di Bauci.»

«Eh sì, davvero un gran bella donna» ammise il giornalista. E aggiunse: «È a lei che il sindaco ha affidato la bambina, giusto?».

«Esatto. Adesso sta a casa sua. È passata proprio qua davanti quando gliel'hanno data, un paio di giorni fa. La teneva in braccio. Io in quel momento stavo dietro alla cassa e l'ho intravista appena. Ma vi posso garantire che quella bambina pareva 'nu bambolotto.»

Marco si alzò di scatto e cercò in tasca i soldi per pagare la consumazione.

«Ma come, non volete sentire il resto della storia?» si stupì Michele.

«Come no! Ma all'improvviso mi sono ricordato di una commissione urgente. Ritorno presto e riprendiamo a parlare» assicurò il giornalista. E si mise all'inseguimento di Elvira. La raggiunse che aveva appena imboccato vicolo Marinari, a pochi metri dal portone di casa.

«Dottoressa Neri?»

«Sì?» rispose lei, dedicandogli uno sguardo distratto, intenta com'era a cercare le chiavi nella borsa.

«Perdoni il disturbo, mi chiamo Marco De Matteo, sono un giornalista.»

«Un giornalista? E cerca proprio me?» chiese stupita lei.

«Ecco, se non le dispiace, vorrei chiederle qualcosa su quella bambina che le è stata affidata. Come sta? Intende chiederne l'adozione?»

La sorpresa durò un attimo, poi arrivò l'irritazione. Che necessità avevano i giornali di infilarsi in una storia del genere? Perché si occupavano di una vicenda così piccola e allo stesso tempo cosi intima e personale? Elvira cambiò espressione.

«Lei vorrà scusarmi ma non ho alcuna intenzione di vedere i fatti miei sbattuti sulle pagine di un quotidiano. È anche una questione di rispetto della privacy di quella creatura, che già ha avuto un inizio di vita per niente semplice» disse in tono brusco.

«Sono io che mi scuso se l'ho aggredita con le mie domande, dottoressa. Vorrei rassicurarla, però. Io non scrivo di gossip. Il mio è un giornale serio. Abbiamo pensato di occuparci di questa vicenda solo perché è una storia bella, edificante...»

«E *privata*. E tale vorrei che rimanesse» tagliò corto lei davanti al tentativo del giornalista di indorare la pillola.

«Ma questo adesso è impossibile, dottoressa. La cosa non dipende più da noi. Da quando questa storia è finita su un blog, è a disposizione di tutti, dunque è fuori controllo. Presto potrebbero arrivare altri giornalisti, molto meno corretti di me. Io rispetto la sua voglia di riservatezza, la prego di credermi. Ma glielo dico per esperienza, ora che la frittata è fatta è meglio cercare di governare la notizia che esserne governati...» disse De Matteo con il tono più rassicurante che riuscì a produrre.

«Che cosa intende dire?» chiese lei puntandogli due lame in fondo agli occhi.

«Voglio dire che se lei mi racconta questa storia, io scriverò quello che lei mi dirà senza cambiare una virgola. Né una parola di più, né una parola di meno. Così questa sua intervista diventerà un riferimento per gli altri e nessuno potrà inventarsi balle o montare pettegolezzi: né su internet, né tantomeno altri giornali o le televisioni.»

A quella parola Elvira Neri sussultò come se avesse pestato una tracina sotto la sabbia.

«Le televisioni?»

«Chi può escluderlo? D'estate non sanno cosa inventarsi

per compensare le immagini delle guerre e dei migranti annegati nel canale di Sicilia.»

Elvira lo guardò senza parlare. Marco indossò l'aria più affidabile tra quelle del suo repertorio. In genere il trucco funzionava. Si trattava di prospettare un enorme problema all'orizzonte e lasciare intendere di essere l'unica soluzione al disastro imminente. Ci cascavano quasi tutti.

«Le dispiace se fumo una sigaretta?» le chiese dopo qualche secondo di silenzio.

«Faccia pure. Purché la spenga prima di salire» gli rispose lei mentre entrava in casa.

Quaranta minuti dopo, quando uscì, Marco aveva il taccuino colmo di appunti, il naso inebriato dai profumi di lavanda e di basilico, e gli occhi pieni di quella donna. Gli aveva lasciato vedere la bambina (*niente foto, però!*) e la storia del suo nome, da sola, si era già guadagnata un capoverso del reportage: la dottoressa Neri la chiamava Bambinamia, così, tutto attaccato, perché non voleva darle un nome che poi sarebbe stato cambiato dalla sua futura mamma. Credeva che il nome di una bambina dovesse essere uno e basta. I bambini hanno bisogno di sicurezze, non vanno disorientati neanche quando sono così piccoli, gli aveva spiegato. Lei, dunque, inorridiva al pensiero che per il momento potesse chiamarsi Eufrasia, così come aveva proposto la perpetua quando gliel'aveva affidata.

Bambinamia dormiva, quando lui l'aveva vista, ma dovette ammettere che il titolare del bar aveva ragione. Era un bambolotto con un ciuffo biondo e gli occhi azzurri che «sembrano quasi acquamarina», gli aveva garantito la dottoressa Neri, sorridendo. C'era da crederle.

Mentre ritornava verso il bar Arturo, Marco De Matteo faceva i conti con una strana sensazione che gli montava dentro. Sarà stato il caffè servito in quelle tazzine antiche, o forse il sorriso di quella donna quando finalmente si era sciolta, oppure l'odore inconfondibile che hanno i bambini così piccoli. Tu vallo a sapere. Fatto sta che da quando era uscito da quel portoncino di vicolo Marinari, gettando un'ultima occhiata in alto, verso la finestra piena di gerani rossi, avvertiva una strana sensazione di leggerezza, come un benessere inedito – o forse solo dimenticato.

Avrebbe dovuto ringraziare quella donna per avergli aperto le porte della sua casa e anche uno spiraglio di quelle del cuore, si disse. Forse avrebbe dovuto mandarle dei fiori. Ma sì: ecco che cosa avrebbe fatto. Le avrebbe mandato delle rose, con quelle non si sbaglia mai.

Si informò se ci fosse un fioraio in zona. Gliene indicarono uno a dieci minuti a piedi da lì.

La fioraia gliene mostrò diverse varietà. Lui scelse i boccioli dal gambo lungo.

Mentre la donna preparava la confezione, in negozio entrò un altro cliente.

«Prepara una rosa pure per me, Teresa» disse l'uomo.

Marco gli dedicò uno sguardo distratto. Era alto, allampanato, e aveva un profumo così intenso che copriva quello dei fiori. A Marco ricordò quello dei saloni da barbiere.

Quindici

Non ci sono dubbi: puoi avere studiato, fatto l'accademia, frequentato corsi di specializzazione, magari avere anche due lauree e un master, ma se ti manca il fiuto per la caccia non sarai mai un vero investigatore. Il maresciallo Saverio Mannino ne era sicuro. Lui lo chiamava l'istinto del lupo: l'ascolto, lo sguardo, l'attenzione, la prudenza, e poi la scelta del momento, la velocità di esecuzione, l'efficacia dell'assalto. Il lupo conosce il territorio – spiegava a volte a quelli più giovani, alle reclute –, fiuta le prede a chilometri di distanza, si avvicina, si nasconde, è paziente. E sa evitare le tagliole e le trappole dei cacciatori. Un bravo investigatore deve avere le stesse qualità.

Ora – siamo onesti – queste non sono mica cose che si imparano sui libri, giusto? E allora non raccontiamoci minchiate, s'indispettiva Mannino. È questione di talento naturale. O ce l'hai o non ce l'hai. E se non ce l'hai non te lo insegna nessuno. Punto.

Era come per Mozart o Roberto Baggio, se proprio vogliamo fare qualche esempio: si erano laureati quei due? No, ma ciascuno nel proprio campo era stato un genio assoluto. Mozart era la Musica, come Baggio era il Calcio. Sua madre gli aveva insegnato ad amare il folletto austriaco facendogli ascoltare le sinfonie, suo padre lo aveva portato a vedere Licata-Fiorentina, nell'agosto dell'89, e aveva visto il giovane Baggio segnare dalla linea di fondo dopo aver fatto ballare con finte e controfinte l'intera difesa. Quel giorno il futuro maresciallo Mannino aveva scoperto che la vocazione è un dono della natura. La stessa cosa valeva con il suo lavoro. A creare confusione erano quelle serie tv dove la polizia arresta l'intera banda di terroristi perché uno di loro, un mese prima dell'attentato, aveva sputato nell'ascensore. Ma andiamo: se bastasse sempre e solo l'esame del Dna per trovare il colpevole, avremmo risolto tutti i delitti di questo Paese e certi talk show potrebbero pure chiudere.

A questo pensava il maresciallo mentre parcheggiava l'auto di servizio accanto alle fioriere che chiudevano la piazza e si accingeva ad andare da don Enzo. Due chiacchiere col prevosto si rendevano necessarie, aveva pensato. Il brigadiere Calì era già in missione, in giro per Bauci a prendere caffè, salutare negozianti e parlare con la gente con discrezione, nel tentativo di raccogliere informazioni. Lui, invece, più passavano le ore più si faceva rodere dal sospetto che la tonaca gli stesse nascondendo qualcosa, che nell'ombra discreta del confessionale, insomma, il prete avesse saputo più di quanto fosse stato disposto a condividere. Mannino aveva un solo modo per accertarsene: guardarlo negli occhi mentre gli parlava. Lui le persone le pesava così. Si accorgeva all'istante se mentivano. Non occorreva mica che balbettassero, distogliessero lo sguardo mentre rispondevano, o – peggio – che si tormentassero le mani. Sono buoni tutti a sapere che quei segnali annunciano menzogne. A lui bastava molto meno: una impercettibile contrazione delle labbra, uno sbattere di palpebre più rapido, un veloce sguardo laterale. Non sapeva spiegare perché, proprio non ne era capace, ma lui lo sentiva subito se un testimone era bacato. E non sbagliava mai.

Era l'istinto del lupo.

Mentre si caricava a pallettoni, uscendo dall'auto quasi venne travolto da tre ragazzine che camminavano una accanto all'altra, in formazione, come fanno sempre a quell'età.

«Attente, signorine, che se uscivo dal parcheggio vi mettevo sotto con la macchina» protestò il carabiniere.

«E vuol dire che ci ripagava l'assicurazione, brigadie'» rispose quella con la frezza fucsia nei capelli. Mannino le guardò andar via, senza replicare. Eccole lì, pensò, strafottenti e disinvolte, tutte piercing e tatuaggi e poi, gratta gratta, scopri che a casa giocano ancora con le bambole.

Non aveva neanche finito di formulare il pensiero che un'idea lo folgorò. Ci saranno stati duecentocinquanta adolescenti a Bauci, trecento, a tenersi larghi. Bisognava pur iniziare a tastare il terreno da qualche parte: perché allora non farlo subito con quelle tre? S'era portato dietro la Winx con l'intenzione di mostrarla a Pasquale Infornato, il tabaccaio: se fosse stato lui a venderla, magari avrebbe potuto ricordare chi l'aveva acquistata, si era detto. Si fiondò nell'auto a prenderla e in due salti era già dietro alle ragazzine, con la bambola in mano.

«Signorine, avete perduto questa.»

Le ragazze si girarono tutte insieme. Quella che era al centro ebbe un sussulto. Le altre due si voltarono a guardare la loro amica, nello stesso istante. Durò un secondo, poi i dinieghi si sovrapposero l'uno all'altro: «No, no, non è nostra» dissero. E restarono lì, impietrite, mute.

Tre pecorelle davanti al lupo.

«Che strano, eppure mi era sembrato di vederla cadere proprio dalla tua borsetta.» Gli occhi del maresciallo erano diventati due fessure mentre puntavano quelli di Doll Iannaccone.

«Non è mia» farfugliò lei, spedendo lo sguardo sulla punta delle sue All Star con le borchie. Le amiche se ne stavano quasi aggrappate alle sue braccia, come a volerla tenere, ma forse anche per tenersi, si sarebbe detto guardandole. Il maresciallo fece loro segno con la mano di aspettare, prese il cellulare e compose un numero, portando il display davanti agli occhi, come a proteggere lo schermo dai loro sguardi. Poi attese alcuni secondi, senza esito. Allora ripose il telefono, le guardò ancora un attimo e infine sentenziò: «Vuol dire che mi sono sbagliato». E se ne restò fermo lì, a vederle andare via a passo svelto, incollate l'una all'altra, silenziose e molto meno spavalde di prima.

Era lei. Il maresciallo lo sentiva. Era quella col brillantino al naso e il tribale al polso. E se non era lei, di sicuro sapeva a chi apparteneva quella bambola. Aveva fatto tombola. Poteva ritenersi davvero fortunato ad averla imbroccata subito. Però anche l'intuizione aveva fatto la sua parte, si disse compiaciuto.

Adesso occorreva muoversi con cautela. Quelle ragazzine erano giovanissime, forse minorenni. Aveva preferito evitare di identificarle per strada così, davanti ai turisti e alla curiosità del paese, neanche fossero sospette criminali – per quanto il reato di abbandono di minore non era proprio una cosa da poco. Tanto entro qualche minuto avrebbe saputo i loro nomi. La foto che aveva scattato a loro insaputa, quando aveva finto di telefonare, era venuta perfetta. Tre bei primi piani che nemmeno quelli del Ris, pensò, riguardandola sul cellulare.

Trovò don Enzo in sagrestia.

«Buongiorno maresciallo. Ci sono novità?»

«Può darsi, don Enzo. Certo mi aiuterebbe sapere qualcosa anche da voi, che parlate con tutto il paese. Entrambi portiamo una divisa, se permettete il paragone, ma davanti alla vostra la gente confessa più volentieri» la buttò lì il maresciallo.

«Voi sapete bene che un sacerdote è vincolato all'obbligo del silenzio, maresciallo. Quello che posso dire, però, è che questa vicenda ha scatenato mille voci. Finora ho raccolto solo indicazioni su questa o quella ragazza. Tutte, al momento, mi sembrano prive di costrutto, diciamo così.

Però, se proprio devo dire, ho una strana sensazione» aggiunse il parroco, fermandosi un attimo, indeciso se condividere il pensiero che lo arrovellava. Dopotutto Mannino era la sola autorità del paese, a parte lui: chi altri avrebbe potuto mettere a parte dei suoi dubbi?, si chiedeva. Non certo quell'arruffone di Rocco Casillo, figuriamoci. E nemmeno il capo dell'opposizione, De Santis – per quanto si dichiarasse un fedele fervente e ogni domenica facesse quasi a cazzotti col sindaco per guadagnare lo scranno in prima fila durante la funzione. L'ex sindaco avrebbe certo utilizzato quella piccola confessione come strumento di lotta politica, don Enzo ne era certo e non aveva alcuna intenzione di schierarsi nella faida tra i due: lui era il parroco del paese e si muoveva secondo convenienza, come faceva da trent'anni, nel solco di una consolidata e secolare tradizione.

«Che sensazione avete, don Enzo?» chiese il maresciallo, inconsapevole che la pacatezza con cui aveva rivolto la domanda aveva appena rotto l'argine delle ultime perplessità del prete.

«Sta succedendo una cosa strana. Non so neanche come dirla. Il fatto è che da giorni non riesco a raccogliere una confessione normale. Sembrano tutti preda di chissà quale euforia malata» disse a voce bassa.

Le tenaglie ci volevano con quell'uomo per tirargli fuori qualcosa di chiaro e definitivo, pensò Mannino.

«Ma quali sono i peccati dei baucesi, don Enzo?» domandò comunque il maresciallo, dal momento che la violazione di certi comandamenti poteva anche assumere rilevanza penale.

«Non è tanto la loro tipologia – diciamo così – a lasciarmi perplesso. Del resto, quali volete che siano i peccati in un paesino? È il solito inventario di debolezze e piccole cadute. Siamo tutti esseri umani, maresciallo, e il diavolo è sempre all'opera, pronto a seminare dubbi e tentazioni lungo il cammino della nostra vita, come ci ha ricordato di recente il Santo Padre. In verità io mi riferisco ad altro. Il fatto è che sono alcuni giorni che tutti sembrano avere la strana fregola di confessare i peccati degli altri e non i propri, ecco. Invece di raccontarmi le pene dell'animo suo, insomma, chi si inginocchia nel confessionale preferisce indicare i misfatti che a suo dire avrebbe compiuto il vicino di casa o il parente alla lontana. Capite, maresciallo? È come se a Bauci fosse in atto un conflitto di tutti contro tutti: nessuno sembra più preoccupato di liberarsi del peso che grava sulla sua coscienza, ma indica invece il peso sulla coscienza altrui, come se questo servisse a negare o alleggerire il proprio nel cammino verso la redenzione.»

Il maresciallo Mannino capiva e non capiva. Tutta quella dottrina e quella teologia lo lasciavano perplesso alquanto. Che significava quella cosa? Dove voleva arrivare il prete?

Glielo chiese senza giri di parole, sperando che la tonaca si decidesse in fretta a chiarire il sermone.

«Non so come dirlo, maresciallo, perché solo a formulare il pensiero mi sembra di macchiarmi di idolatria. Insomma, sarà un caso, ma tutto questo è iniziato da un momento all'altro, pochi giorni fa, quando il sindaco ha avuto la bella pensata di piazzare quella oscenità di marmo davanti alla chiesa» disse il prete e, come finalmente liberatosi da un'insopportabile angoscia, si sedette, anzi, quasi si accasciò su una sedia.

Il maresciallo lo guardò in silenzio, stupito. Non poteva crederci: davvero il prevosto credeva a quella storia delle maledizioni? Don Enzo però doveva avere fiuto da lupo anche lui, perché, dopo avere letto l'espressione sul viso del carabiniere, aggiunse subito: «Badate bene: io non credo certo a quelle chiacchiere da comari ignoranti su fatture e anatemi, sia chiaro. Ma non posso evitare di notare che da quando quella statua è comparsa in paese, in poco tempo a Bauci sembra essere scoppiato un terremoto. Io non dico mica che quell'osceno manufatto abbia poteri malefici, ci mancherebbe altro, però fatico ad allontanare l'idea che tutta quella esposizione di carni nude, così esagerate e ripugnanti, proprio di fronte alla chiesa, non finisca poi per stimolare pensieri immondi, generatori essi stessi di disorientamento e caos morale. Insomma, chi può escludere che qualche animo debole si sia lasciato soggiogare e che queste voci sui riti dionisiaci, sui baccanali notturni sia del tutto priva di fondamento? Quella povera creatura abbandonata, in fondo, non potrebbe suo malgrado far parte di un simile contesto, che magari chissà da quanto avevamo sotto gli occhi?».

Il maresciallo era costernato, confuso. Cosa gli stava chiedendo il prete?

«Non so che dirvi, don Enzo. Col lavoro che faccio, io mi devo attenere ai fatti. Significa che se troveremo tracce o testimonianze di riti strani, storie poco chiare, indagheremo pure in quella direzione. Di più non posso fare. Del resto non ho mica l'autorità per chiedere una rimozione forzata della statua» allargò le braccia il carabiniere.

«Non esistono neanche i termini di un intervento per offesa al decoro cittadino, alla pubblica morale o – che so io? – per disturbo della quiete pubblica?» chiese il parroco, facendola scivolare lì, con finta noncuranza.

«Ma no, don Enzo. Se proprio vogliamo, il decoro e la morale (e certe volte pure le coronarie, pensò Mannino) vengono messi ogni giorno a dura prova dalle turiste che girano in paese combinate come sapete. Ce ne sono certe che...» E così dicendo il maresciallo fece roteare la mano come a suggerire che si trattava di una cosa così esagerata che era preferibile non dilungarsi né tantomeno entrare nei dettagli.

«Quello è un altro scandalo causato dal lassismo morale delle ultime amministrazioni cittadine. Nessun sindaco – e quando dico nessuno intendo nes-su-no! – ha mai ritenuto necessario emettere un'ordinanza per imporre ai turisti di girare per le strade del paese in maniera acconcia. Se il pudore muore, c'è poi da stupirsi se piazzano statue oscene di fronte a un altare e le mamme abbandonano le proprie creature vicino alla monnezza?» si indignò don Enzo, riacquistando la posizione eretta che le circostanze imponevano.

«Che vi devo dire? Avete ragione... A proposito, vorrei

mostrarvi una cosa» disse Mannino cogliendo l'occasione al volo. E mise il cellulare sotto il naso del parroco.

«Questa ragazza qui al centro, la conoscete?»

«Come no. Si chiama Addolorata Iannaccone, è la figlia di Maria Ammaturo. La mamma è una brava donna, lavora come cameriera all'hotel Costiera. Ha cresciuta la ragazza quasi da sola: il marito è un marinaio, sta sempre imbarcato. Ma perché me lo chiedete? È per quello che penso io?» chiese il prete, e nella voce vibrò una speranza.

«Forse questa ragazzina c'entra qualcosa. Non dico che sia lei. Ma potrebbe sapere chi è la mamma della bambina.» Al maresciallo, in verità, l'istinto non lasciava alcun dubbio, ma la divisa che indossava imponeva prudenza e circospezione.

Il prete annuì. Il cerchio si stringeva, pensò. Forse si sarebbe arrivati a una soluzione prima della processione per sant'Eufrasia.

«Sapete quanti anni ha?»

«Con precisione no. Va al liceo sperimentale, lo so per certo perché è dove insegno religione due volte a settimana. Credo frequenti l'ultimo anno. Avrà diciassette, forse diciotto anni.»

«Fa una bella differenza» rifletté ad alta voce il carabiniere.

«Ah sì?»

«Eh già. Voi curate le anime, don Enzo, io invece la legalità. L'abbandono di minore non è solo un peccato, ma anche un reato grave. Se a infrangere la legge è una minorenne la questione è di competenza della giustizia minorile, e le pene in quel caso sono meno severe. Ma se invece è una maggiorenne, la faccenda passa nelle mani della Procura, e là il codice penale è più severo.»

Il prete guardò il carabiniere senza parlare, considerando tra sé e sé le diverse conseguenze che avrebbero avuto l'una o l'altra circostanza sulla vita della comunità e sulla visita del vescovo a Bauci.

«Se sentite qualcosa vi prego di avvertirmi subito» disse il maresciallo rimettendosi il cappello sulla soglia della sagrestia. Il sacerdote annuì: quella storia gli stava togliendo la pace e il sonno.

Arrivato alla Punto di servizio, Mannino la trovò bloccata da un furgone.

«E allora?» chiese seccato ai due a bordo.

«Scusate, brigadiere» rispose quello alla guida.

«Maresciallo» precisò Mannino.

«Scusate, maresciallo, ci togliamo subito. Stiamo cercando vicolo Sant'Anna per una consegna urgentissima... Io tutta 'sta pressa nun 'a capisco proprio, *a dicere 'a verità*» aggiunse tra sé e sé l'autista.

«Vicolo Sant'Anna è dall'altra parte della piazza, ma non ci potete arrivare col furgone. È zona pedonale. Chi cercate?»

Per evitare altri errori di approssimazione (coi carabinieri non sai mai come ti devi regolare) l'uomo alla guida controllò il nome dell'acquirente sulla ricevuta prima di rispondere.

«La signora Carmela Sgueglia» disse dopo aver letto.

«È la proprietaria del negozio di frutta e verdura. Lo trovate alla fine del vicolo. A quest'ora è chiuso, ma la signora abita proprio sopra il negozio.»

I due ringraziarono in coro.

Mentre faceva manovra con l'auto, Mannino gettò un occhio al voluminoso involucro di cartone che stavano scaricando dal furgone. Doveva essere molto pesante, a guardare la fatica che facevano quei due. Cosa diavolo aveva acquistato la fruttivendola?

Quando finalmente lo caricarono sul carrello, il maresciallo lesse la scritta stampata su un fianco: "Personal trainer, il tapis roulant che modella il corpo".

Sedici

Affacciato alla finestra della sua stanza, impegnato nel lodevole proposito di cambiare aria alla fumeria dove esercitava ruolo e prerogative di primo cittadino, Rocco Casillo pensò che il suo medico aveva ragione e magari fra i tanti danni causati dalla nicotina bisognava aggiungere anche l'abbassamento della vista. Perché era proprio quello che stava capitando a lui. All'improvviso gli sembrava di non vedere più bene. Possibile che la bruna che veniva verso il palazzo del municipio, sorridendo e sventolando alcuni fogli di carta manco fossero quelli dell'armistizio, fosse la dottoressa Neri? I fianchi, c'era poco da dire, sembravano i suoi, anche da lontano: ad anfora, sinuosi come quelli di una bellezza antica, mediterranea. E poi – Gesù! – quel modo di muoverli... Difficile equivocare, Rocco Casillo non poteva sbagliarsi: fluttuavano nei suoi pensieri, popolavano i suoi sogni da quando l'aveva rivista. I dubbi erano alimentati invece dal sorriso a tutta bocca che la donna, guardando in alto, verso la finestra, sembrava rivolgere proprio a lui:

un regalo del genere la dottoressa Neri non glielo aveva mai fatto prima. Neanche una volta, magari per sbaglio. Perché dunque quella concessione, si chiese il sindaco, e per di più da lontano, sventolando quei fogli come fossero un fazzoletto, come faceva Anna Karenina in quel film – o era Madama Butterfly? Vabbe', non era importante, si disse Casillo. Strinse gli occhi per vedere meglio e i dubbi svanirono.

«Sindaco, ce l'abbiamo!» gli urlò la donna quando fu a una trentina di metri, ormai certa che la potesse sentire.

«Fantastico! Venite su» rispose lui, chiedendosi a cosa diavolo si riferisse.

Un minuto dopo, annunciata da Gaetano Melchiorre, Elvira era sulla soglia della sua stanza, in abito di seta color pesca, sandali di cuoio, un borsone di raffia e i fogli tra le mani.

«È tutto qua, ecco» gli disse passandoglieli. Il sindaco li prese con una mano mentre con l'altra le indicava la sedia. Diede un'occhiata in silenzio sperando che la lettura gli svelasse l'arcano. Era la stampa di alcune mail. Ma erano tutte in inglese.

«Dottoressa, io con la perfida Albione non ci sono mai andato molto d'accordo...» ironizzò per celare l'imbarazzo. «Col francese andrebbe già meglio.»

«È la risposta della segreteria della commissione Cultura di Bruxelles. Annunciano che stanno valutando la richiesta di finanziamento per la costruzione del museo. Per quanto incredibile possa apparire, tempo pochi giorni e la nave potrebbe essere varata» annunciò lei sorridendo.

Rocco Casillo la ascoltava con una espressione tra lo stupito e l'incredulo. Possibile che quell'idea stesse davvero prendendo forma, e in tempi così rapidi? Ci aveva ricamato sopra qualche pensiero, è vero, ma poi aveva considerato che quei progetti avessero la consistenza delle chiacchiere estive, quelle piene di propositi mirabolanti che si sottoscrivono in certe notti alcoliche, destinati poi a dissolversi ai primi chiarori del mattino successivo o al massimo al primo freddo.

Tu invece guarda questa, pensò il sindaco: era andata avanti lo stesso, e con quale efficacia e determinazione!

Rocco Casillo era ammirato e anche un po' confuso, a dirla tutta.

Elvira Neri lesse il suo stupore negli occhi e spiegò: «Ho una cugina che lavora alla segreteria della Commissione; si occupa del controllo qualità delle richieste, diciamo così. Una prima scrematura spetta a lei, insomma. Abbiamo ottenuto una corsia più veloce, ma solo perché il progetto era notevole, nessun privilegio familistico» assicurò Elvira, che su queste cose non transigeva. E continuò: «Nella richiesta ho dovuto dare per scontato che c'era già l'approvazione del consiglio comunale ed era in fase di ultimazione un progetto firmato da un archistar, altrimenti non l'avrebbero tenuta nel giusto conto» concluse.

«Ma noi in mano non abbiamo ancora niente...» ribatté il primo cittadino.

«E volete che non lo sappia, sindaco? Mi sono portata avanti col lavoro, diciamo così. Occorreva mettere un punto fermo per Bruxelles, quella è gente che non ammette vaghezze. E poi bisognava fissare una partenza anche per noi, non dimenticate che sono di Bauci pure io e conosco l'attitudine al rinvio che abbiamo dalle nostre parti. Adesso bisogna muoversi. I termini procedurali e di attivazione europei sono rapidi, non hanno niente a che vedere con le lungaggini italiane. Entro qualche giorno la domanda dovrà essere corredata dalla richiesta ufficiale del consiglio comunale, che andrà accompagnata da una bozza del progetto. A Bruxelles sono poco avvezzi ai nostri bizantinismi. La porta ce l'hanno aperta, ma non resterà così a lungo.»

Rocco Casillo era frastornato. Quella donna aveva l'entusiasmo di una ragazza e l'energia di un caterpillar. Si era caricata in spalla i suoi sogni e adesso lui era costretto ad arrancarle dietro, a cercare di farla ragionare, soprattutto a ricordarle che c'erano mille problemi da risolvere. Glielo disse.

«Dopodomani c'è consiglio comunale. Io potrei pure sensibilizzare la giunta – quella non mi preoccupa, diciamo. Ma a parte lo scoglio dell'approvazione, a noi mancano sia la bozza di progetto che l'individuazione dell'area dove poter realizzare il museo. Mica è una cosa da niente. Se non ce la facciamo, poi che cosa gli raccontiamo a quelli di Bruxelles, che stavamo scherzando?»

«Una cosa alla volta. Voi sensibilizzate la vostra giunta e io provo ad ammorbidire l'opposizione. Un paio di telefonate a qualche architetto amico le ho fatte. Qualcuno sembra interessato, anche se dovrà lavorare sul filo dei costi.

Presto lo saprò. Per quanto riguarda l'area, be', il posto ce l'avete sindaco, come no? A me risulta che vicino alla vigna di Alberto Gargano, quello che ha la pompa di benzina, c'è un terreno di proprietà comunale che la vostra giunta sta pensando di cedere a un gestore di telefonia per metterci un ripetitore. Magari fate pure un po' di cassa, ma poi vi trovate un'antenna di venti metri in casa. Ecco, quello invece sarebbe un posto fantastico per il museo. Decentrato, ma non periferico, a strapiombo sulla Costiera, con una vista spettacolare sul tramonto, e con un margine di terreno sufficiente per costruire anche un parcheggio per i visitatori.»

La testa un po' reclinata, e un sorrisetto appena accennato, la dottoressa Neri guardava il sindaco con l'orgoglio di chi ha appena chiuso una relazione senza punti deboli.

Quella donna era il demonio nelle sue vesti migliori, seduttiva e irresistibile, pensò Casillo: come faceva a sapere di quel lotto vincolato a destinazione pubblica?

«Questa è un'occasione che Bauci non può perdere, sindaco. Ci sono diciotto milioni di euro di stanziamento a fondo perduto che aspettano solo di essere utilizzati. Sono sufficienti per costruire il piccolo Guggenheim che abbiamo in mente» concluse Elvira, che individuava uno spiraglio nello sguardo del primo cittadino.

Perché no?, pensò infatti Rocco Casillo, che la ascoltava cercando di tenere attivi l'istinto e la ragione. Cosa aveva da perdere dopotutto? Se il piano non fosse stato approvato, sarebbe stato un fallimento a costo zero. Nella peggiore delle ipotesi sarebbe stato giudicato un progetto bello ma velleitario: un'accusa alla quale lui avrebbe potuto controbattere che l'opposizione, provinciale e ottusa, aveva rifiutato un'offerta irripetibile, rinunciando così alla possibilità di fare di Bauci la Saint-Paul-de-Vence della Campania, la Bilbao del Meridione. Ma se invece fosse andata bene, be', in quel caso lui sarebbe passato alla storia. Valeva la pena tentare.

«Va bene, proviamoci. Ora convoco gli assessori, per una rapida riunione informale. Illustro loro il progetto, così non cadono dal pero dopodomani nell'aula consiliare, quando lo metteremo ai voti. Dovrebbe passare, sempre che l'opposizione non si metta di traverso con mozioni, interpellanze, denunce, emendamenti, ostruzionismo. Non ci vuole molto a bloccare l'attività di un consiglio comunale, dottoressa. È la bellezza e il limite dell'esercizio della democrazia. Da noi però è peggio che altrove. Qui l'opposizione purtroppo è in mano a un personaggio di infimo ordine, un cretino di tali proporzioni che, pur di farmi dispetto, se facessimo naufragio insieme toglierebbe il tappo al canotto» disse il sindaco mentre tastava le tasche della giacca e gettava sguardi sulla scrivania: ma dov'erano finite le sigarette?

«Con De Santis ci parlo io oggi pomeriggio, cercherò di convincerlo a mantenersi nei limiti di un'opposizione costruttiva, come si dice» disse Elvira, alzandosi e avviandosi verso l'uscita.

«Vediamo» replicò laconico il sindaco allargando le braccia.

Arrivati alla porta si accorse che dalla borsa della donna spuntava una confezione di pannolini.

«Come va con la bambina?» chiese.

«Bene, è un angioletto. Mi dà una mano Carmela Sgueglia, la fruttivendola, la conoscete, no? Un angelo anche lei. Ogni due per tre me la trovo sotto casa, mò con una scusa, mò con un'altra... Piuttosto, ci sono novità? I carabinieri non vi hanno fatto sapere nulla?»

«A dire la verità, poco prima che arrivaste voi, mi aveva chiamato il maresciallo Mannino per dirmi che c'è una pista, ma si è limitato a questo, non ha aggiunto altro. Sapete come sono i carabinieri: una parola è poca e due so' troppe.»

«Quindi è possibile che presto spunti fuori la madre?»

Non era laureato, Rocco Casillo, ma questo non vuol dire. Gli anni trascorsi facendo politica gli avevano affinato il fiuto, che ormai era diventato simile a quello di un animale da bosco. Nella domanda di Elvira Neri c'era un velo di apprensione, ci avrebbe scommesso l'indennità di un anno.

«Potrebbe pure essere» ammise.

La dottoressa se ne stette un attimo in silenzio, inseguendo chissà quali ragionamenti. Poi, come riprendendosi, chiese: «E dal tribunale nessuna novità?».

«Tra qualche giorno dovrebbero farsi sentire, mi ha detto l'assessore alle Politiche sociali. Ma sapete come vanno a volte queste cose. Però se i tempi si dovessero allungare, voi non vi dovete preoccupare, dottoressa. La bambina potrebbe essere affidata ad altri in attesa della sua collocazione definitiva.»

«Grazie, sindaco. Ma quella povera creatura ha già cominciato la sua vita dentro un pacco, non può mica essere trattata per tutta l'infanzia come un plico postale sbattuto di qua e di là... A essere sincera speravo che in una piccola realtà il tribunale si muovesse con maggiore celerità» aggiunse sconfortata.

«Vedrete che le cose si aggiusteranno» le disse il sindaco tendendole la mano. La celerità? Figuriamoci, pensò, mentre incollava gli occhi su quella grazia di Dio che si allontanava ondeggiando lungo il corridoio. Quell'anno facevano dieci anni esatti che il Comune era in causa con la ditta della manutenzione per uno smottamento all'imbocco della provinciale: di quale celerità parlava la dottoressa Neri? La bambina corre il rischio di sposarsi, prima che il tribunale si decida. Ma questo non era necessario che lei lo sapesse, considerò Casillo, chiudendo la porta solo quando la vide sparire dietro l'angolo.

Del tutto ignara dei pensieri che l'avevano inseguita, la donna si avviò verso casa. Bambinamia la stava aspettando. Carmela aveva anticipato la chiusura pomeridiana per consentirle quella sortita al palazzo municipale. Era un impegno serio quello che aveva preso, Elvira lo sapeva e ogni giorno ne aveva conferma. Era stato un atto burocratico ad assegnarle la responsabilità, ma lei sentiva che, per quanto si trattasse solo di un breve periodo, quella bambina aveva bisogno di tutta la sua attenzione. E di un po' d'amore. Rispettata e temuta dirigente ministeriale, Elvira si misurava, con apprensione, col misterioso mondo dell'infanzia: il rito delle pappe e dei pannolini, l'enigma dei pianti improvvisi, la gioia inedita per un sorriso inatteso, l'impenetrabile vocabolario dei versi. Adelaide Strazzullo le aveva venduto, a un prezzo speciale, alcuni abitini. Non un granché, va detto, non si poteva pretendere da una merceria di paese. Era l'essenziale, insomma, ma Elvira contava di rifarsi presto ad Amalfi, dove c'erano negozi molto meglio forniti. Già la immaginava in gonnella e cappellino, a passeggiare in carrozzina al fresco dei giardini pensili di Bauci, affacciati sul mare. Mentre camminava, mille domande le si affollavano in testa, una dietro l'altra, come i turisti che ora le tagliavano la strada, in fila dietro la ragazza con l'ombrello rosso tenuto bello alto, come un'alabarda. Cosa sarebbe accaduto quando le sue ferie sarebbero finite? Dove sarebbe andata Bambinamia... E con chi, poi? Cosa le avrebbe riservato la vita?

Senza rendersene conto, aveva affrettato il passo. Non sapeva come spiegarselo, ma aveva come una smania di fare in fretta, di arrivare a casa.

Che cosa avrà mai da correre in quel modo, si chiese Marco De Matteo, che cercava di non perderla di vista. Anche se era un giornalista esperto, non era semplice stare dietro a quella donna. In tutti i sensi. Certo, il grosso pacco che teneva tra le mani non lo aiutava ad affrettarsi. Per fortuna il commesso lo aveva confezionato bene.

Sull'enorme busta si intravedeva l'immagine di un neonato sorridente.

Diciassette

Dal muretto della strada panoramica il mondo sembrava ancora più lontano. Oltre il confine dei mattoni e della pietra c'era l'abisso, il mare. E in fondo, ma proprio distante, imprendibile, l'orizzonte.

La vita che Doll Iannaccone e le sue amiche sognavano era da qualche parte laggiù, dietro il punto in cui scompariva il sole. Oltre quel limite, c'era la città di acciaio e vetro che vedevano tutti i pomeriggi in tv, quella che si affacciava sull'oceano dorato. Era lì che avrebbero voluto svegliarsi ogni mattina; era lungo quelle strade piene di palme sottili e altissime che immaginavano di passeggiare, tra le ville e le piscine, le spiagge, il surf e i ragazzi che passano a prenderti a casa con la Mustang decapottabile gialla e nera, proprio come quella di Justin Bieber nella foto che aveva a casa.

E invece ogni sera se ne stavano lì, appoggiate al muretto di Bauci, insieme ai soliti sfigati, a ripetersi che quella sarebbe stata la loro ultima estate così.

Cosa bisognava spiegare? Che c'era da capire? Chi avrebbe voluto passare il resto della vita tra piazza Garibaldi, il corso, la chiesa e la palestra in un paesino che per nove mesi all'anno era un deserto, dove non c'era un pub o un cinema e certe notti d'inverno il vento soffiava così forte che pareva portarsi via le finestre?

Loro una vita del genere non la volevano. Meglio morte, si ripetevano sempre. Tutte le sere, su quel muretto, ricamavano pensieri e progetti tra una birra e una sigaretta, come i membri di una loggia segreta, come un gruppo di clandestini in cerca del varco nella rete.

Era sempre così. Ma da qualche tempo la situazione sembrava anche peggiorata. Erano alcune sere che Doll, Giusy e Betty se ne stavano per conto loro, senza parlare con nessuno, lontane dagli sfigati e pure da tutti gli altri. Sedute sul muretto, coi piedi che ciondolavano sulle cime degli alberi che lì sotto anticipavano lo strapiombo sul mare, restavano a guardare l'orizzonte, a volte senza dirsi neppure una parola... Erano giorni che nessuna di loro aveva più voglia di parlare della California e del negozio di scarpe italiane che prima o poi avrebbero aperto lungo la passeggiata che dava sulla spiaggia, quella che si vedeva nelle serie tv.

«Lasciatele stare, non è aria» sentivano gli altri mormorare.

A loro andava bene così. Meglio non dover spiegare.

Quello che avevano fatto era impossibile da raccontare, difficile perfino da immaginare. Era una cosa che adesso toglieva loro il sonno. Ma era anche l'unica che potessero fare, la sola strada, si erano ripetute. Doll non aveva scelta. Sua madre sarebbe morta dal dolore e dalla vergogna se lo avesse saputo, e suo padre l'avrebbe ammazzata di botte non appena sbarcato dalla nave, poco ma sicuro. Senza contare quello che avrebbero detto i parenti – i nonni, gli zii... E quelle brutte facce del paese, poi? Non ne parliamo neppure. Come avrebbe fatto ad andare in giro per il corso con un bambino in braccio? Come avrebbe retto gli sguardi della gente? E che cosa avrebbe risposto alle domande? *Che bel bambino, e il papà dov'è? E io che ne so? Starà suonando la batteria da qualche parte...* Per carità, non voleva neppure pensarci. Per non dire poi dei suoi progetti: mica si può diventare una *fashion graphic designer* ammirata in tutta la California con un neonato sulle gambe, no? Se avesse potuto, avrebbe abortito. Sarebbe stato tutto più semplice. Ma chi l'avrebbe aiutata a farlo? Lei non conosceva proprio nessuno. Il suo ginecologo era lo stesso della mamma, non poteva mica chiedere a lui. E poi, chi è che fa abortire una minorenne?

La verità è che non aveva avuto alternative. Era andata come doveva andare. Il destino aveva scelto per lei. Se lo ripeteva ogni giorno, come la strofa di un rap di Gué Pequeno. Eppure, anche se sapeva che non avrebbe potuto agire diversamente, la notte faceva fatica a dormire, a volte le sembrava di non riuscire a respirare, come se qualcuno le si sedesse sul petto e le stringesse la gola. Era in quei momenti che le tornava in mente la bambina e l'attimo esatto in cui l'aveva guardata per l'ultima volta prima di chiudere la scatola e scappare via. Erano salite in macchina e Giusy aveva guidato per mezz'ora, senza parlare. Poi s'erano fermate alla stazione di servizio della provinciale e, col cuore in gola, finalmente avevano pianto. Tutte e tre.

Anche adesso le scappava da piangere. Lo sguardo e le domande di quel carabiniere avevano scavato dentro il suo cuore evocando fantasmi, rinnovando paure.

«Io dico che ha capito tutto» disse Doll rompendo il silenzio.

«Se capiva tutto ci arrestava» rispose Giusy.

«E allora come mai ci ha fatto vedere la bambola? Perché proprio a noi?» chiese Betty.

«Secondo me sta facendo così con tutte le ragazze di Bauci. Ha trovato la Winx accanto alla bambina e adesso prova a capire di chi può essere» disse Giusy. «Ma era proprio la Winx che ti ho dato io?»

«Non lo so...» rispose Doll

«A me sembrava di sì» disse Betty.

«Ma cosa importa? Secondo me quello lo sa che sono stata io, pure senza la bambola. L'avete visto come mi guardava? E poi, a chi stava telefonando quando ci ha detto di aspettare? Metti che stava provando a chiamare a mia madre?»

«Ma quello nemmeno ti conosce! Mica è di queste zone. Non sentivi come parlava? Sta da poco a Bauci, dev'essere siciliano...»

«E questo che significa, Giusy? Sai quanto ci mette a trovarmi... Mica stiamo a Los Angeles! Quello sempre un carabiniere è. È capace che uno di questi giorni me lo trovo sotto casa, Madonna mia bella!»

«Che facciamo?» chiese Betty.

«E che possiamo fare? Niente» rispose Doll, spaventata.

«Forse qualcosa la possiamo fare, invece. Andiamo a casa mia, che non c'è nessuno, papà e mamma sono tutt'e due in negozio. Mi è venuta un'idea» disse Giusy.

Con un filo di gel, i capelli restavano più in ordine e si mantenevano tesi e brillanti. Venanzio se li stirò sulle tempie con un gesto lento di entrambi i palmi delle mani prima di entrare in piazza, dritto come un fuso, spingendo il carretto coi bidoni impettito, neanche fosse una coupé.

Chi lo avesse visto avrebbe faticato a riconoscerlo: non sembrava più lo stesso uomo. La metamorfosi era avvenuta in pochissimo tempo. C'erano adesso in lui una fierezza e una sicurezza di portamento che lo avevano trasformato. Ma non era solo questo. Al bar, per esempio, non lo si vedeva più, niente Aglianico né tressette. Era sparito anche dalla sala biliardo. Erano già tre sere di fila che disertava l'appuntamento al tavolo di goriziana, al punto che era stato cancellato d'ufficio dal torneo, con evidente disdoro degli altri iscritti. In compenso, invece, ogni pomeriggio si sedeva sulle poltrone in similpelle verde di Tonino il barbiere. Alla spuntatina qua e là si erano subito aggiunte creme idratanti e antirughe, massaggi tonificanti e unguenti esfolianti. La costanza e l'attenzione – e le sapienti mani di Tonino – in men che non si dica avevano prodotto risultati tangibili. Venanzio era sempre in tiro, profumato come un damerino, sbarbato di fresco, la pelle liscia e luminosa e mai un capello fuori posto. Era diventato così impeccabile che portava la riga perfino ai pantaloni della divisa da lavoro. Insomma, per motivi che ai più apparivano insondabili (ma che ai tavoli del bar Arturo avevano già generato più di una ipotesi), Venanzio Basile era un altro uomo. Magro, alto e impomatato, sembrava un ballerino di tango argentino, più che un operatore ecologico.

E fu proprio così che entrò in piazza verso le otto del mattino, di ritorno dal giro di servizio: a passo lento e lungo, come sulle note di una milonga.

Per abitudine, i suoi occhi corsero verso la statua. La *Maja tropical* se ne stava lì, indifferente alle passioni che causava, superba nel suo diafano candore. Ma quella mattina la sua alterigia era contaminata da una macchia sul petto, grossa e di colore giallo. Era una busta, appoggiata tra i seni e l'ombelico. Venanzio mollò il carrettino e quasi corse verso la statua, mentre dentro gli cresceva una rabbia sorda. Non avranno mica insultato di nuovo Carmela Sgueglia, ringhiò.

La busta era attaccata alla statua col nastro adesivo. "A chi interessa" c'era scritto sopra in stampatello. Venanzio si guardò intorno e la aprì. Non avrebbe permesso a nessuno di prendersi gioco di Carmelina: se lì dentro c'erano altre battute sul conto di quella donna, il suo secchio era pronto ad accoglierle. Nella busta c'era un foglio. Vi erano riportate poche frasi, composte con un collage di lettere ritagliate da giornali e riviste, come quelle dei sequestratori. C'era scritto: "Voi scusa mio italiano. Sono cittadina straniera. Sono io madre dela bambina che a lasciato qui. Io torna domani mio paese. Per sempre. Prendete voi cura di bimba. Grazie".

Venanzio si illuminò. Lo sapeva! Era certo che la mamma di quella creatura abbandonata non potesse essere una ragazza di Bauci, come dicevano tutti. Le ragazze di Bauci non le fanno quelle cose, figuriamoci! Adesso bisognava portare subito tutto ai carabinieri. Richiuse con cura il foglio nella busta, accostò il carrettino al muro e si avviò verso la stazione dell'Arma. Quella lettera era importante, poteva essere una svolta nelle indagini, e per un attimo Venanzio si sentì come uno dei testimoni decisivi di *Chi l'ha visto?*, di cui non si perdeva mai una puntata.

Mentre pensava con orgoglio al ruolo che la sua scoperta poteva avere nelle indagini, lungo la strada incrociò Carmela Sgueglia che era appena uscita di casa per andare ad aprire la bottega. Vedendola, Venanzio rallentò il passo. Carmelina pareva avere qualcosa di diverso, quella mattina, come una luce nuova. Non avrebbe saputo spiegare cosa, perché lui, come tutti gli uomini, non aveva capacità di attenzione per quei dettagli che le donne ritengono determinanti. Il fatto è che gli sembrava più bella, ecco.

Quando le arrivò vicino le sorrise e inchinò la testa: «Buongiorno, Carmelina».

«Buongiorno» rispose lei sorridendogli. Venanzio non resistette alla tentazione e si girò a guardarla dopo che l'ebbe superata. Per la prima volta le vedeva insieme, lei e la statua, una accanto all'altra. Non c'era alcun dubbio, pensò: era molto meglio Carmelina.

Neanche avesse ascoltato i suoi pensieri, lei spostò la borsa a sinistra e con un colpettino della mano s'aggiustò l'orlo del carré fatto il giorno prima da Attilio, il miglior parrucchiere di Amalfi – «vi siete tolta dieci anni di dosso» le aveva detto lui tenendole lo specchio. Un abitino di Marina Rinaldi preso in saldo e un vecchio filino di perle di sua madre avevano fatto il resto.

Dentro la borsa, al sicuro da occhi estranei, Carmelina nascondeva un bocciolo di rosa.

Diciotto

Non fosse stato per il prodigioso vedo-non vedo della camicetta, il geometra Alfio De Santis avrebbe chiuso la conversazione con la dottoressa Neri non appena lei aveva pronunciato il nome del primo cittadino.

L'aveva ricevuta per la cortesia dovuta a una donna autorevole come lei, ma con il sindaco non voleva più avere niente a che fare. Se si escludono gli interventi in aula consiliare – durante i quali guardava i consiglieri, e mai lui – erano più di nove anni che non gli rivolgeva la parola. A voler essere precisi, non gli parlava dal giorno della scissione, quando lui e Rocco Casillo si erano divisi il partito, la sede, le tessere, i progetti, i collaboratori e gli amici. Divergenze politiche insanabili li avevano costretti a interrompere un percorso che durava da tempo, almeno secondo la versione che avevano concordato attraverso i loro collaboratori e che costituiva, di fatto, il loro ultimo atto condiviso. Con chi chiedeva ulteriori chiarimenti, facevano entrambi riferimento – ciascuno a modo suo, si capisce – a non meglio precisate divergenze sulle strategie di alleanza e sugli impegni programmatici che il partito avrebbe dovuto assumere con i propri elettori.

Acrobazie in politichese per nascondere i veri motivi della divisione, secondo alcuni. Banale fumo negli occhi, concordavano i più.

Stronzate, sintetizzava Michele iPhone, che era sempre stato uno spirito pratico. Le ragioni della scissione erano altre – sosteneva lui – e avevano animato numerose serate ai tavolini del suo bar, tra un limoncello e un ammazzacaffè. Stando alla versione più accreditata e condivisa, i reali motivi dello scisma andavano messi in relazione all'improvviso e definitivo ritorno nella natia Verona della consorte di De Santis, la signora Olga Ballarin, della di lei madre Marta e di Alfredo, un carlino viziato come un bebè dal quale la signora Olga non si separava mai. La causa del repentino distacco coniugale era da ricercarsi in alcuni messaggi intercettati per puro caso dall'ignaro De Santis sul cellulare della consorte. La signora Olga aveva giurato e si era indignata, parlando di innocenti scambi di strofe e terzine con un vecchio fidanzatino del liceo; ingenuità da adolescenti, se si vuole, ma prive di qualsivoglia malizia. Poi però aveva capitolato davanti ad alcuni autoscatti che la ritraevano in piedi nella cabina della doccia, senza schiuma né altro indosso se non una cuffietta per capelli – immagini che De Santis aveva peraltro provveduto a scaricare su una chiavetta usb, affidata poi alla custodia discreta di un avvocato di Salerno.

Restava un solo punto da chiarire – raccontavano i bene

informati – ovvero l'identità di "R", il misterioso destinatario di immagini e messaggi della signora Ballarin. Qui le versioni, va detto, non concordavano: secondo alcuni, la signora avrebbe confermato trattarsi della sua vecchia fiamma veronese, tale Renato Toffanin, bravo ragazzo, suo ex compagno di scuola divenuto cardiologo ospedaliero, che lei aveva ritrovato su internet. Secondo altri, invece, quella "R" era l'iniziale del nome di qualcuno molto più vicino al bar di Michele che all'Arena di Verona. Uno – si mormorava – politicamente molto affine ad Alfio De Santis. Davanti a domande incalzanti e circostanziate la signora, dopo aver negato, si sarebbe chiusa in un definitivo e sprezzante silenzio.

Prove certe non ce n'erano, e il numero del cellulare incriminato risultava disattivato. Ma il dubbio era un tarlo ben peggiore del male e aveva finito per corrodere e logorare tutto. Le voci avevano iniziato a serpeggiare e, in breve tempo, tra Alfio De Santis e Rocco Casillo il clima si era fatto mefitico, insostenibile. Le normali divergenze politiche avevano presto lasciato il posto ai confronti, i confronti erano diventati duelli, i duelli battaglie e le battaglie guerre. L'escalation del conflitto era così approdata alla sua ineluttabile destinazione: la sede del partito, dove una sera, al termine di una drammatica riunione a porte chiuse, erano volati insulti, posacenere e – si racconta – anche qualche mano in faccia.

Erano passati più di nove anni da quel giorno, ma per Alfio De Santis era come fosse accaduto ieri. Vedere Rocco

Casillo equivaleva a rivedere il necroforo che si portava via suo padre sul carro funebre.

Ora, dal momento che Bauci non era New York, gli incontri purtroppo avevano frequenza quotidiana. Così, per ridurre al massimo il rischio di incroci, i due si erano entrambi dotati di staffette. I loro collaboratori entravano per primi nei locali pubblici per dare un'occhiata. Una volta che si erano accertati che non vi fossero presenze sgradite, segnalavano il via libera. Durante le passeggiate o gli spostamenti istituzionali, le staffette si muovevano in avanscoperta, a un centinaio di metri dai loro protetti. Eventuali avvistamenti venivano annunciati via cellulare, evitando in questo modo indesiderati e pericolosi attriti.

In paese nessuno faceva più caso a quelle manovre e la tensione politica era diventata una consuetudine con cui gli abitanti di Bauci avevano imparato a convivere con fatalistica rassegnazione, come avviene in certe zone di guerra che si vedono nei notiziari, con la gente che fa la spesa e popola le stesse strade dove poco prima è esploso un ordigno, come se niente fosse.

Insomma, Alfio De Santis e Rocco Casillo si odiavano in modo meticoloso e incontrastabile e non c'era nulla che lasciasse intravedere all'orizzonte una possibile riconciliazione.

Dunque, si chiese il geometra gettando un'altra fugace occhiata alla camicetta di seta della dottoressa, cosa mai voleva da lui Elvira Neri? Che rinunciasse forse alle sue prerogative di leader dell'opposizione? Se era così, aveva fatto male i suoi conti, si disse guardandola ancora e sperando che, nel frattempo, almeno un bottone cedesse.

Se aveva capito bene quello che gli era stato appena detto, la giunta Casillo intendeva mettere in agenda, all'ultimo momento e senza averla annunciata, una proposta di richiesta di finanziamento all'Unione Europea per la costruzione di un museo d'arte contemporanea a Bauci.

«E voi vi aspettate che io dopodomani, in Consiglio, davanti a una cosa del genere, non mi mangio il sindaco e tutta la giunta? Una questione come questa andava concordata prima di essere posta all'ordine del giorno tra le varie ed eventuali, come ha fatto quel genio del sindaco sperando che magari uno ci faceva meno caso. Consentire all'opposizione di studiarsi le carte è quello che dovrebbe fare qualunque amministrazione degna di questo nome. Una schifezza così invece è un tentativo di blitz. Che cosa pensava di fare il sindaco: tentare di fotterci mentre stavamo al bar a prendere il cappuccino? Queste trappole con me non funzionano» sentenziò De Santis facendo no-no con il dito.

«Scusate, geometra, ve lo chiedo per essere sicura di aver capito bene: mi state dicendo che se il sindaco vi avesse avvertito una settimana fa – mettiamo – voi dopodomani in Consiglio avreste approvato la richiesta di finanziamento?» domandò Elvira.

«Ovviamente no, dottoressa! Ci mancherebbe altro, che c'entra...» si scandalizzò quello, allontanando l'ipotesi con un gesto sdegnoso della mano.

«Ma allora scusate, io proprio non capisco. Mi avete appena detto che dopodomani voterete contro la proposta perché è stata messa in agenda senza che vi abbiano avvertiti in tempo, giusto?»

«Esatto.»

«Poi però avete detto che l'avreste comunque bocciata, pure se vi avvisavano per tempo, è così?»

«Certo, si capisce» confermò De Santis. E, leggendo lo stupore sul bel volto di Elvira, provò a spiegare: «Questa è politica, dottoressa... E in politica ci stanno delle regole. Qui si tratta di rispettare il ruolo dell'opposizione e la dialettica della democrazia. Una cosa che il sindaco neanche sa dove sta di casa...».

«Geometra, che ne direste se lasciassimo un attimo in pace Platone e Socrate e ci parlassimo con franchezza?» chiese la dottoressa Neri, che cominciava ad avere l'impressione di essersi infilata in un labirinto.

De Santis si zittì. Il suo silenzio equivaleva a un invito a proseguire.

«L'occasione che si presenta è unica. Si tratta di quasi venti milioni di euro a fondo perduto. Potrebbero migliorare la vita di tante persone. D'inverno Bauci è un deserto, e voi lo sapete bene. Chiudono tutti per nove mesi, pure il lavoro chiude. Il museo invece potrebbe attirare visitatori anche fuori stagione. Significherebbe ristoranti e negozi aperti, alberghi in funzione, servizi attivi pure a gennaio. Per di più, in base alle nuove norme ministeriali, gli spazi museali possono essere noleggiati anche per eventi esterni e convegni. Questo progetto potrebbe portare lavoro e ricchezza. Voi ve la sentite di rinunciare a una simile opportunità?» concluse Elvira fissando il capo dell'opposizione dritto negli occhi.

De Santis continuava a guardarla in silenzio. Elvira Neri era stata vista a chiacchierare con sindaco e assessore alla Cultura al bar Arturo. Glielo aveva detto in un orecchio Peppe Jovine, il suo fedele braccio destro, prima di farla accomodare nella sua stanza. Chi era quella donna? Cosa voleva? Di chi faceva il gioco? Nel dubbio, il geometra decise di sparigliare, come si fa a scopone scientifico quando si arriva a un punto morto, così come gli aveva insegnato suo nonno. E calò una carta inattesa.

«Vi voglio accontentare, dottoressa, e dal momento che chiedete franchezza, vi parlerò in modo chiaro: ma a me che me ne fotte di fare un favore del genere a quel demente del sindaco? A museo costruito, la medaglia in petto se la appunterebbe lui. Senza contare che farebbe lavorare soltanto le ditte degli amici suoi, poco ma sicuro. Quale sarebbe il mio vantaggio? Che ne verrebbe alla mia parte politica? Per quale motivo dovrei fare *l'opposizione costruttiva*, come dite voi, eh?»

Il geometra aveva appoggiato i gomiti sul tavolo e si era sporto in avanti, restituendo lo sguardo di sfida alla dottoressa Neri.

«Io non so e non voglio sapere quali sono i motivi che vi dividono, ma su una cosa mi sento di rassicurarvi: questo non sarebbe il museo del sindaco di Bauci. Sarebbe il museo *di* Bauci, dunque pure il *vostro* museo. I sindaci passano, le opere restano e vanno gestite. Quando amministrerete voi, il Festival dell'Arte tornerà nelle vostre mani.»

De Santis rifletteva. Elvira Neri non aveva tutti i torti, in fondo. La gestione di un affare del genere non si limitava alla sola costruzione dell'opera. Con quell'imbecille di Casillo il museo non sarebbe mai decollato, su questo non c'erano dubbi. Lui, invece, se le cose fossero andate in un certo modo, ne avrebbe potuto fare una vera e propria impresa: catering, gestione, manutenzione, organizzazione di eventi, trasporti, una rete di relazioni internazionali con altre città-museo. Peraltro, per quanto lui potesse mettergli i bastoni tra le ruote e osteggiarlo in ogni modo, a Casillo non mancavano i numeri per approvare il progetto in consiglio comunale. E magari avrebbe avuto anche la stampa a favore: gli sarebbe bastato far leva sul Mezzogiorno, la cultura, l'arte, i giovani, il lavoro e tutte quelle sciocchezze che si dicono in genere per fare contenti e fessi i giornalisti.

E se avesse avuto ragione la Neri?, si chiedeva De Santis. Magari conveniva guardare lungo e affrettarsi a salire a bordo prima che la nave levasse le ancore, perché alla fine chi sta a bordo naviga, e chi resta sul molo guarda il bastimento che parte.

La tentazione di accettare era forte. A frenare l'ambizione, però, restava un enorme problema insoluto: come faceva a promettere un'opposizione costruttiva – cioè astenersi coi suoi consiglieri al momento del voto – senza che questo apparisse come un favore al sindaco? La sola idea che qualcuno potesse vedere in quella scelta una sua debolezza o, peggio, un gesto di resa a Casillo, lo faceva inorridire. Davanti a una simile prospettiva avrebbe preferito infilarsi in una vasca da bagno piena di meduse.

Elvira Neri – che sapeva della storia della signora Olga Ballarin e delle sue foto artistiche, diciamo – intuiva le ragioni dell'inquietudine di De Santis, che intanto si tormentava vistosamente le mani.

Forse fu proprio quel disagio a suggerirle la via d'uscita, perché guardandolo le venne in mente il tormento dell'uomo che doveva traghettare la capra, il cavolo e il lupo dall'altra parte del fiume. Bisognava tenere quei due ancora separati. Solo così si sarebbero salvati capra e cavoli.

«E se la gestione del museo fosse affidata a una fondazione?» propose con gli occhi che le sorridevano.

Il geometra De Santis la guardò senza capire bene dove fosse la differenza. Elvira Neri si avvicinò, appoggiò un braccio alla scrivania e spiegò: «Una fondazione è un organismo indipendente. Dunque, una eventuale Fondazione museo di Bauci non avrebbe legami diretti con la giunta in carica, sarebbe un ente autonomo. Il suo presidente sceglierebbe i propri collaboratori e gestirebbe direttamente tutte le attività dell'ente, in assoluta autonomia. Niente ci vieta di pensare che il presidente potrebbe essere una persona da voi indicata oppure – perché no? – proprio voi in persona».

Forse a questo giro erano uscite le carte giuste, pensò l'uomo. La proposta stava in piedi. Ed era allettante, non c'erano dubbi: Alfio De Santis, presidente della Fondazione museo di Bauci – con mano libera su assunzioni, appalti, programmi e acquisizioni. La realizzazione dell'opera conservava la sua importanza di vetrina, è innegabile, ma diventava quasi marginale rispetto alla sua gestione negli anni a venire. Quel fesso del sindaco l'avrebbe utilizzata per diventare senatore, e magari ci riusciva pure, così si sarebbe tolto dai coglioni e lui sarebbe diventato il signore incontrastato di Bauci e, grazie alla fondazione, il nuovo sovrano della Costiera amalfitana.

«Niente targhe coi nomi di chi ha consentito la realizzazione dell'opera?»

«Solo il nome dell'architetto» azzardò la dottoressa Neri, che lo sentiva ormai nella rete e non voleva giocarsi la cattura per un dettaglio come quello.

«Voi state parlando a nome vostro, o per conto di chi penso io?» chiese il geometra, senza girarci troppo intorno.

«Io non agisco su mandato, De Santis» replicò secca Elvira, negandogli il titolo perché era fumantina. E, affinché non ci fossero equivoci, aggiunse: «Sono sempre stata la sola responsabile delle mie parole e delle mie azioni».

«E allora diciamo che per me potrebbe pure andare bene. L'importante» concluse De Santis sollevando un dito ammonitore «è che non ci siano strette di mano e passaggi di consegne con tarallucci e vino. Se questa cosa si farà, dovrà passare come regolare atto amministrativo attraverso uno studio notarile.»

Non c'era altro da aggiungere. I due si strinsero la mano ed Elvira uscì dalla sede del "Campanile" soddisfatta e impensierita. Aveva raggiunto un risultato insperato. Ma era appena cominciata, e lo sapeva. Ora si trattava di convincere il sindaco a digerire l'idea di una fondazione affidata al suo storico rivale. Non c'era molto tempo e non sarebbe stato facile. Ma non era stato semplice neanche con De Santis.

Diede un'occhiata all'orologio: meno male che con Bambinamia c'era Carmelina. Prese il cellulare per avvertirla che stava rientrando e trovò un messaggio: "È mai stata alla Torre del Saraceno? Si mangia benissimo e dalla terrazza si vede il più bel panorama della Costiera. Ci verrebbe con me stasera?". Era firmato Marco De Matteo.

La mano fu più rapida dei dubbi: "Ok" scrisse. E premette per lei il tasto invio.

Diciannove

Cari amici di "Vite Parallele",

se ci riferissimo ad altri lidi, nello scrivere queste note, quasi certamente avremmo parlato di grandi manovre. Trattandosi invece della vita pubblica della povera Bauci – ridotta a "nave sanza nocchiero in gran tempesta" (come dice il Sommo Poeta) –, ci vediamo costretti a limitarci a parlare di piccoli inciuci e ridicole pastette.

Vi confessiamo che la curiosità di restare a guardare in che modo questa classe politica di incapaci riuscirà ancora a coprirsi di ridicolo è tanta.

Tuttavia, consapevoli del fatto che anche le piccole cose possono cagionare immani tragedie, resisteremo alla tentazione di goderci lo spettacolo di questo ennesimo fallimento restandocene alla finestra e vi forniremo invece gli strumenti perché possiate giudicare voi stessi quello che potrebbe accadere alla prossima riunione del consiglio comunale.

Dunque, secondo voci ben accreditate, dopo quasi un decennio di scontri tra i due, sarebbe in corso un inciucio tra il sindaco e il capo dell'opposizione in vista di un possibile finanziamento europeo per la costruzione di un museo di arte contemporanea a Bauci. Che cosa c'entrino Casillo il Diplomato e De Santis il Geometra con un museo d'arte e con la cultura non lo sapremo mai, come diceva il grande fisiologo Emil Du Bois-Reymond a proposito del mistero della vita.

Sta di fatto che per mettere le mani su una ventina di milioni di euro e sulla possibilità di usare la costruzione del museo come grimaldello ad uso e consumo dei loro fini, quei due hanno messo da parte un odio così ben coltivato per andare di nuovo a braccetto: se l'ignara Europa abboccherà e finanzierà il piano, il museo verrà realizzato dal sindaco e – udite udite – sarà gestito poi da una fondazione direttamente controllata dal geometra.

*Fin troppo facile fare la Cassandra e prevedere catastrofi fatte di assunzioni clientelari, provvigioni d'oro e consulenze di platino a detrimento delle incolpevoli arti plastiche e figurative. A giustificare il piano scellerato – statene pur certi – i due compari ritrovati addurranno di sicuro gli alibi del lavoro, del riscatto del Mezzogiorno, delle opportunità per i nostri giovani e altre amenità di questo tipo. Quisquilie, frinzillacchere, diceva il principe De Curtis. Guardatevi dalle loro false promesse e dalle loro interessate offerte di ausilio. Come scrive Virgilio nell'*Eneide *(libro II, vv. 521-522): "Non di tale aiuto, né di questi difensori vi è oggi bisogno".*

Sul fronte della cronaca cittadina, invece, sembra che ci siano ulteriori passi avanti dei carabinieri sulla strada dell'identificazione della mamma della piccina abbandonata. La disgraziata genitrice potrebbe essere una cittadina straniera. Il condizionale resta d'obbligo, ma stando a voci bene informate, sembra che un biglietto con la confessione dell'infelice sia stato ritrovato nei pressi della statua e prontamente consegnato ai militi dell'Arma. Appena avremo altre informazioni, vi ragguaglieremo.

Per il resto, ritengo che Cartagine debba essere distrutta.

Venti

Il maresciallo Mannino aveva spalancato la finestra non appena Venanzio era uscito. Gesù, ma quanto profumo si era messo addosso lo spazzino? Aveva ammorbato tutto l'ufficio con quella roba, neanche ci avesse fatto il bagno dentro. Chissà cosa gli passava per la testa, si domandò il carabiniere. Non sembrava nemmeno più lo stesso: il gel nei capelli, le sopracciglia curate, la camicia col colletto inamidato... Cosa diavolo gli era successo? Saverio Mannino ne aveva viste tante nel corso della sua carriera, ma certo di cose singolari ne stavano avvenendo a Bauci negli ultimi giorni, come se un'atmosfera inspiegabile, una misteriosa malìa stesse impossessandosi dell'animo dei suoi abitanti.

Che avesse ragione il prete?, si chiese il maresciallo. Glielo aveva detto che da un po' di tempo la gente gli confidava strane cose in confessionale. Perfino Carmelina Sgueglia, così posata e tranquilla, sembrava contagiata da quell'ebbrezza. Il maresciallo l'aveva incontrata per strada ed era rimasto a bocca aperta. Dov'erano finiti il grembiule e i capelli raccolti nello chignon? Davanti a lui c'era una donna rotonda ma spigliata, elegante: abitino blu a piccolissimi pois bianchi, collana, borsa, fresca di parrucchiere, pareva pronta a tirar su le serrande di una bottega colma di tessuti pregiati, invece che di cipolle, *percoche* e pomodori.

Che cosa stava succedendo a Bauci? Da quando era arrivato in paese, un anno e mezzo prima, il massimo dell'attività investigativa a cui era stato sottoposto il suo ufficio era consistito nel furto di un motorino, un paio di denunce estive per schiamazzi notturni e un intervento su segnalazione anonima che indicava un'attività sospetta ai margini del camposanto: quella volta lui e l'appuntato Romita si erano recati sul posto e, puntando le torce nell'abitacolo di una vettura ivi parcheggiata, si erano trovati davanti i volti sgomenti del ragionier Di Martino Liborio e di Acciso Teresa, moglie di Fummo Lodovico, agente di commercio, da giorni assente dal domicilio coniugale per motivi di lavoro. «Stavamo facendo quattro chiacchiere» si era giustificato il ragioniere, abbottonandosi di soppiatto i pantaloni. Il maresciallo aveva deciso di soprassedere.

Oltre questo, fino a quel momento, Mannino si era limitato a svolgere una quotidiana e ordinaria opera di controllo e prevenzione del territorio. Niente di particolarmente impegnativo. La criminalità organizzata, per fortuna, non allignava fra quei terrazzamenti e quei vigneti. Bauci era un posto tranquillo, se ne stava arroccato lassù a osservare dall'alto i riti modaioli della Costiera, con distacco e un po' di superbia.

Adesso, invece, tutto d'un botto, il paese sembrava preda di una tempesta sottomarina, di quelle che agitano il mare anche quando splende il sole: bambine abbandonate, mamme in fuga, prevosti sospettosi, denunce sui blog, un clima da complotto.

E lettere da Anonima sequestri.

Come quella che gli aveva appena consegnato con orgoglio Venanzio il netturbino, e che adesso lui si rigirava tra le mani. Dunque la misteriosa mamma snaturata sarebbe stata una straniera, che forse a quell'ora chissà a bordo di quale aereo si trovava. Caso risolto, insomma.

Il maresciallo aveva ringraziato Venanzio ed era rimasto lì, con la lettera tra le mani, a riflettere. Il suo fiuto gli diceva di diffidare. Il ricorso al collage per comporre il messaggio lo lasciava perplesso. Un tempo quel sistema lo utilizzavano i sequestratori dell'Anonima per evitare che una perizia calligrafica potesse tradirli in caso di fermo giudiziario. Quello era il senso. Però in questo caso l'indicazione del destinatario sulla busta ("A chi interessa") era vergata a mano.

Ma allora, perché minchia mettersi a fare tutta quella camurrìa di taglia e incolla, lettera per lettera, vocale per vocale, se poi sopra la busta ci scrivi a mano?, si chiedeva Mannino. O hai paura che ti riconoscano – e questo spiega perché ritagli le parole dai giornali – oppure te ne fotti, perché tanto sai che non ti beccheranno mai, e allora scrivi di pugno tuo. Ma tutte e due le cose insieme no, questa è proprio una faccenda che non si spiega.

I conti non gli tornavano. Certo – pensò – quella stranezza poteva essere figlia della confusione di una ragazza spaventata, che prima pensa di proteggersi facendo una cosa vista in qualche film e poi, nella fretta di scappare, commette l'errore di scrivere a mano sulla busta. Poteva pure essere, perché no?... Ma per quale motivo una ragazza straniera, che sta per lasciare l'Italia, confusa tra milioni di turisti, sente la necessità di scrivere un messaggio come se fosse un bandito? Se si fosse veramente allontanata per sempre da Bauci e dall'Italia, che bisogno aveva di lasciare una traccia in quel modo? Chi mai sarebbe risalito a lei? No, non c'era che fare: come la mettevi e la giravi, la faccenda non gli quadrava. A meno che, ragionò Mannino, non si trattasse di un tentativo di depistaggio. Qualcuno (o forse *qualcuna*) che voleva far credere che quella bambina fosse figlia di una straniera di passaggio, magari una turista.

E chi poteva avere interesse a far credere una cosa del genere?

Il maresciallo aveva ancora negli occhi i volti di quelle ragazzine quando aveva mostrato loro la bambola. E soprattutto lo sgomento negli occhi di... Com'è che si chiamava la brunetta?... Ah sì, ecco, Addolorata Iannaccone, lesse sugli appunti.

Tra quelle note c'era anche il bigliettino trovato insieme alla bambina. Il maresciallo lo confrontò con la scritta sulla busta che gli aveva portato Venanzio. Gli ci vollero pochi secondi per capire. Aveva fatto tombola. Stessa scrittura rotonda, le vocali erano identiche e tutte le "t" avevano l'asticella che svirgolava all'insù. Non occorreva un perito calligrafo per capirlo: la mano era la stessa. La straniera non esisteva. Addolorata Iannaccone aveva provato a depistare le indagini, quando aveva capito che lui le stava appresso.

La situazione si complicava. Con il tentativo di depistaggio, quella ragazzina stava aggravando la sua posizione. Cercò il numero del prete e lo chiamò.

«Ci sono novità, maresciallo?» esordì don Enzo non appena lo riconobbe.

«La situazione di quella ragazzina di cui vi ho chiesto il nome l'altro giorno si va facendo più difficile. C'è stato un tentativo di depistaggio delle indagini che non piacerà al giudice minorile.»

«Di quale depistaggio stiamo parlando?»

«È stata ritrovata una lettera in cui una sedicente cittadina straniera sostiene di essere la madre della bambina abbandonata e aggiunge che sta per lasciare per sempre il nostro Paese.»

«E voi non credete che sia autentico?»

«La calligrafia è la stessa del bigliettino che è stato trovato accanto alla bambina. Ma io sono sicuro che quello lo ha scritto Addolorata Iannaccone. E se questo è vero, quella ragazza straniera non esiste. Dunque la lettera è falsa.»

Don Enzo tacque. Se fossero partite denunce la situazione si sarebbe complicata davvero, pensò. Era necessario trovare una via d'uscita compassionevole, che tenesse insieme tutto e che, sopra ogni cosa, non turbasse la festa della santa e la visita del vescovo.

«Cosa rischierebbe questa benedetta ragazza in caso di denuncia per abbandono di minore?»

«Ho dato un'occhiata al codice penale, don Enzo, ecco qua, ce l'ho sotto mano... Articolo 591, abbandono di persone minori o incapaci. Ve lo leggo. Dunque: "Chiunque abbandoni una persona minore degli anni quattordici, ovvero una persona incapace, per malattia di mente o di corpo, per vecchiaia o per altra causa, di provvedere a se stessa, e della quale abbia la custodia o debba avere cura, è punito con la reclusione da sei mesi a cinque anni... Alla stessa pena soggiace chi abbandona all'estero...". Vabbe', questo non interessa... Ecco qua, ora arriva il caso nostro, sentite bene, don Enzo: "Le pene sono aumentate se il fatto è commesso dal genitore..."» disse il carabiniere, mettendo entrambe le mani sul codice aperto davanti a sé.

«Ma questo vale anche se il genitore è una minorenne, come nel caso nostro?» chiese don Enzo che vedeva una possibile condanna come il soffio del demonio sulla processione.

«Rassicuratevi, padre. In questo paese fatichiamo a mantenere in carcere i criminali, figuriamoci se mandiamo in galera una ragazzina. Certo, se in conseguenza di un abbandono, il neonato subisce un danno fisico o perisce, allora le cose cambiano molto. Ma nel nostro caso, la bambina è bella florida, affidata alle cure della dottoressa Neri, dunque non ci sono problemi di questo tipo...» aggiunse il maresciallo.

«Quindi alla ragazzina che cosa potrebbe accadere?»

«Eh, che vi devo dire? Si tratterà di stabilire la condizione psicologica della minorenne al momento dell'abbandono della neonata, i motivi per cui lo ha fatto e se era consapevole che quell'abbandono poteva mettere in pericolo di vita la nascitura. Avemmo un caso simile in Sicilia, anni fa, sono andato a riguardarmi le carte. La faccenda è regolata dall'articolo 98 del codice che dice che si può arrivare all'interdizione dai pubblici uffici per cinque anni e... mi faccia controllare... ecco qua: alla "sospensione dell'esercizio della responsabilità genitoriale", scrive il codice. In altre parole il tribunale potrebbe decidere di toglierle la bambina in via definitiva. Al momento non mi pare che sia la cosa che preoccupi di più quella ragazzina. In ogni caso, nelle sue valutazioni, il giudice minorile terrà conto del fatto che lei ha prodotto un falso per depistare le indagini.»

«Ma se noi riuscissimo a parlare con la ragazza e la convincessimo a tornare sui suoi passi?»

«Don Enzo, mettiamola così: sono cattolico e credo ai miracoli. Ma se ci vogliamo provare, io credo che in faccende simili un prete funzioni meglio di un carabiniere. Dove la mia divisa si ferma, la vostra tonaca va avanti.»

«Quanto tempo mi date?»

«Per fare che?»

«Per aspettare ad avvertire il magistrato di quella lettera anonima.»

Il maresciallo Mannino sospirò.

«Diciamo che ormai se ne parla lunedì mattina, don Enzo. Oggi è venerdì e a quest'ora gli uffici del tribunale sono chiusi. C'è solo il giudice di turno, ma interviene unicamente in casi di delitti o catastrofi. E per fortuna non è questo il nostro caso.»

«Grazie, maresciallo» disse il prete.

«Dovere, don Enzo. Fatemi sapere.»

E meno male che non gli aveva detto che le due amichette di Addolorata rischiavano una denuncia per concorso in abbandono di minore, pensò il carabiniere mettendo giù il telefono. Meglio affrontare una cosa alla volta, si disse. Solo allora si accorse che sulla porta c'era l'appuntato Bernardo Romita, in attesa.

«Maresciallo, di là ci stanno tre ragazzine che vorrebbero parlare con voi. Mi hanno detto di dirvi che sono quelle della vincs... della uics... insomma, non ho capito bene, ma hanno detto che voi le conoscete.»

Mannino infilò nel cassetto della scrivania la busta e il biglietto, si aggiustò sulla sedia e disse all'appuntato: «Falle entrare, è un po' che le aspetto».

Ventuno

Era inutile girarci tanto intorno. Per quanti tranelli gli avesse teso, per quanti esami gli avesse fatto, doveva ammettere che Marco De Matteo non aveva sbagliato un colpo.

La serata era stata perfetta. A cominciare dalla scelta del ristorante, una vecchia torre di avvistamento saracena che se ne stava lì, arroccata su uno scoglio dai tempi del ducato, quando Amalfi era una repubblica marinara. Pareva un veliero, con la terrazza sospesa sull'acqua come una tolda. La Costiera, sfavillante dei colori del tramonto, sembrava nascere proprio ai loro piedi, come quegli arcobaleni che spuntano davanti alla prua delle navi dopo la tempesta.

E c'erano i profumi del Bianco della Costa e dei ricci di mare, che lui le aveva insegnato a mangiare in modo diverso, togliendole il cucchiaino dalle dita e raccogliendo per lei la polpa arancione con la mollica di pane. Le sue difese avevano cominciato a cedere in quel momento – ora che ci pensava –, quando gli si era affidata e aveva lasciato che la guidasse verso una nuova scoperta. S'era sorpresa accorgendosi ch'era vero: i ricci erano molto più buoni mangiati in quel modo. Era un vecchio rito dei pescatori della Costiera che, quando lasciavano il molo, portavano con loro solo il pane, perché il companatico lo trovavano in mare: in quel matrimonio di acqua e terra c'era la saggezza della tradizione popolare, le aveva spiegato Marco.

Ai gamberoni agli agrumi erano passati al tu e, quando infine l'aveva accompagnata a casa, tutto era ormai diventato più morbido e ovattato, naturale. Davanti al portone l'aveva ringraziata e, lasciando le mani piantate in tasca, le aveva dato un bacio sulla guancia, forte di una confidenza nuova che non contemplava fretta, sornione e prudente come un micio che gira intorno alla gatta più bella e diffidente del quartiere.

Aveva accennato ad andarsene, ma era subito tornato indietro.

«Quasi dimenticavo» aveva detto tendendole un sacchetto rosso, di quelli da regalo, tirato fuori dall'inseparabile zainetto.

«Cos'è?»

«Un pensiero. Ma non preoccuparti: niente di impegnativo. Prima di aprire il pacchetto che c'è dentro, però, devi seguire le istruzioni che troverai nei bigliettini numerati. D'accordo?» le aveva chiesto sorridendo.

«Quanti misteri...» aveva commentato Elvira prendendo tempo, incuriosita. E aveva gettato un'occhiata veloce dentro il sacchetto. C'erano alcuni piccoli biglietti imbustati, come quelli che accompagnano gli omaggi floreali. In fondo si intravedeva anche un piccolo involucro.

«Allora, me lo prometti?» l'aveva incalzata lui.

«E va bene, te lo prometto» gli aveva concesso Elvira, restituendo il sorriso. Poi aveva aperto il portone ed era salita in casa.

Carmelina stava seguendo un drammone latino-americano in tv. Bambinamia dormiva tranquilla nella culla, nella stanza accanto. Senza quella donna non ce l'avrebbe mai fatta, pensò Elvira abbracciandola: il giorno dopo il negozio apriva solo nel pomeriggio, dunque per una sera poteva permettersi di tirare tardi, le aveva detto accettando di badare alla bimba.

Ora che Carmelina se n'era andata, seduta sul divano, Elvira si rigirava tra le mani il sacchetto di carta e ripensava all'atmosfera fatata di quella sera. Marco l'aveva sorpresa fino alla fine, considerò mentre rovesciava il contenuto del sacchetto sul tavolino. C'erano tre biglietti e un pacchetto minuscolo, avvolto alla buona in una carta colorata, chiusa col nastro adesivo. Lo tastò. Aveva la grandezza e la consistenza di un accendino. Guardò le buste. Erano numerate. Aprì la prima, contrassegnata da un "uno". Sul biglietto c'era scritto: "Adesso apri pure il pacchetto. Ma – mi raccomando – NON LEGGERE ANCORA gli altri".

Elvira ci pensò su solo un attimo. E aprì la numero due. Sul biglietto c'era scritto: "Così non vale, imbrogliona! Stai barando. Ricorda che me lo avevi promesso...".

Elvira scoppiò a ridere. Come diavolo faceva a sapere che

l'avrebbe fatto? D'accordo, si disse. Sarebbe stata al gioco. A malincuore mise da parte l'ultima bustina e scartò il pacchetto. Dentro c'era una pennetta usb. Prese il suo pc, lo accese, e ce la infilò. Conteneva un file. Lo aprì. Sullo schermo apparve un testo. C'era anche un titolo. Diceva: *Viaggio a Bauci, tra fate, miracoli e bambine*.

Era la bozza dell'articolo che Marco aveva scritto per il suo giornale. Elvira si sistemò meglio sul divano, si portò il computer in grembo e cominciò a leggere.

"Statue che parlano e preti ansiosi, riti dionisiaci e carabinieri diffidenti, bimbe abbandonate e sindaci pasticcioni. Accadono cose strane a Bauci. Il paesino della Costiera amalfitana, da anni *buen retiro* di artisti di mezzo mondo, sembra essere diventato in questi ultimi tempi un luogo dove magia e religione si intrecciano e dalle chiacchiere dei suoi abitanti nascono miti, leggende e bambine in carne e ossa.

"Cosa accade in questo paesino di pietra aggrappato sul crinale dei monti Lattari, da secoli guardiano della Costiera, sempre in bilico fra tradizione e futuro, diviso tra jet set e cultura contadina?

"Come in tutte le storie che si rispettino, anche questa non sfugge alla regola aurea di ogni racconto, e dunque occorrerà cominciare dal principio.

"Tutto ha inizio in una notte della seconda metà di luglio, quando, senza alcun preavviso, una statua compare in piazza Garibaldi. Si badi bene: non stiamo parlando di una statua qualunque. Quella che all'improvviso si appalesa nell'agorà del paese è un'opera prestigiosa, firmata da uno scultore di fama internazionale: Fernando Botero. L'opera costituisce il pezzo più importante di una personale che l'amministrazione di Bauci dedica al grande artista colombiano, che tutto il mondo conosce e apprezza per la morbidezza e la sinuosità delle donne che ritrae e scolpisce, un eterno femminino che è un inno alla gioia delle forme, la celebrazione dell'abbondanza, un manifesto contro le derive anoressiche della carne e del pensiero. E anche questa statua rappresenta appieno la visione del mondo di Botero. Enorme e languida, la creatura del Maestro è adagiata su un fianco, come si trovasse distesa su un triclinio romano. O in un'alcova. Ed è completamente nuda, lo sguardo indifferente e irrispettoso rivolto verso il mare e l'orizzonte, al di là della piazza, le terga ben esposte verso la cattedrale di Sant'Eufrasia. Sfacciata e indisponente; anzi, scostumata, verrebbe da dire, se non fosse fatta di incolpevole marmo.

"Ce ne sarebbe abbastanza per turbare gli animi dei cultori del pudore e dei paladini della pubblica morale, che, com'è noto, non mancano né a Bauci né altrove. Figuriamoci dunque l'animo dell'ignaro don Enzo, parroco di Bauci, che, quando si trova davanti il colosso di Rodi dei didietro, per poco non ha un malore. Ma chi può aver avuto una simile idea? Un fondoschiena di fronte all'altare della santa? Cose dell'altro mondo. Ad accrescere lo sdegno e le preoccupazioni del sacerdote ci si mette anche il calendario. A Bauci, infatti, fervono i preparativi per la processione ormai prossima per la festa della santa, un evento che, nelle migliori speranze dell'amministrazione comunale, dovrebbe ottenere l'ambìto titolo di bene immateriale dell'Unesco – come del resto è già avvenuto per altre processioni religiose del nostro Paese. Il rito di sant'Eufrasia si celebra il 24 aprile, secondo tradizione e calendario. Ma venticinque anni fa il sindaco del paese e il parroco del tempo decisero di comune accordo di celebrare una seconda processione in occasione del compleanno della santa, che cade il 31 di luglio. Una nuova intesa tra Peppone e don Camillo, una comunione tra sacro e profano celebrata allo scopo di richiamare fedeli e turisti in cerca di mistica e colore locale, in definitiva un tentativo di beneficiare di un po'di quell'abbondanza che si era sempre fermata nella più mondana e fortunata Amalfi, senza mai volgere lo sguardo in alto, verso il promontorio su cui svetta Bauci..."

Elvira appoggiò il computer e si alzò dal divano. Aveva voglia di un limoncello freddo. Mentre andava verso il frigo pensò che la lettura la divertiva. Era pieno di ironia anche quando scriveva, Marco, ma nello stesso tempo si percepiva un alone di rispetto e amore verso quel paese e quella gente. Avrebbe avuto lo stesso rispetto per lei, quando avrebbe raccontato la storia di Bambinamia?, si chiese. Lo avrebbe scoperto presto. Non le restava che continuare a leggere.

Tornò al divano. Riprese il computer e neppure ci provò a resistere alla tentazione. Del resto la promessa che aveva fatto non comprendeva anche quello. Spostò il cursore sullo schermo del pc fino a quando non intravide, tra una riga e l'altra, il suo nome. Si fermò lì, saltando protagonisti e comprimari della storia. Voleva sapere subito come la vedeva, cosa pensava di lei. E scoprire come aveva raccontato la storia di Bambinamia.

“Bella come Afrodite, orgogliosa come Nike, saggia come Atena, la dottoressa Elvira Neri è ammirata e rispettata dall’intera comunità di Bauci. La Monica Bellucci del paese, la chiamano. Volitiva e passionale, oggi affermato dirigente del ministero dei Beni culturali, la dottoressa Neri in passato è stato un autentico argine contro la temuta deriva cementizia: è soprattutto grazie a lei se la speculazione edilizia non ha attecchito a Bauci, uno dei borghi antichi, più belli e meglio conservati d’Italia.

“La Bellezza salverà il mondo, diceva un grande scrittore, e forse salverà anche Bauci. Perché, in questa storia, bellezza ha incontrato bellezza, e la misteriosa bambina comparsa ai piedi della statua è stata affidata proprio alla dottoressa Neri, almeno fino a quando il tribunale dei minori di Salerno non deciderà.

“Chi vi scrive ha lasciato alle spalle da tempo desideri e velleità genitoriali, ma per capire meglio quello di cui vi stiamo parlando avreste dovuto vedere quello che ha visto il vostro cronista quando gli è stato consentito di salire in casa e dare un’occhiata alla bambina. Non era tanto la bellezza rosea della piccina a colpire. Era qualcos’altro a incantare. Era come un’intesa atavica, primordiale e poetica che sembrava unire in un dialogo senza parole due creature che non si erano mai incontrate prima.

“Lo sguardo di quella donna, in grado di far abbassare

gli occhi degli uomini che incrociava, si inteneriva alla vista della bambina. Era come sorprendere la dea della guerra posare l'armatura nel vestibolo, sciogliere i capelli e tornare a sorridere. Una mutazione sorprendente. La tenerezza di una tigre coi suoi cuccioli.

"La dottoressa Neri l'ha chiamata Bambinamia: scritto proprio così, tutto attaccato. Perché a una donna forte e coraggiosa corrisponde una bambina forte e coraggiosa. Saranno altri, o forse – chissà – magari proprio lei stessa a scegliere il nome quando sarà il momento, spiega Elvira Neri.

"Non si sa però se questo momento arriverà, o quando.

"Per adesso è certo soltanto che su questa storia non è stata ancora scritta la parola fine e, francamente, nessuno può dire quando questo avverrà né quale strada prenderanno i suoi protagonisti.

"Quel che è sicuro è che tra sacro e profano, tra chiese e statue misteriose, bar dei miracoli e sospetti riti dionisiaci, il solo incantesimo che Bauci ha finora visto realizzarsi è l'incontro di due fate, due spiriti dei boschi, due anime cristalline che si sono riconosciute, all'improvviso, belle come sirene, e sono rimaste prese l'una dall'altra.

Non i presunti baccanali, dunque, le alchimie e i sortilegi misteriosi. La magia autentica di Bauci è quella che abbiamo visto compiersi proprio sotto i nostri occhi, in una casa del centro storico, tra profumi di lavanda e basilico: l'incantesimo dell'amore. In fondo, il solo miracolo che l'uomo sia in grado di realizzare senza l'aiuto di Dio."

Elvira rilesse le ultime righe. Poi chiuse il computer. Aveva letto più di quanto lei stessa era mai stata capace di confessarsi. Marco le aveva guardato dentro, e i suoi occhi avevano saputo posarsi dove neanche lei si era mai spinta.

Era turbata. Aveva bisogno di bere qualcosa. Allungò la mano verso il bicchiere di limoncello che era sul tavolino e in quel momento si ricordò dell'ultimo biglietto. Lo aprì. C'era scritto: "Grazie per aver voluto condividere con me la tua bellissima storia. Questo articolo non sarà mai pubblicato".

Elvira sorrise, chiuse il pezzetto di carta tra le mani e lo strinse al petto.

Ventidue

Dov'era il trucco? Aggrappato alla sigaretta come la barca al gavitello, Rocco Casillo andava su e giù per l'ufficio, sbuffando inquieto, roso dal dubbio e dal sospetto. A guardarla come gliel'aveva presentata la dottoressa Neri, la proposta appariva chiara e coerente. Compiti e incarichi assegnati, tempi e modalità dell'accordo: tutto era definito e trasparente, ogni cosa risultava limpida e lineare. Lui avrebbe realizzato il museo, con la benevola astensione dell'opposizione, e a quel deficiente di Alfio De Santis sarebbe toccata la fondazione. Era un accordo accettabile, anzi vantaggioso, dal momento che quell'incapace si sarebbe presto rovinato con le mani sue e nel giro di un paio d'anni sarebbe finito coi libri contabili in tribunale, mentre lui sarebbe entrato a palazzo Madama grazie al museo, la prima opera pubblica costruita a sud di Napoli dopo decenni. Su questo il sindaco non aveva alcun dubbio.

Ma allora, da dove nasceva quel disagio? Cos'era quella sensazione di inquietudine che gli lievitava dentro? Sembrava quasi che qualcosa o qualcuno – magari il soffio benevolo delle anime del purgatorio, alle quali era devota la sua povera mamma – lo volesse mettere in guardia contro l'approssimarsi di un pericolo oscuro. Oppure, chissà, quell'angoscia sottile nasceva proprio dalla naturalezza con cui si era arrivati alla soluzione del problema.

Era stato tutto facile, fin troppo.

Anni di scorribande politiche, di intrighi e complotti gli avevano insegnato a guardarsi dalla semplicità. L'esperienza gli diceva che quando le cose complesse all'improvviso diventano facili senza una spiegazione plausibile allora occorre diffidare, perché di sicuro c'è una trappola che ti aspetta nell'ombra. Uno mica sarebbe arrivato dov'era arrivato lui se nel corso della sua carriera non fosse stato più che attento. Figuriamoci. Prudenza e attenzione erano i principi sui quali aveva basato tutta la sua vita politica.

Ora l'istinto e l'accortezza gli dicevano che da qualche parte c'era una botola pronta a spalancarsi sotto i suoi piedi e a precipitarlo in chissà quale abisso. Tutto lasciava intendere che era così. Per quale motivo quel cretino di De Santis gli offriva un armistizio? Quasi dieci anni di guerra sanguinosa, di scontri senza quartiere per la conquista di ogni singolo voto – nome per nome, casa per casa, promessa per promessa – e all'improvviso, come se niente fosse, il cornuto ci ripensava e gli offriva un accordo di pace. Tu guarda la combinazione: e come mai proprio adesso? Perché non due anni fa – per dire –, quando c'era stata l'epocale battaglia consiliare per l'approvazione della variante di valico, intorno alla quale si erano mossi mille interessi e si erano orditi altrettanti complotti?

No no no, c'era qualcosa che non andava. Cosa stava architettando De Santis, dov'era il trucco?, si chiedeva Casillo succhiando la sigaretta.

Per capirlo non c'era altro da fare che stanare quel farabutto prima della riunione di Consiglio. Sapeva lui come riuscirci. Quando era ancora un ragazzino, suo nonno gli aveva insegnato a pescare i *ranci felloni*, quei granchi marroni con le chele grosse che vivono negli anfratti sommersi degli scogli: gli astici dei poveri, li chiamavano. Li andavano a prendere insieme sulla scogliera del porto turistico, poi la nonna li faceva arrosto e lui ancora adesso ricordava l'odore acre del carapace bruciato e il sapore dolciastro della carne. Il nonno aveva una tecnica particolare, somigliava a un vero agguato. Bisognava acquattarsi sugli scogli più vicini all'acqua, stando bene attenti che lo specchio del mare non riflettesse la propria immagine, altrimenti il granchio non sarebbe venuto fuori. Poi, davanti alla tana, si calava una canna di bambù sottile, con un piccolo cappio di lenza fissato sull'estremità, invisibile. Con un'altra canna si metteva un filetto d'acciuga davanti alla tana, bene in vista, allettante. E poi si aspettava, pazienti. Se si era proceduto secondo le regole, senza commettere errori, dopo qualche minuto il granchio usciva dalla tana, attratto dall'acciuga. Non appena la chela si allungava verso l'esca, il cappio le si stringeva intorno. Il granchio era catturato.

Ora si trattava di stanare De Santis alla stessa maniera. Ma Rocco Casillo non lo avrebbe fatto personalmente. Come per i *ranci felloni*, bisognava nascondere il proprio riflesso sull'acqua.

Si attaccò al cellulare e chiamò Gennaro Autieri, il più giovane consigliere del gruppo, ma soprattutto la sua staffetta quando si muoveva per Bauci. Gli affidò il compito di contattare il suo omologo, la staffetta di De Santis, per organizzare un incontro urgente tra i due leader politici, «ma dev'essere per oggi stesso, Gennari'» si raccomandò.

Autieri ascoltò in silenzio gli ordini del capo e avviò subito la trattativa. Dopo una quindicina di minuti arrivò l'accordo. Il vertice si sarebbe tenuto, ma attraverso i portavoce, non c'era alcun bisogno di avere contatti personali, era stato il commento di De Santis. Casillo capì: quel senza palle voleva essere blandito, ci teneva a far sapere che era stato il sindaco a volere il summit, non certo lui. Casillo glielo concesse e disse alla staffetta di insistere. Era un cedimento necessario il suo: aveva bisogno di incontrarlo per guardarlo in faccia, solo così avrebbe capito se De Santis stava cercando di fotterlo. Dopo un po' arrivò la replica. Il capo dell'opposizione accettava. Adesso occorreva solo stabilire il luogo: serviva un posto raggiungibile in tempi rapidi, ma che fosse sufficientemente lontano dagli sguardi dei curiosi. Il sindaco propose un piccolo ristorante di Cetara, conosceva i proprietari, poteva garantire sulla loro discrezione. La proposta venne respinta. Niente bar, ristoranti o alberghi, chiedeva De Santis. Si sarebbero visti a Salerno, sul lungomare Trieste. Lì, dopo le aiuole, di fronte al mare, c'erano panchine in disparte e accoglienti frequentate solo da anziani, coppiette e mamme che portavano a passeggio i loro bambini. Era poco probabile che in un posto così li riconoscesse qualcuno. E poi era un territorio neutrale.

Tre ore dopo, due auto parcheggiarono sul lungomare di Salerno. Scesero quattro uomini con gli occhiali da sole. Le due staffette si sedettero su una panchina. Casillo e De Santis presero posto su quella accanto.

«Alfio...» salutò Casillo.

«Rocco...» rispose De Santis.

Si dedicarono l'un l'altro uno sguardo fugace, prima di mettersi a guardare il mare. Tacquero per un po'. La linea d'orizzonte aiutava i pensieri. Ne era passato di tempo. Casillo adesso si tingeva i capelli – e da vicino si vedeva meglio –, De Santis s'era stempiato e impinguito. E in quanto a Olga Ballarin, be', lei chissà dov'era finita.

Anni di colpi bassi, dispetti, ritorsioni e vendette avevano sedimentato strati di rancore spessi e coriacei. Ma adesso, seduti uno accanto all'altro su un lungomare a loro estraneo, lontani dal campo di battaglia, serrare le mascelle non bastava a nascondere la fatica che entrambi pativano per il peso di quell'incrostazione così dura e pesante. Per quanto ciascuno cercasse di celarlo agli occhi del rivale, erano stanchi tutti e due.

Senza dirsi nulla, gettarono ancora uno sguardo intorno, diffidenti. Tutto sembrava tranquillo. Non si vedevano trappole. I bambini si rincorrevano, controllati dalle mamme. Poco più in là, su una panchina, una coppietta si rovistava, con metodo, incurante dell'ora e dei bimbi che sciamavano ridendo a poca distanza.

«Sono venuto per ascoltare» esordì De Santis.

«Io penso che in questo momento uno scontro non serve a nessuno» principiò il sindaco. De Santis non muoveva un muscolo del volto.

«Se la richiesta di finanziamento viene accettata, la costruzione del museo conviene a me e a te» continuò il primo cittadino, lo sguardo fisso davanti a sé.

«Per me l'importante è che la fondazione la mettiamo in piedi davanti a un notaio un attimo prima del voto in Consiglio» rispose senza girarci intorno il capo dell'opposizione.

«E in questo caso ti astieni e non crei problemi?»

«In questo caso mi astengo e nessun problema.»

Rocco Casillo aveva smesso di guardare il mare e si era girato a fissare il suo avversario. De Santis aveva fatto lo stesso.

«Io ti voglio credere, Alfio, ma ti posso garantire che se provi a fottermi, a Bauci sgancio la bomba atomica, come fece quello a Waterloo. Tutti morti e nessun prigioniero» disse in tono secco.

Alfio De Santis si abbassò gli occhiali da sole perché la sua risposta arrivasse più chiara: «Mi stai minacciando?» chiese con tono cupo.

«Ti sto avvertendo» rispose il sindaco.

«Parliamo a carte scoperte, Rocco. Tu ti credi davvero che io tengo l'anello al naso? Pensi che non ho capito che ti vuoi giocare la carta del Senato? Il museo sarebbe l'occasione perfetta per metterti in mostra con la segreteria nazionale ed entrare nelle liste elettorali. Ma vuoi sapere che ti dico? Tanti auguri e buona salute. Per me va bene, non me ne fotte niente dei tuoi giochetti. A me basta che te ne vai da Bauci.»

Ecco qual era il suo gioco, rifletté Casillo. De Santis voleva Bauci! Per questo non avrebbe fatto ostruzionismo in consiglio comunale. A Casillo d'un tratto era diventato chiaro. De Santis voleva fare asso pigliatutto: con il controllo del Comune e della fondazione avrebbe fato carne di porco. Ma lui, quanto è vero che si chiamava Rocco Casillo, non glielo avrebbe permesso mai. Quel cretino non sapeva con chi aveva a che fare. Lui non gli avrebbe mai lasciato Bauci. Rocco Casillo avrebbe governato il paese anche da senatore della Repubblica. Gli sarebbe bastato far eleggere sindaco un suo fedelissimo.

Ora che aveva capito le intenzioni del suo rivale, sapeva come muoversi.

Il *rancio fellone* aveva infilato la chela nel cappio.

«Per me non ci sono problemi. A me palazzo Madama e a te Bauci» gli rispose calmo, accendendosi una rossa.

«E la dottoressa Neri?» chiese all'improvviso De Santis. Casillo lo guardò con aria interrogativa.

«Che cosa vuole? Che c'entra in questa storia?» incalzò il leader del "Campanile".

«Non c'entra niente. Ha avuto l'idea del museo e ha avviato i contatti con Bruxelles. Tutto qua. Vuol dire che quando sarà il momento la ringrazieremo pubblicamente e tu magari le darai una piccola consulenza attraverso la fondazione. Un riconoscimento per l'impegno profuso» disse il primo cittadino, rassicurante.

«Non è che poi invece si mette a rompere i coglioni?» si preoccupò De Santis.

«Ma figuriamoci! Quella adesso pensa solo alla bambina» disse Casillo, ostentando una sicurezza che in realtà non aveva affatto.

I due si allontanarono accompagnati entrambi da quel dubbio.

Si salutarono in silenzio con un semplice cenno del capo.

La mano no, quella sarebbe stata davvero troppo.

Ventitré

I vecchi parlano male dei giovani perché non hanno memoria della loro giovinezza. Il maresciallo Saverio Mannino non ricordava più dov'è che aveva letto questa frase, né chi l'aveva detta. Ma non importava, dopotutto. Gli era tornata in mente guardando quelle tre *picciottedde* sedute di fronte a lui, le mani in grembo, le spalle piegate, gli occhi che correvano a cercare quelli delle altre, nascosti sotto capigliature strane.

Ad avere a che fare con le miserie umane quasi ogni giorno che Domineddio manda in terra ci si indurisce, è inevitabile. L'animo si stringe, si rattrappisce, si richiude in sé come gli anemoni di mare quando ne sfiori i tentacoli. Quelli che ci capiscono poco liquidano tutto questo con la parola cinismo, ma anche quella è una difesa, una maniera per tenersi lontani da certe faccende e non impicciarsi, un modo per dire "io non c'entro".

A furia di affacciarsi sugli abissi altrui, al maresciallo Saverio Mannino gli si era incartapecorito il cuore, insomma.

Lo sguardo però gli era rimasto quasi lo stesso, quello sì. Chissà, forse era l'amore per le poesie che sua madre gli aveva trasmesso a impedirgli di confinare le vite degli altri nello spazio esiguo di un verbale, ridotte e condensate nella formula "Il qui presente dichiara quanto segue...". O magari era stato quell'avvocato che un giorno, in tribunale, gli aveva spiegato che nel codice civile vige il principio cardine della diligenza del buon padre di famiglia, un modo per ricordare a chi sottoscrive un accordo che oltre alla firma deve metterci anche tutto l'impegno e la saggezza che un bravo padre metterebbe nel curare la sua casa e i suoi affetti. Quel principio, diceva l'avvocato guardando quel poveraccio che aveva rubato per disperazione, andrebbe applicato anche quando si arresta e si giudica chi commette un reato minore. Ma purtroppo il codice non lo prevede, lamentava il legale.

Al maresciallo Mannino tornava in mente ogni volta che si trovava davanti a un caso nel quale i sentimenti, le ansie e le paure avevano colonizzato i pensieri e governato i gesti.

Per questo, per quanto l'avessero combinata grossa, lui non riusciva a vedere di fronte a sé che tre *caruse scantate*, come si diceva dalle parti sue, tre ragazzine impaurite.

Gli avevano appena raccontato tutto. Le fasciature per nascondere la gravidanza ai genitori, gli abiti larghi usati negli ultimi tre mesi, i vasetti di cioccolata lasciati in giro per giustificare l'aumento di peso, il parto nella casa di campagna, nella vasca, con le tecniche apprese via internet. E poi gli antibiotici, le garze, i disinfettanti e le altre cose necessarie acquistate in farmacie diverse, per non creare sospetti. E infine l'abbandono della bambina ai piedi della statua, perché quel velo nascondeva e poi perché era di fronte alla chiesa.

«E *lei* come sta, maresciallo?»

Doll Iannaccone si era fatta coraggio e aveva rotto il silenzio. Mannino era in piedi, vicino alla finestra, a riflettere. Si girò a guardarla.

«Ora sta bene, ma poteva finire molto male, lo sai? Se succedeva qualcosa a quella povera creatura passavi un brutto guaio, signorina. E pure voialtre» disse il maresciallo con tono severo.

A Doll colava il mascara, come a Betty e Giusy.

«È con quella signora di Roma, la dottoressa Neri?»

«Ce l'ha la dottoressa Neri» confermò il carabiniere. «Non è tardi adesso per chiedere come sta?» la incalzò.

Doll Iannaccone ricominciò a piangere. Il maresciallo aprì un cassetto della scrivania e le allungò dei fazzolettini, in silenzio. Doll mormorò qualcosa di incomprensibile, soffiandosi il naso.

«Non ho capito» disse il carabiniere.

«Ha detto che rivuole la bambina» tradusse Giusy.

Mannino tirò un lungo sospiro e si risedette. La faccenda si semplificava e si complicava, nello stesso tempo. I magistrati del tribunale dei minori non si erano ancora espressi. La bambina non era stata affidata ancora a nessuno in via definitiva. C'era tutto il tempo perché la situazione si aggiustasse. Ma intanto occorreva che il giudice conoscesse e apprezzasse il ravvedimento della ragazza. E il pasticcio che aveva combinato Addolorata non giocava esattamente a suo favore. Insomma, un po' dipendeva anche dal verbale che avrebbe redatto lui e dalle note informative che vi avrebbe accluso. La palla era ai suoi piedi. Toccava a lui tirare. Che cosa avrebbe fatto Roberto Baggio in una situazione del genere?, gli venne da chiedersi. Avrebbe *pittato* la punizione con una parabola a sorvolare la barriera, indirizzata all'incrocio dei pali, imprendibile, oppure avrebbe tirato un siluro, contando di farla passare tra le gambe degli avversari, e sorprendere l'estremo difensore?

Nel dubbio prese il telefono e chiamò il prete.

«Don Enzo, sarebbe bene che veniste qui, per favore.»

Il prevosto capì l'antifona dal tono della voce di Mannino, tempo dieci minuti ed era già dai carabinieri.

«Benedette figliole....» esordì non appena le vide. Ma nel tono della voce, oltre alla riprovazione, si intuiva un piccolo sollievo: *deo gratias*, il problema si avviava a soluzione.

Le ragazze lo guardarono senza dire una sola parola.

«Addolorata, ma perché non sei venuta a parlarne con me in parrocchia?» chiese accorato, principiando il temuto avvio di una filippica.

«Doll.»

«Come dici, piccolina?» si interruppe il prevosto.

«Mi chiamo Doll, don Enzo» precisò lei con un filo di voce.

«E va bene, Doll, santa pazienza. Potevi venire a confidarti con me invece di creare tutto questo putiferio.»

Doll non replicò nulla.

«Don Enzo, ho bisogno di parlarvi un attimo» disse il maresciallo invitandolo con lo sguardo a uscire dalla stanza.

Quando furono fuori, Mannino abbassò un po' la voce perché non lo sentissero: «Due delle ragazze sono minorenni, la terza ha da poco raggiunto la maggiore età. Prima di mettere a verbale le loro deposizioni io proporrei di informare i genitori. E farei lo stesso anche per l'altra ragazza, Giuseppina Palumbo, nonostante la legge non mi obblighi».

Il prevosto ascoltava e annuiva.

«Ora però, qua non stiamo parlando di una bravata, le ragazze non si sono ubriacate, o hanno fatto schiamazzi. Qui c'è di mezzo un reato serio, abbandono di minore. Ma soprattutto, don Enzo, *c'è* un minore. Insomma, qua si tratta di informare una coppia di genitori, del tutto ignari, che sono diventati nonni, che la loro figlia verrà denunciata per abbandono di minore e per di più corre il rischio che il magistrato le sottragga per sempre la bambina. Onestamente non so qual è la notizia peggiore» concluse il carabiniere.

«Capisco. E voi vorreste che io...» e don Enzo lasciò in sospeso il resto della frase, dandola per scontata.

«E chi meglio di voi, che conoscete tutti qua in paese? Io sono arrivato appena un anno e mezzo fa. Queste sono cose delicate. Roba più adatta alla tonaca che alla divisa, secondo me. Non lo faccio per sottrarmi ai miei doveri, sia chiaro, ma io una cosa del genere, se toccasse a me (che Dio me ne scampi) preferirei che fosse il parroco a dirmela, e non un carabiniere. Non credete anche voi?»

«Va bene, avete ragione. Faremo come suggerite. Andrò a parlare prima con la mamma di Addolorata e poi con gli altri genitori. La provvidenza troverà le parole per me e una soluzione al problema.»

Fece per andarsene. Poi si fermò e chiese: «Le ragazze intanto dove andranno?».

«Le ragazze è meglio che restano qua. Non vorrei ci fossero reazioni strane da parte dei genitori. Non si può mai dire quello che può succedere in casi come questo. Siamo pur sempre in un paese piccolo. In situazioni analoghe ho visto sfiorare tragedie e volare troppi ceffoni. È meglio che le tensioni sbolliscano prima qui in caserma» disse il carabiniere, col tono di chi sapeva il fatto suo.

Quando il prete uscì, lui tornò dalle ragazze.

«Don Enzo adesso andrà a parlare ai vostri genitori e li porterà qui.» Mannino lesse la paura sui loro volti.

«Non vi preoccupate. Andrà tutto bene. I vostri genitori vi vogliono bene e vedrete che non succederà niente. Gli parlerò io per primo e poi vi chiamerò qui una alla volta. Adesso andate di là, in un'altra stanza, insieme all'appuntato. Volete un po' d'acqua, una Coca-Cola?»

Fecero segno di no con la testa.

«Va bene, aspettate di là, allora.»

Le ragazze uscirono a capo chino, insieme all'appuntato Bernardo Romita.

«Ah, un momento, Addolor... scusa, Doll, ecco questa è tua» disse il maresciallo allungandole la Winx che aveva conservato in un cassetto della scrivania.

Doll si asciugò gli occhi col palmo della mano, prese la bambola, la strinse al petto e uscì dalla stanza.

Il maresciallo Mannino chiuse la porta e tornò alla scrivania. Dallo stesso cassetto dov'era la Winx, tirò fuori la lettera che aveva trovato Venanzio, quella della fantomatica mamma straniera. La rilesse un'ultima volta, poi la strappò a pezzetti e la buttò nel cestino.

Aveva deciso per la punizione *pittata*, quella che sorvola la barriera e si infila imprendibile sotto l'incrocio dei pali, battendo l'incolpevole portiere.

Il grande Roberto Baggio non avrebbe saputo fare di meglio.

Ventiquattro

«Carmelina, complimenti! E che eleganza!» disse il primo.

«'Na bella caramella tutta da scartare» rincarò il secondo.

«Ma quale caramella: 'nu panettone! E che panettone, guarda là, guarda!» sottolineò il terzo.

Gli scostumati se ne stavano lì, con le sigarette in mano e i sorrisi stampati in faccia mentre Carmelina Sgueglia, con un vestitino blu marine con sottili righe bianche e azzurre, passava proprio sotto il loro naso.

«Cafoni» sussurrò lei mentre andava via, inseguita dai loro sguardi indecenti e da quelle risa sguaiate, cose che poi le restavano appiccicate addosso, un ricordo ricorrente che anche a scacciarlo ritornava subito, fastidioso come nemmeno le mosche cocchiere.

«Carmelina, e vieni qua, dove te ne vai?» gridò uno dei tre mentre i suoi compari sghignazzavano.

«Io direi che se la finite è meglio.» La voce era ferma, il tono perentorio e il volume alto a sufficienza perché lo sentissero forte e chiaro non solo quei maleducati, ma anche

Carmelina. I tre si girarono a guardare chi aveva parlato. Lei fece lo stesso, qualche passo più avanti.

A soli dieci metri dai cafoni, invisibile fino a un attimo prima, dritto come una sentenza e fermo come il castigo c'era Venanzio, con la ramazza in mano, accanto al carretto coi secchi. I tre rimasero sbigottiti. Di cosa s'impicciava lo spazzino?

«Come hai detto?» chiese il primo, al quale ancora non pareva possibile aver udito parole del genere.

«Ho detto che è meglio che la finite qua» ribadì Venanzio senza scomporsi.

«Che c'è, tieni qualche problema?» chiese il secondo, col ghigno che gli si andava spegnendo sul volto.

«Io non tengo nessun problema. I problemi invece li tenete voi, se date ancora fastidio alla signora» rispose il netturbino, senza muovere neppure un sopracciglio.

I tre si guardarono l'un l'altro, allibiti. Non riuscivano a credere a quello che stava accadendo: Venanzio – lo spazzino! – li stava minacciando. Com'era possibile una cosa del genere? A Bauci si stava davvero rivoltando il mondo.

Senza neanche bisogno di dirselo, si scollarono dai motorini e gli si pararono di fronte, uno accanto all'altro, come una banda di pistoleri.

«Perché, se no che fai?» disse uno dei tre, serrando la mascella.

Carmelina si portò una mano alla bocca. Venanzio le dedicò uno sguardo rapido, poi, con gesti misurati, appoggiò la ramazza al carretto, fece un passo avanti e con un movimento lento scostò un lembo della giacca da lavoro. Lungo la coscia, fissata alla cintura con un moschettone, pendeva una mazzuola con la testa di ferro bella grossa.

Venanzio ci appoggiò le dita sopra. Poi parlò: «Stammi bene a sentire, e te lo dico una volta sola, a te e ai tuoi compari: è meglio che ve ne andate adesso sulle gambe vostre, prima che qualcuno si fa male assai. E ti posso garantire che quello che si fa male *nun so' io*».

Il rumore che seguì era quello del moschettone che sganciava la mazzuola. Per un attimo, gli occhi dei tre finirono tutti sulla mano di Venanzio, che adesso stringeva il martello alla base. Carmelina aveva sentito il cuore sussultare. Nessuno fiatava, mentre i secondi passavano, in un clima irreale, come sospeso.

Un randagio, del tutto ignaro della sfida che si andava consumando in piazzetta, passò trotterellando fra loro e sparì dietro l'angolo.

Poi, d'un tratto, il primo minimizzò: «E che sarà mai? Mò stai a guardare che uno non può fare nemmanco una battuta».

«Vediamo di andarcene va', che qua oggi stanno nervosi pur 'e spazzini» disse il secondo.

«È meglio, sì, *jammucenne*» concordò il terzo.

Venanzio, con gli occhi che passavano da uno all'altro, non si mosse di un solo centimetro. I tre risalirono sugli scooter e partirono senza aggiungere una parola o uno sguardo. Quando sparirono alla vista, curvando alla fine della strada, Venanzio tornò verso il carretto e assestò due colpi di mazzuola sul mozzo della ruota, che ogni tanto aveva bisogno di un'addrizzata, se no andava fuori asse e procedeva sbilenca. Poi rimise la mazzuola nella fondina, lungo la coscia.

Carmelina era rimasta a bocca aperta. Aveva assistito a una scena che mai nella vita avrebbe immaginato di vedere. Un uomo aveva preso le sue difese, anzi, era stato addirittura sul punto di battersi per lei. Il primo a dimostrare una simile attenzione nei suoi confronti – se si escludeva il suo povero papà buonanima.

Si avvicinò al netturbino, che era intento a riporre la ramazza nel suo supporto, accanto ai secchi.

«Grazie assai, Venanzio. Però non dovevate esporvi in questo modo per me...»

«Non vi preoccupate, Carmelina. È una sciocchezza. Gli ho solo detto che stavano facendo un poco troppo gli spiritosi. Devono capire quando è il momento di smettere» rispose lui facendo spallucce.

«Sì, ma quelli erano in tre...» notò Carmelina, con il cuore ancora in gola.

«So' giovani, tengono la capa fresca. Ma non so' cattivi ragazzi. Gli serviva solamente una buona imparata di creanza. Vedrete che mò non vi danno più fastidio» aggiunse sicuro.

«Invece mi sono preoccupata assai, a dire la verità. Avete rischiato troppo. Io non ci faccio nemmeno più caso a quegli scostumati. Ci ho fatto l'abitudine» mentì lei.

«Io penso che le donne si devono rispettare. Come si dice? Una donna non si tocca nemmeno con un fiore...

Nemmeno con una rosa» concluse Venanzio dopo una piccola pausa, e abbassò gli occhi.

Carmelina trasalì. Aveva sentito bene: Venanzio aveva detto *rosa*. Perché aveva fatto proprio quell'esempio? Perché quel fiore e non un altro? È vero che era il più comune, quello che subito viene in mente quando uno pensa a un fiore. Ma il bocciolo del misterioso corteggiatore sembrava chiamarla dal fondo della sua borsetta, dove lei lo aveva riposto per averlo sempre con sé. Davvero era casuale quella citazione?

Carmelina era confusa. Non sapeva cosa pensare. E se Venanzio... E se magari... Ma no, che cosa le saltava in mente?, si disse, come scuotendosi. Non era possibile. E mentre rifletteva, si accorse d'un tratto che tutti quei pensieri sfacciati l'avevano fatta arrossire. Allora salutò in fretta, quasi scappò, lasciando Venanzio lì, con la ramazza e il carrettino, i capelli impomatati e quel suo profumo troppo dolce che la brezza si portava a spasso e sembrava quasi volerla seguire mentre se ne andava via.

Accadevano cose strane a Bauci, si disse Carmelina. E mentre camminava veloce, nel tumulto dei pensieri che la assalivano tutti insieme, le venne in mente, chissà come, una scena del film che aveva visto al cinema da ragazzina, quando Giovanni Pagliuca le aveva passato il braccio intorno alle spalle e l'aveva fatta confondere. Anche lì c'era uno che affrontava da solo tre banditi. Aveva il poncho e il cappello da cow-boy. Non ricordava il nome dell'attore, ma era bello, con gli occhi azzurri e aveva sempre mezzo sigaro in bocca.

Venanzio non fumava, aveva gli occhi neri e la brillantina nei capelli, però non era per niente male, pensò Carmelina mentre apriva la bottega.

E, canticchiando, iniziò a sistemare le zucchine nella cesta.

Venticinque

Bambinamia le aveva sorriso come soltanto i neonati sanno fare: in maniera assoluta, come se la vita intera, il senso stesso di tutte le cose, fosse riconducibile a quel preciso istante e non esistesse null'altro al mondo se non quella felicità irragionevole e perfetta.

Elvira era rimasta ammaliata a guardare la bambina e il suo incantesimo, con il sonaglino tra le mani: sarà stato quello a farle brillare gli occhi e farla illuminare all'improvviso? Provò a farlo suonare ancora, mentre appoggiava sul divano la busta con gli acquisti fatti ad Amalfi: tre salopette di cotone, un paio di abitini con piccole stampe floreali, scarpine e calze così piccole che sembravano quelle delle bambole; e poi camicette, canottiere e bavaglini.

Ora poteva portarla a passeggio come una vera signorina. Così almeno Carmelina non si sarebbe lamentata e non l'avrebbe sgridata più: ci sarà pur bisogno di portarla a prendere un po' di aria fresca ai giardinetti a questa bambina, no?, l'aveva rimbrottata più di una volta.

Bambinamia si lasciò vestire facendo versi di approvazione, e regalandole altri sorrisi. Elvira la sistemò nel passeggino e si avviarono insieme verso l'ombra salvifica dei giardini del Belvedere. Pensò che era davvero bella: bionda, con gli occhi come l'acquamarina e le guance di un rosa così perfetto che sembrava che qualcuno si fosse divertito a stenderlo sulla sua pelle soffice con un pennello.

Chissà la vita che progetti ha per te, si chiese Elvira. Mentre ci pensava, si rese conto che lei invece di progetti non ne faceva, quasi si trattasse di un lusso estraneo alle sue possibilità. In fondo era quella la ragione per cui apprezzava – forse perfino più di una madre – il miracolo di un sorriso. Il tribunale di Salerno avrebbe potuto decidere in qualunque momento che la bimba era da ritenersi adottabile. E dunque sottrargliela per affidarla ad altri. Se questo non era ancora avvenuto era perché togliere la potestà genitoriale a una madre – perfino se abbandona per strada la sua creatura, chiusa in una scatola di cartone – non è una decisione che un giudice prende a cuor leggero. Bisogna indagare le ragioni per cui quella piccola tragedia si è consumata, per esempio. Salvo casi eccezionali, i magistrati minorili tendono a ricostituire il nucleo familiare naturale. Elvira questo lo sapeva, glielo aveva spiegato un amico avvocato al quale aveva accennato la storia al telefono. Ma se ci fosse voluto ancora molto tempo, lei sarebbe stata costretta a tornare al lavoro a Roma lasciando la bambina a Bauci, nelle mani di chissà chi. Ad ogni giorno che passava, ad ogni sorriso nuovo che Bambinamia le regalava, quella prospettiva le appariva sempre più dolorosa, inaccettabile.

L'altra soluzione era portarla a Roma con sé. Ma non era una cosa semplice. Come avrebbe fatto con il lavoro? Lei viveva da sola, avrebbe avuto bisogno di una baby-sitter cinque giorni su sette. Non era impossibile da immaginare, certo, tante donne lo fanno, però... Però la difficoltà vera era un'altra, Elvira lo sapeva bene anche se faticava a dirselo. Il problema è che, forse per la prima volta in vita sua, la dottoressa Neri aveva paura. Il tribunale avrebbe potuto decidere di toglierle la bambina magari dopo due o tre anni di affidamento. In quel caso come avrebbe fatto a vederla andar via così, dopo averla cresciuta, magari dopo avere sentito le sue prime parole? Se l'avesse chiamata mamma – sarebbe potuto accadere, perché no: a che età cominciano a parlare i bambini? – avrebbe dovuto dissuaderla dal farlo, avrebbe dovuto spiegarle che non poteva, che quell'appellativo era improprio, che lei era una mamma abusiva, che non era contemplata neanche come surrogato.

Elvira avvertiva una debolezza e una fragilità nuove. Per quanto il suo compito fosse definito da un accordo che lei stessa aveva sottoscritto, quello strano ruolo di madre a termine le causava un'ansia che cresceva di giorno in giorno. L'affidamento è il minore dei mali, e lei lo sapeva. Però adesso perfino lo squillo del telefono stava diventando un problema. Ogni chiamata poteva essere *quella* che le annunciava che il suo tempo era scaduto. Non ti affezionare, si diceva Elvira, stai solo dando una mano a una bambina che ha bisogno di aiuto. Era una cosa semplice da dirsi. Poi però Bambinamia le si addormentava in braccio profumata di borotalco, ignara e innocente, o magari le sorrideva all'improvviso, e tutto quello che aveva pensato fino a un attimo prima, tutte le difese erette per arginare il dolore franavano d'incanto come le mura di Gerico davanti alle trombe di Giosuè.

Non doveva andare per forza così. Da qualche parte doveva pur esserci una soluzione. Le relazioni umane non dovrebbero essere ridotte a una specie di leasing. Una bambina non è mica un'auto che tieni per un po' e poi la dai indietro come se niente fosse. Perché mai i sentimenti non potevano essere contemplati negli accordi?

Mentre era inseguita dai suoi pensieri, incrociò una coppia di turisti che dedicò uno sguardo alla piccola nella carrozzina e le sorrise. Elvira si affacciò a guardarla: Bambinamia si era addormentata. Lei invece aveva bisogno di sedersi da qualche parte, per mettere un po' di ordine ai propositi, far calmare quel turbinio.

Si fermò al bar Arturo, che era lungo la strada dei giardini del Belvedere. Scelse un tavolino all'ombra, e lasciò aperto il parasole del passeggino per eccesso di prudenza, così la bambina poteva continuare a dormire tranquilla, protetta e al fresco.

«Ma che bella *piccerella*! Complimenti, dottoressa Neri» disse Michele, che era accorso ad accoglierla non appena l'aveva vista arrivare col passeggino.

«È la bambina della statua?» aggiunse subito dopo, abbassando un po' la voce, con fare complice.

«Perché, pure voi pensate che le statue partoriscono?»

«Certo che no, che ci azzecca, dottoressa... A voi vi piace sempre scherzare! Chiedevo se è lei la bambina che è stata abbandonata» si corresse Michele.

«Sì, è lei» cercò di tagliar corto Elvira, infastidita.

«E della mamma non si è saputo ancora niente, è così?» insistette Michele con una punta di eccitazione nella voce: non gli pareva vero di avere la protagonista del fatto dell'anno proprio lì, nel suo bar, davanti a lui. Ne avrebbe avute di cose da raccontare quella sera – su richiesta, si intende...

«Se non lo sapete voi, Michele, che siete sempre così bene informato su tutto quello che succede a Bauci...» disse Elvira Neri trafiggendolo con uno sguardo, nella speranza che la conversazione si arenasse lì.

«Ma che dite, dottoressa? Non scherziamo neppure. In questo paese io sono come i mariti: sempre l'ultimo a sapere» si schermì Michele. E poi aggiunse: «Certo, uno si chiede chi può essere quella madre snaturata che ha fatto una cosa così. Guardate là, un *angiulillo* come quello... Come si fa, mi domando e dico, ad abbandonare in mezzo a una strada una povera creatu...».

«Mi fate portare una granita di limone, per favore?» lo interruppe con impeto Elvira Neri, col tono secco di chi non tollererà più nemmeno una parola in più oltre a quelle – troppe – che erano già state spese. Se c'era una cosa che lei proprio non sopportava era la carità pelosa. C'era unicamente da augurarsi che, superata la curiosità, la faccenda scemasse da sola e in fretta, altrimenti uscire di casa con Bambinamia sarebbe stato sempre un problema.

«Ve la faccio portare immediatamente. E scusate le chiacchiere» aggiunse Michele, che scemo non era. Sarà pure stato pettegolo, ma la granita di limone che servivano lì era leggendaria, non aveva eguali in tutta la Costiera, pensò lei mentre l'uomo rientrava nel bar.

Elvira prese dalla borsa il suo tablet. Tra le mail ricevute quella mattina ce n'era una di Massimiliano Fuksas, uno dei più grandi architetti italiani. Si diceva molto interessato all'idea del museo. Lei ci aveva dato un'occhiata rapida prima di uscire, ma adesso se la voleva godere di nuovo quella risposta, con tutta calma. Fuksas accettava di lavorare ai minimi tabellari (quasi gratis, le aveva scritto) e le aveva mandato uno schizzo che le piaceva moltissimo: su una piattaforma addossata alla parete della costa poggiava una struttura che assomigliava a una nuvola, leggera e nitida. L'idea era quella di utilizzare la pietra, l'acciaio e il vetro: le trasparenze avrebbero raccolto la luce magica della Costiera e avrebbero consentito ai visitatori della casa dell'arte di godere della visione delle opere esposte e, nello stesso tempo, del panorama stupefacente.

La visione del progetto ebbe il potere di rasserenarla. L'avrebbe mostrato al sindaco e al capo dell'opposizione, prima della riunione del Consiglio, ormai imminente, pensò. Sarebbe stato un elemento utile a saldare ancor meglio l'accordo che i due avevano sottoscritto. L'idea prendeva forma e metteva gambe, come si dice. A dispetto degli assilli e della morbosità degli ignoranti, quella che era appena cominciata si annunciava come una buona giornata. Lo schizzo di quella nuvola di vetro appoggiata sulla costa le metteva allegria.

Chiuse il tablet e portò alle labbra il primo cucchiaino di granita.

Fu allora che si accorse che, dalla parte opposta del bar, su una delle panchine del vialetto che portava ai giardini del Belvedere, c'era una ragazza che guardava fisso nella sua direzione.

Elvira l'aveva già notata prima, a dire il vero, mentre Michele sproloquiava. Ma non ci aveva fatto caso più di tanto. Ora però le sembrava che quello sguardo non fosse per niente casuale. Di certo stava puntando il passeggino, si disse. Elvira sapeva bene che la storia di Bambinamia era sulla bocca di tutti. Non esisteva alcuna possibilità di sfuggire agli occhi della gente di Bauci. Tuttavia, non avendo intenzione di passare le sue ferie segregata al terzo piano di vicolo Marinari insieme all'incolpevole bambina, sperava che quella curiosità scemasse in fretta. Eppure nell'atteggiamento della ragazza che la fissava da lontano le sembrava di cogliere qualcosa di diverso. Per quanto fosse distante, nel suo sguardo Elvira non leggeva la stessa morbosità che aveva notato negli occhi e nei gesti dei paesani incrociati fino a quel momento lungo la strada: quei loro *buongiorno* con le vocali troppo allungate, quei repentini irrigidimenti per richiamare l'attenzione del partner distratto, mentre lei passava spingendo il passeggino. Credevano che lei non se ne accorgesse, speravano forse che la loro attenzione appiccicosa non si notasse.

Invece Elvira vedeva tutto. Così come adesso intuiva che lo sguardo di quella ragazza era diverso da quello degli altri. Sembrava attento, più che curioso, pareva accorato, ecco.

Come se ne avesse ascoltato i pensieri, la ragazza si alzò all'improvviso dalla panchina e si mosse nella sua direzione. Elvira strinse gli occhi per guardare meglio: veniva proprio verso di lei. Allora si raddrizzò sulla sedia, appoggiò il cucchiaino nel bicchiere, come per prepararsi all'incontro. La ragazza era sempre più vicina. Ormai la vedeva bene. Era giovanissima. Quanti anni avrà avuto? Sedici, forse diciassette, si sarebbe detto. Elvira guardò ancora una volta Bambinamia e appoggiò una mano sul passeggino. La ragazza era ormai a pochi passi. Quando le fu di fronte si fermò e scosse la testa, per liberare gli occhi dai capelli. Guardò la bambina senza parlare, a lungo. Poi chiese: «Siete voi la dottoressa Neri, non è vero?».

«Sono io» rispose lei. Guardandola da così vicino si accorse che la ragazza aveva gli occhi gonfi e rossi. Dalla mano chiusa a pugno le spuntava il lembo di un fazzolettino di carta. Elvira la fissò, poi si voltò di nuovo a cercare con lo sguardo Bambinamia che dormiva, la sua bambina. Le scostò un ciuffo di capelli, ma piano, per non svegliarla. E chiese alla ragazza: «E tu sei chi penso io?».

«Mi chiamo Doll» rispose lei, tirando su col naso.

Ventisei

Non era il momento giusto. L'assessore Davide Ferrigno stava ancora imparando a capire il sindaco attraverso i suoi gesti. Quando fumava troppo, per esempio, voleva dire che era nervoso, e allora se uno aveva una proposta, magari pensava di prospettare un'idea, era meglio che lasciava perdere e ritornava alla carica dopo un po', quando si era calmato.

Quella appena spuntata si vedeva subito che non era giornata: Rocco Casillo si stava accendendo una sigaretta e neanche s'era accorto dell'altra, quasi intera, che bruciava lenta nel posacenere. Una distrazione così aveva un solo significato: allarme rosso, pericolo. Era una cosa che sapevano tutti, anche l'assessore alla Cultura lo aveva capito ormai.

Del resto, Gaetano Melchiorre, il segretario comunale – uno che col primo cittadino aveva a che fare da molto prima che Ferrigno sedesse nei banchi della giunta – lo aveva messo in guardia. Prima di entrare nella stanza del sindaco, l'assessore gli aveva chiesto che aria tirasse. «Oggi è maestrale, assesso': *malo tiempo*, il sindaco sta nervoso assai» aveva risposto il segretario, scuotendo la testa. E subito dopo era ripiombato nella lettura di una guida della Thailandia.

Dunque Ferrigno era entrato quasi in punta di piedi, rimandando il proposito di prospettargli il progetto per l'edizione del Festival dell'anno successivo. Però, mentre Casillo stava con il cellulare attaccato all'orecchio, grugnendo con chissà chi, Ferrigno fremeva, perché la sua era davvero un'idea fantastica: una mostra sul Realismo francese, una cosa che preparava in segreto da mesi. La scelta era ponderata. Dal momento che il sindaco ogni tre per quattro citava Saint-Paul-de-Vence, Ferrigno era certo che la sua proposta avrebbe incontrato il suo gusto francofilo. Così, quando Casillo lo aveva convocato, lui aveva portato il progetto con sé, in una cartellina, con tanto di riproduzione fotografica delle opere, contando di farglielo vedere. Aveva trovato pure il titolo: *La Francia e l'invenzione della realtà*. Grazie all'interessamento di un suo cugino che lavorava all'istituto di Cultura dell'ambasciata d'Italia a Parigi era certo che – con credenziali come quelle – avrebbe ottenuto in prestito dal museo d'Orsay almeno una dozzina di tele di grandi protagonisti di un movimento pittorico che, a suo giudizio, era stato ingiustamente messo in ombra dall'Impressionismo. Aveva già fatto un piccolo elenco di opere, e suo cugino gli aveva lasciato intendere che c'erano ottime possibilità di riuscita. Se fosse andata come sperava, avrebbe portato a Bauci le tele migliori di Honoré Daumier, Jean-François Millet e, sopra tutti, il grande Gustave Courbet, il fondatore del movimento, con il suo controverso ma superlativo *L'Origine du monde*. Sarebbe stata una rassegna ricca di note critiche e strumenti di consultazione audiovisiva, si capisce. Quello che aveva in mente era un Festival straordinario, ne avrebbero parlato tutti i giornali, ne era più che sicuro.

«Davide!»

La voce del sindaco lo scosse.

«Eccomi, sindaco.»

«Domani in Consiglio presentiamo la richiesta di finanziamento europeo per costruire il museo. Mi raccomando la coesione del gruppo. Cerca di arrivare puntuale alle nove. Sto facendo il giro di telefonate per acchiappare tutti, come il pastore con le pecore. Qua la domenica vanno tutti scappando, come se non avessero responsabilità, come se qua non ci fosse niente da fare... Questa manica di sfaticati» sbuffò Casillo rituffandosi nervoso sul cellulare.

«È una grande idea sindaco. Speriamo che l'opposizione non si metta a fare ostruzionismo» commentò Ferrigno.

«Non ti preoccupare dell'opposizione. Domani si astiene» bofonchiò Casillo senza guardarlo.

«Abbiamo un accordo?» si stupì l'assessore.

«Abbiamo un accordo.»

«Allora è probabile che il museo veda veramente la luce. Sarà un successo straordinario.»

«Un passo alla volta...» rispose, prudente, il primo cittadino.

«Allora io vado, sindaco.»

Casillo alzò una mano senza guardarlo, per dirgli che andava bene, mentre intanto componeva il numero dell'assessore alle Politiche sociali. Ferrigno fece per uscire, ma poi non si seppe trattenere. Tornò indietro di un passo, con la cartellina in mano.

«Sindaco, ti avrei portato una proposta per il Festival dell'anno prossimo. Se dovesse piacerti, ci sono molti passaggi burocratici che vanno affrontati il prima possibile. Se intanto tu volessi buttarci un occhio...»

Casillo, che lo aveva ascoltato con un orecchio solo, gli indicò la scrivania con una mano, mentre con l'altra smanettava al cellulare. Ferrigno vi appoggiò sopra la cartellina e fece per uscire. Prima di richiudersi la porta alle spalle, però, salutò il sindaco con una battuta, così, tanto per stemperare il clima di nervosismo: «Ci vediamo domani mattina in Consiglio, ma tu stai attento alla dottoressa Neri, che quella è capace di rubarti la poltrona...» disse sorridendo il professor Ferrigno, e sparì.

Non si poteva dire che Rocco Casillo fosse uomo dalle decisioni rapide. Prudenza e diffidenza erano sempre stati i suoi veri alleati politici, la ragione prima del suo successo, a suo stesso dire. Se c'era una scelta difficile da fare, lui ci rimuginava sopra anche per giorni interi. Come i ruminanti, prima di mandare giù un boccone masticava a lungo e poi, dopo aver masticato bene, rimasticava ancora. Dire sì alla dottoressa Neri era stata una decisione d'impeto, e adesso quel tarlo che gli aveva messo in testa l'assessore Ferrigno si stava aprendo una galleria nei suoi pensieri. I dubbi lievitavano in fretta, con la velocità di una rivelazione.

E se quel cretino avesse ragione?, iniziò a tormentarsi Casillo. E se la vera minaccia non venisse da Alfio De Santis, ma dall'insospettabile dottoressa Elvira Neri?

Il sindaco aveva spento il cellulare e adesso camminava su e giù per la stanza, come un animale in gabbia, rabbioso per i sospetti che gli rodevano la mente e il cuore.

Forse quel deficiente dell'assessore ci aveva preso. Del resto – come si dice? – anche gli orologi fermi segnano l'ora esatta due volte al giorno. Sta a vedere che la dottoressa Neri se la intendeva politicamente (e forse non solo, tu vallo a sapere) con De Santis... Magari era appoggiata dalla direzione del partito (purtroppo a Roma non gli mancavano i nemici) ed era tornata a Bauci col mandato di farlo fuori dalle liste. E così, si era accordata con quel cornutone...

Più ci pensava e più tutto gli appariva chiaro. Era una trappola per farlo fuori. Ma certo! Ma sì! Ecco com'era andata! Per quale motivo, altrimenti, Elvira Neri si sarebbe dovuta interessare alla costruzione del museo senza nulla chiedere e niente pretendere? Non viveva manco più a Bauci, dunque che interesse aveva, per quale motivo lo faceva? Perché un interesse da qualche parte ci doveva pur stare, rifletteva Casillo, ormai in preda a un furore sordo. Dove s'è visto mai che uno si impegna in quella maniera, senza poi chiedere niente in cambio. Non esisteva, figuriamoci... Ecco perché si era sbattuta così tanto per il museo, la richiesta a Bruxelles, il progetto, la ricerca di un architetto famoso: la dottoressa Neri mirava alla poltrona di sindaco di Bauci... Oppure alla presidenza della Fondazione museo, non faceva alcuna differenza. Adesso capiva perché De Santis aveva ceduto subito quando lei era andata a proporgli una tregua. Elvira Neri e quel pecorone si erano messi d'accordo, e adesso stavano cercando di fotterlo, si volevano spartire Bauci. Il giochino era chiaro: a me la poltrona di sindaco e a te la fondazione.

Come aveva fatto a non accorgersene prima? Si sarebbe preso a schiaffi per la rabbia. Ora capiva il perché di tutti quei cicci cicci pucci pucci, quei sorrisetti, e quella gonna piena di cosce che c'aveva quand'era arrivata nel suo ufficio quel giorno. Era tutto un piano per rintronarlo, fargli perdere la testa e farlo capitolare. E ci stavano quasi riuscendo, se non fosse stato per quello scemo di Ferrigno che gli aveva aperto la mente con la sua battuta.

Chissà quante risate si erano fatti alle sue spalle... Al solo pensiero gli stava venendo mal di stomaco. Ma l'avrebbero pagata, maledetti. Ah, sicuro che la pagavano, potevano starne certi, quanto è vero che lui si chiamava Rocco Casillo, quei due avrebbero rimpianto il giorno in cui s'erano messi d'accordo. Ci avrebbe pensato lui a fotterli. Se ne sarebbero accorti in Consiglio. Gli avrebbe preparato un piattino di quelli che avrebbero ricordato a lungo, loro e quei cornuti dei loro protettori romani.

Si affacciò in corridoio e urlò: «Gaetano!».

In attesa che il segretario comunale arrivasse, si sedette dietro la scrivania e si trovò sotto gli occhi la cartellina col progetto dell'assessore Ferrigno. Iniziò a sfogliarla. C'erano un sacco di pagine scritte che superò senza leggere, poi arrivò a una serie di immagini di uomini al lavoro, piallatori di parquet, operai che spaccavano le pietre e... Cos'era quella?

Il sindaco si soffermò sulla riproduzione di un quadro. "*L'Origine du monde*", c'era scritto. Lui non sapeva una parola di francese ma quello era un titolo che non aveva bisogno di traduzione. Era il ritratto di una donna, nuda, stesa su un letto, non si vedeva nemmeno la testa. Quello che si vedeva invece, e molto bene, erano le gambe spalancate in faccia a chi guardava. Una posizione ginecologica. E non era nemmeno depilata.

Quello mica era un quadro, pensò Casillo, era tale e quale alle foto di certe riviste che si passava coi commilitoni quando era sotto le armi: però loro quelle cose lì non le chiamavano arte, le chiamavano "Man", "Le ore"... Tanto valeva organizzare una mostra di fotografie pornografiche. Rocco Casillo si passò una mano in faccia, poi richiuse la cartellina e si accese una sigaretta.

Ma perché la Madonna di Pompei non gli aveva regalato una paresi temporanea quando gli era venuto in mente di nominare Davide Ferrigno assessore alla Cultura? Oppure un piccolo ictus, così, tanto per impedirgli di andare incontro a un guaio come quello. Sarebbe stato di sicuro un danno inferiore a tutti quelli che gli stava procurando quel cretino.

Buttò la cartellina nel cestino e aspirò a lungo il filtro della sigaretta, sperando di trovare, almeno lì dentro, un attimo di pace.

Non lontano dal palazzo municipale, intanto, anche Alfio De Santis cercava il conforto della sigaretta. Chiuso nella sede del "Campanile", il leader dell'opposizione si dondolava sulla poltrona, mentre disegnava cerchi col fumo che svanivano prima di arrivare al soffitto. Lo faceva ogni volta che aveva bisogno di concentrarsi. E questa era una di quelle volte. La mattina dopo ci sarebbe stato un consiglio comunale storico a Bauci, eppure lui sentiva che c'era qualcosa che non andava. La facilità con cui si era arrivati a un accordo, dopo quasi dieci anni di battaglie politiche ai limiti del lecito, durante i quali si era sfiorata in più di un'occasione l'aggressione fisica, gli creava una strana inquietudine. Non riusciva a capire come mai quel decerebrato di Casillo avesse deciso di fumare il calumet della pace con lui, come avrebbe detto il suo eroe, il grande Tex Willer. Insomma, i conti non gli tornavano. Che motivo aveva per farlo così, all'improvviso, e senza una ragione valida? Perché, diciamoci la verità, la faccenda del museo dell'arte da sola non bastava mica a spiegare. Davvero il sindaco aveva bisogno del sostegno esterno dell'opposizione per portare avanti il suo progetto? Ma che sciocchezza era quella? Andiamo! In realtà – anche se lui questa cosa non l'avrebbe mai ammessa pubblicamente – quell'incapace di Casillo aveva tutti i numeri per far passare la richiesta di finanziamento in Consiglio fregandosene dell'opposizione. Certo, lui gli avrebbe reso la vita difficile – poco ma sicuro –, gli avrebbe fatto un'opposizione dura e senza quartiere, avrebbe cercato di sabotare tutto il sabotabile. Ma poi, alla fine, in Assemblea sono i numeri che contano e a quel deficiente i numeri per andare avanti e fottersene dell'opposizione non gli mancavano.

Dunque, che bisogno aveva della sua astensione? Quale vantaggio ne ricavava?

A meno che, ragionò De Santis, quell'accordo con Elvira Neri non fosse il preludio per altro... Magari Casillo non aveva nessuna intenzione di mollare davvero Bauci dopo che arrivava in Senato. Magari la Neri era una sua sodale. Questo avrebbe spiegato come mai lei aveva fatto quel lavoro di ricamo, tutta quella gentilezza, quella mediazione senza un interesse dichiarato se non il bene di Bauci... Ma per favore, e chi se la beveva quella *strunzata*? Se lei era d'accordo con Casillo, il quadro invece diventava chiaro e acquistava senso: Casillo se ne andava a Roma e lasciava tutto nelle mani di un sindaco amico, e questo sindaco era Elvira Neri. Eccolo il loro gioco.

Altro che "una piccola consulenza", come aveva lasciato intendere il deficiente. Con un patto del genere quei due ci avrebbero messo niente a svuotare di senso la fondazione e a fotterlo. Lui non avrebbe ottenuto un centesimo di finanziamento e tutti i suoi progetti sarebbero andati in fumo. Avrebbe fatto la fine del vaso di coccio tra i vasi di ferro. Era chiaro, ora aveva capito: quei due avevano un accordo politico, e magari, insieme all'accordo, ci scappava pure qualche altra cosa.

Del resto – poche chiacchiere – era stato lui a mandargliela, ora ne era sicuro. E magari le aveva pure chiesto di mettersi quella camicetta con tutta quella roba di fuori. E pensavano di fotterlo così, mettendogli sotto il naso un paio di zizze?

Alfio De Santis si era alzato in piedi. Quella sola ipotesi lo faceva quasi rabbrividire di rabbia. Gli tornarono in mente

Olga, le sue foto nella doccia, quegli sms e quel numero di telefono disattivato. Cosa avrebbe pagato per sentire la voce di quel farabutto e avere la conferma definitiva, quella che non aveva mai trovato. Erano quasi dieci anni che sognava di ficcargli il telefono in gola: lo aveva conservato apposta, per farglielo mangiare pezzo per pezzo.

No, non lo avrebbe fottuto ancora. Casillo non si sarebbe riparato nascondendosi dietro il petto di un'altra donna. Pensava che bastasse una camicetta trasparente per farlo rincoglionire? Si sbagliava di grosso. E se ne sarebbe accorto il giorno dopo, in Consiglio.

Si attaccò al telefono e chiamò la sua staffetta.

«Avverti tutti, riunione d'urgenza tra un'ora qui al partito. È saltato l'accordo. Domani in Consiglio ci facciamo quattro risate.»

Ventisette

Cari amici di "Vite parallele",

pur essendo adusi alle follie e alle incongruenze a cui il manipolo di incapaci che governa Bauci ci ha ahimè da tempo immemore abituati, confessiamo di vivere un grave imbarazzo nel redigere questo post.

Mai avremmo immaginato di poter arrivare a tanto.

Perfino Orazio, che nelle sue Epistulae *invitava a non meravigliarsi di nulla* ("Nil admirari"*...), sarebbe rimasto basito di fronte a quanto è avvenuto stasera in consiglio comunale.*

Prima di entrare nel vivo della cronaca, però, si rende necessario riassumere gli ultimi avvenimenti, poiché perfino il povero estensore di queste righe avverte la necessità di porre un punto fermo agli eventi appena succedutisi, per cercare di meglio comprenderne la portata e soprattutto il senso.

Dunque, come ricorderete, vi avevamo reso edotti di un patto segreto che i due ex eterni nemici – Rocco Casillo il Diplomato e Alfio De Santis il Geometra – avevano stretto quarantotto ore fa su una panchina del lungomare di Salerno per spartirsi i proventi europei destinati alla costruzione di un museo (sic!) e più in generale la stessa povera Bauci.

Pertanto, da ex nemici, sindaco e capo dell'opposizione sembravano tornati a braccetto in nome e per conto di fini a dir poco disdicevoli. "Ubi amici ibi opes"*, dove sono gli amici, lì sono i denari, scriveva Quintiliano, e mai come in questo caso c'è da dargli ragione.*

Il patto scellerato tra i due prevedeva che al sindaco sarebbe toccata la costruzione del museo d'arte contemporanea, mentre al capo dell'opposizione sarebbe stata assegnata la presidenza di una nascitura fondazione per la gestione del museo medesimo e di tutte le attività e i servizi a esso correlabili nel prossimo futuro.

Tuttavia, per l'"infinita vanità del tutto", come enunciava Leopardi*, qualcosa deve essere andato storto. Forse perché, come diceva ne* Le temps passé *Claude Mermet, gli amici del tempo presente sono come i meloni, bisogna assaggiarne cinquanta prima di trovarne uno buono, o forse perché, come pessimisticamente vaticinava Geremia, "sia maledetto l'uomo che confida nell'uomo".*

Fatto è che, al momento di esprimere il voto, le cose sono andate molto diversamente da come previsto e annunciato da chi vi scrive. L'opposizione, che stando ai patti avrebbe dovuto astenersi, ha invece votato contro la richiesta di finanziamento, ma – ed è questo che maggiormente meraviglia – anche gli stessi consiglieri della giunta hanno espresso voto contrario.

Avete capito bene, cari amici di "Vite parallele": l'ammini-

strazione di Bauci ha votato contro una proposta da lei stessa presentata in Consiglio!

Il fatto è da poco accaduto e il vostro annichilito estensore fatica ancora a scriverne, trafitto com'è dalla sorpresa.

Poche e vaghe le supposizioni che ci sentiamo di fare al momento – sempre che si vogliano escludere quelle di tipo clinico, è evidente.

L'ipotesi che meglio regge l'urto emotivo appare quella del patto rinnegato. L'opposizione, insomma, non si sarebbe fidata dell'accordo da poco sottoscritto col governo cittadino, e la giunta, temendo di non riuscire a sostenere il travaglio di un'opera di portata europea senza il sostegno di una maggioranza più estesa, avrebbe preferito la rinuncia pur di evitare una figuraccia con Bruxelles. Se questa ipotesi ha un senso, allora questa sera abbiamo assistito a un Otto Settembre, *una specie di armistizio, di resa generale che sancisce la fine di una guerra che però nessuno ha mai combattuto per davvero.*

Solo una simile congettura, del resto, per quanto paradossale possa apparire, può al momento conferire un senso alla mestizia che si è stesa come una coltre sepolcrale sull'intera seduta del Consiglio. Non urla né proteste, non una voce fuori posto, né da questi né da quei banchi. Il sindaco e il capo dell'opposizione apparivano anzi confusi e sorpresi, imbarazzati, come fuori contesto. E i loro sodali non erano da meno, perché come si legge nel Satyricon *di Petronio Arbitro, "quale il padrone tale anche il servo".*

In ogni caso, qualunque sia la motivazione, quello che si è appena consumato è un avvenimento che non riteniamo ab-

bia precedenti nella pur travagliata e discutibile storia politica della nostra bistrattata Patria. Una vicenda che sembra tratta da una pièce di Ionesco o Beckett, una commedia del teatro dell'Assurdo.

Così è andata questa sera, cari amici, ma vi promettiamo che presto sapremo darvi conto dei dettagli e delle ragioni recondite. Per il momento, dovrete purtroppo accontentarvi della triste cronaca di una giornata da dimenticare. Come disse il presidente Adolphe Thiers a proposito di una discutibile seduta dell'Assemblea di Francia, "non manca più un solo errore da commettere".

Per il resto, ritengo che Cartagine debba essere distrutta.

Ventotto

La mattina del giorno della processione, Venanzio trovò un pacchettino sopra uno dei bidoni del suo carretto. Era piccolo e pesante all'apparenza, avvolto in una carta colorata a disegni fantasia, cinta da un nastro rosso, chiuso con un fiocco. Era molto elegante, e appoggiato sul bidone della monnezza faceva ancora più effetto. Infilato tra il nastro e la carta c'era un biglietto. Venanzio si guardò intorno. A quell'ora non c'era anima viva. La piazzetta e le strade adiacenti erano deserte.

Sarà stata una bella pensata di quelle tre cape sciacque che aveva messo a posto l'altro giorno, si disse. Dentro ci starà di sicuro qualche scherzetto. Quelli stanno nascosti da qualche parte qui intorno, e ora aspettano che lo apro per farsi quattro risate alla faccia mia, pensò. Ma lui quella soddisfazione non gliel'avrebbe data, ah no. Con noncuranza, mise il pacchetto nella tasca della giacca da lavoro e spinse via il carretto. Mentre lasciava la piazza, udì un rumore alle sue spalle, come quelli che fanno le imposte quando vengono chiuse di scatto. Gli sembrò che provenisse dal vicolo dove abitava Carmelina. Si affacciò a guardare. Non si vedeva nessuno. Tutto e tutti sembravano dormire ancora – a parte lui, si capisce. Forse era stato un colpo di vento, si disse. Spinse il carretto più avanti e iniziò a ramazzare le cartacce che i turisti gettavano a terra invece che nei cestini. Così facendo, si avvicinò a un portone aperto. Vi entrò con la ramazza in mano, come se avesse visto qualcosa da raccogliere e, all'ombra dell'androne deserto, tirò fuori il pacchetto dalla tasca: se qualcuno lo aveva seguito con lo sguardo, lì dentro non lo avrebbe potuto vedere di certo. Ci voleva ben altro per fregare uno come lui.

Sfilò il biglietto dalla busta e lo lesse. Trasalì. Non era uno scherzo: quei tre non c'entravano niente. Sul biglietto c'era scritto: "Se siete voi quello delle rose, allora sapete chi sono io. Se non siete voi, vuol dire che mi sono sbagliata. In questo caso, scusate assai e tenetevi lo stesso il regalo". Non era firmato, ma quel messaggio valeva più di una firma. Era una dichiarazione. Il petto gli sobbalzò. Carmelina sapeva! Venanzio scartò il pacchetto, quasi con frenesia, preso da un'emozione che non credeva più di ricordare. Avvolto nel cellophane c'era un profumo. Di marca.

Alla stessa ora, la vedova Fasulo si stava preparando per la messa del mattino alla quale sarebbe seguita la processione. Tirò fuori dal cassettone il vestito della cerimonia. Era quello dell'anno prima. E pure degli anni precedenti, a dire il vero, ma quella era una processione, una funzione religiosa, mica una sfilata di moda, giusto? Quelle che si presentavano in chiesa tutte agghindate e cariche di gioielli, lei proprio non le capiva. La preghiera a Dio Padre Onnipotente era una professione di fede e un atto di misericordia che noi miseri mortali celebriamo a gloria del Creatore, mica una parata, si ripeteva lei. Gli orecchini di sua mamma e il doppio filo di perle coltivate che le aveva regalato al loro primo anniversario la buonanima di suo marito Aristide, compianto Cavaliere del Lavoro, erano più che sufficienti per figurare senza esagerare. La misura, ecco quello che la gente aveva perduto: il senso della misura. Da un po' di tempo a Bauci non si capiva più niente, scuoteva la testa Maria Fasulo, mentre faceva prendere aria al vestito, che certo ne aveva bisogno, con quell'odore di canfora che c'era nel cassettone. Un periodo come quello, in paese, lei non se lo ricordava. C'era stato, è vero, il trambusto per le feste che faceva quell'attore americano, come si chiamava? Ma sì, quello famoso... insomma quello che aveva affittato la villa vicino ai giardini, a strapiombo sul mare. C'erano soltanto uomini alle sue feste e si diceva che facessero il bagno nudi in piscina. Le cose erano andate avanti in quel modo per un'intera stagione fino a quando, una notte, dalla terrazza del Belvedere, qualcuno aveva intravisto il dottor Baldassarre Venturini, il medico condotto, tuffarsi in acqua, pure lui senza costume. Era andato alla villa per una chiamata notturna, si era poi giustificato, ma la visita – dicevano le male lingue – se l'era fatta fare lui, a bordo piscina, e pure davanti a tutti. Forse erano solo chiacchiere, alimentate dal fatto che il dottore aveva sempre avuto modi molto garbati e un poco troppo affettati. Chissà. Però – com'è, come non è – la mattina dopo sua moglie era salita sulla prima corriera per Napoli coi due figli piccoli e da quel giorno non aveva più rimesso piede in paese.

Quelle però erano storie antiche. Era passato tanto di quel tempo... Lei allora era appena una ragazza. Adesso invece, sembrava che si fosse rivoltato il mondo da un momento all'altro: statue che parlavano, bambini abbandonati, preti che saltavano le funzioni del mattino, strane riunioni notturne, fatture e incantesimi, fulmini sul campanile. Chi ci capiva più niente...

Speriamo che oggi quella bella sant'Eufrasia ci pensa lei a rimettere tutto a posto, si disse Maria Fasulo mentre scuoteva la veletta nera di pizzo macramè, la stessa con cui si era coperta il capo l'anno precedente, prima di entrare in chiesa.

Pure don Enzo sperava nella santa. E anche nell'intervento salvifico della Divina Provvidenza, a dire il vero. Per quanto – riconosceva il prevosto – questa avesse già palesato la sua magnanima presenza nella risoluzione della vicenda della bambina, che aveva ritrovato la sua naturale collocazione familiare – che il Signore sia lodato! Anzi, con l'ausilio dei buoni uffici del maresciallo Mannino, magari anche il giudice minorile si sarebbe convinto e presto tutto sarebbe tornato a posto, senza ulteriori scandali né rumore. La comunità avrebbe ritrovato la sua coesione, così gravemente minacciata. Erano sulla strada giusta. E per fortuna, giusto in tempo, prima dell'arrivo di sua Eccellenza il vescovo, monsignor Pier Camillo Tonelli.

Anche lì doveva esserci stato lo zampino della Provvidenza.

Il suo passaggio da prevosto a canonico maggiore dipendeva dalle parole del vescovo. Se tutto fosse andato bene sarebbe finalmente partita la segnalazione alla Curia. Lui restava un umile servo di Dio. Però è vero che l'Onnipotente vede e provvede, ma occorre anche dargli una mano, magari inviandogli segnali di buona condotta e di comportamenti adeguati. Per questo era importante che tutto andasse per il meglio quella mattina.

Preso dall'ansia, il prete salì sull'ultimo gradino dell'altare, si mise sulle punte, perché sua Eccellenza era di qualche centimetro più alto di lui, e in quella precaria posizione allungò il collo per vedere se quell'oscenità era visibile da lì. Nulla: per fortuna l'orrenda statua era ben nascosta dal velo blu. *Deo gratias*. La cerimonia si sarebbe svolta senza intoppi, si ripeté ancora una volta, per farsi coraggio.

Era quello che sperava anche Carmelina, che si stava preparando come ogni anno per la messa solenne e la processione, che sarebbe arrivata fino ai giardini comunali, dove il vescovo avrebbe dato la benedizione al paese e a tutti i marinai della Costiera dalla terrazza del Belvedere.

Per l'occasione lei aveva acquistato un abito nero, sobrio ma elegante. Basta con quel completino verde bottiglia che metteva sempre, si era detta. Era stanca di indossarlo. Aveva tirato fuori anche la collana di corallo e la spilla col cammeo che le avevano regalato quando aveva raggiunto la maggiore età. Il giorno della processione tutto il paese sfilava dietro la statua di sant'Eufrasia. Aveva ragione la dottoressa Neri: perché essere sciatti? Era un avvenimento che il paese aspettava per un anno intero. Il parroco e le confraternite ci mettevano mesi per prepararlo. Lei era sempre nei primi posti, in chiesa, e anche stavolta voleva stare là, davanti all'altare.

Carmelina aveva qualcosa da chiedere alla santa, ma questa volta per se stessa, non per gli altri, come aveva sempre fatto.

Un uomo. Anzi, quell'uomo. Ecco la sua richiesta segreta. Lei non sapeva se era davvero una cosa giusta, alla sua età. Non ne era tanto sicura. Anzi, a dire il vero, un po' si vergognava che le venissero in mente certe cose. Ma poi aveva pensato che pure lei aveva diritto a un pezzetto di felicità. Non aveva mai avuto una persona accanto in tutta la sua vita. Ora c'era qualcuno, un misterioso corteggiatore che le mandava i fiori, per quale motivo doveva rinunciare? Il Vangelo mica dice che dopo i cinquanta la vita sentimentale è morta, no? Lo aveva visto pure alla tv, in un programma del pomeriggio: c'erano due coppie di mezza età che si erano messe insieme da poco tempo e dicevano che stavano bene. A vederli sembravano felici. Magari era solo una delle tante sciocchezze che si sentono alla televisione, tu vallo a sapere. Però, se quelle storie erano vere, lei li capiva quelli là, perché anche lei sentiva un'emozione forte da un po' di tempo. Adesso, ogni volta che usciva di casa, si guardava intorno per cercarlo con gli occhi quell'uomo e, quando era in negozio, si affacciava sempre sperando di vederlo passare, così alto, coi capelli pettinati all'indietro.

Un ballerino, sembrava...

Chissà se oggi sarebbe andato alla messa pure lui?

Di certo, uno che non sarebbe mancato era il maresciallo Saverio Mannino. E sarebbe stato presente anche alla processione, insieme ai suoi colleghi, ovviamente. In prima fila, con la divisa e le mostrine, e poi nel corteo, subito dietro alle autorità civili. Il problema era la presenza della moglie: come avrebbe fatto con quel pancione? Le mancavano ormai una paio di settimane a uscire di conto. Lei insisteva per partecipare, devota com'era. Diceva che una benedizione in più aiuta sempre. Ma lui era preoccupato. E molto anche. Il ginecologo aveva detto che c'era stata una lieve minaccia d'aborto. Per precauzione era meglio che nell'ultimo mese si muovesse il meno possibile. Doveva starsene a riposo. Seeee vabbe', come se fosse facile: e chi la teneva, quella? Era cocciuta come uno scecco, più dura di un asino. Per farle fare qualcosa a volte uno doveva fingere di volere il contrario. Per convincerla a restarsene a casa, il maresciallo le aveva promesso di portare con sé la bambina, in chiesa e pure alla processione, cercando una mediazione, sperando che questo bastasse. Dopotutto la sua proposta non era una cosa da poco: non si era mai visto il comandante di una stazione dei carabinieri arrivare a una cerimonia ufficiale portandosi la figlioletta per mano. Certo, lui sapeva di poter contare sulla discrezione dei colleghi (che conoscevano i suoi problemi), ma se la storia si fosse saputa in giro, al comando dell'Arma non l'avrebbero presa bene, poco ma sicuro. Lui era pronto a rischiare, però a sua moglie non andava bene nemmeno così. Aveva storto la bocca, quando gliel'aveva detto. La questione, dunque, era ancora tutta da risolvere.

Confidiamo in sant'Agata, pensò il maresciallo Mannino, non per togliere niente a sant'Eufrasia, per carità, ma da buon catanese lui teneva alle tradizioni e ai santi di casa sua.

Elvira Neri, invece, non sapeva davvero in chi confidare. Aveva un peso sul cuore e non aveva neanche il conforto certo della fede. Mentre prendeva il caffè, si stava giusto chiedendo che senso avesse andare in chiesa per la festa della santa.

Quella davvero non era giornata. Era andato tutto storto, a cominciare dall'inspiegabile voltafaccia di quei due ignoranti di Casillo e De Santis. Se non avesse letto lo stupore sui loro volti al consiglio comunale, avrebbe pensato che quei due dementi si fossero messi d'accordo prima di entrare in aula. Invece sembravano davvero sorpresi l'uno del voto dell'altro. Chissà cos'era successo per fargli cambiare idea all'ultimo momento. Ma ormai non aveva più importanza: quella gente non se lo meritava un progetto come il suo, pensò Elvira. E, comunque, a dirla tutta, nemmeno la povera Bauci si meritava il castigo di una simile classe politica.

Tuttavia non era solo per la delusione di aver sprecato una simile opportunità che si sentiva così. A serrarle il cuore come in una morsa c'era altro. Il problema è che non sapeva cosa fare. Anzi, lo sapeva bene, ma non sapeva *come* farlo. Bambinamia era ancora affidata a lei. Ma quando le si era presentata quella ragazzina di fronte, con gli occhi gonfi e il fazzoletto in mano, lei aveva capito che ci sono richiami forti, atavici, forse anche indissolubili. Quella ragazza era poco più che una bambina. Lei l'aveva osservata a lungo e sotto quei capelli e quei tatuaggi aveva visto una creatura impaurita e fragile. Ma per quanto questo fosse vero, quella ragazzina restava la vera madre. Ed Elvira non se la sentiva di combattere una battaglia contro un diritto che era scritto nella natura stessa. Gliel'aveva fatta tenere in braccio, lì ai tavolini del bar. Facevano tenerezza a guardarle. Tutt'e due. Avevano entrambe bisogno della mamma. Lei, poi, non sapeva neanche come prenderla. Era impacciata. Bambinamia si era svegliata e aveva iniziato a piangere. La ragazzina si era sentita a disagio, l'aveva guardata spaurita, non sapeva cosa fare. Allora gliel'aveva passata, come a chiedere ausilio. Elvira l'aveva rimessa nella carrozzina, le aveva dato il succhiotto e l'aveva dondolata un po'. Dopo pochi minuti Bambinamia dormiva di nuovo. Allora le aveva detto che poteva vederla ogni volta che voleva, in attesa che il tribunale si esprimesse. E che non doveva preoccuparsi, tutto sarebbe andato bene. Per rassicurarla le aveva sorriso e fatto una carezza.

La ragazzina l'aveva ringraziata ed era andata via, esitante.

Ora Elvira stava pensando che una preghiera forse le sarebbe servita, se soltanto si fosse ricordata come si faceva. L'ultima volta che era entrata in chiesa era stato per la messa di Natale dell'anno prima. Ma quella volta aveva seguito amici e parenti. Era stato quasi un dovere sociale, più che una necessità spirituale. Eppure chissà, magari oggi avrebbe potuto provarci, così, almeno per cercare conforto... Non si sa mai: metti che da qualche parte lassù ci sia davvero qualcuno che ascolta. E comunque, in ogni caso, male non avrebbe potuto farle, no?... Va bene, si disse. Aveva deciso. Sarebbe andata a messa quella mattina. Però avrebbe pregato a modo suo. Niente liturgie da ripetere tutti insieme come pappagalli. Lei avrebbe chiesto aiuto, invece. Ma non per sé. Lo avrebbe chiesto per Bambinamia. E per la sua mamma bambina.

Chi invece di sicuro non avrebbe pregato quella mattina, era il professor Gaspare Mangiafico. Lui in chiesa ci sarebbe andato, eccome, ma esclusivamente per osservare e prendere appunti. Non che fosse agnostico, il professore. Credeva in Dio, come no? È nei preti che non aveva più fede. Da quando era diventato un blogger, non faceva che raccogliere voci, più che fondate, su intrighi e complotti ai quali la curia locale non era affatto estranea, anzi. Dunque, per quale motivo avrebbe dovuto accettare la mediazione spirituale di una tonaca che era in affari con quella classe politica di inetti e incapaci? Con quale coscienza il prevosto poteva intercedere per lui presso Dio? Come faceva ad assolverlo dai suoi peccati se sul suo stesso animo pesava la continua commistione tra fede e mercede?

Lui sarebbe andato in chiesa per osservare i volti della gente, per carpire le trame e gli inciuci, per guardare in faccia quei due mestatori nel torbido di Casillo e De Santis, i loro famigli e i loro accoliti. E anche tutti gli altri, quelli che sotto i veli e le cravatte d'occasione tentavano di celare i loro miserevoli peccati. Ipocriti. Li avrebbe fotografati a loro insaputa mentre tiravano fuori la lingua per accogliere il corpo di Cristo senza neanche un attimo di esitazione, senza imbarazzi né vergogna. Come se fossero degni di ricevere in dono l'agnello di Dio che toglie i peccati del mondo.

Che paese era diventato il suo, pieno di ignavi, di colpevoli e di incapaci, pensò. Ma il blog avrebbe fatto giustizia. Lui non li perdonava. Non perdonava nessuno.

Ventinove

Il sibilo dell'altoparlante sembrò il fischio d'inizio. Il diacono si avvicinò al microfono e vi batté col dito sopra un paio di volte. Il tum-tum rimbalzò dall'abside e confermò che il volume era a posto. Il giovane aprì il libro dei Salmi sul leggio, poi si fece da parte e cedette, deferente, il posto a sua Eccellenza il vescovo.

Monsignor Pier Camillo Tonelli tirò un po' l'asta verso di sé e prima di iniziare rivolse lo sguardo alla folla di fedeli. Di fronte a lui, la cattedrale era gremita. Non c'era più un solo scranno libero. La gente era stipata tra le panche, spalla a spalla. Anche le due navate laterali erano piene all'inverosimile.

Il vescovo si schiarì la gola.

«Care sorelle e cari fratelli, ci troviamo qui riuniti per celebrare la festa della nostra amata sant'Eufrasia, patrona di Bauci. Oggi, dunque, per tutti noi, è un giorno di letizia, un giorno felice...»

Le parole del vicario del Santo Padre arrivavano chiare e

forti attraverso le casse sistemate lungo le pareti e le colonne delle navate, fino a quelli in fondo, in piedi accanto alla fonte battesimale, e perfino a quelli che non ce l'avevano fatta a trovare posto in chiesa ed erano rimasti sul sagrato: uno schermo montato a lato della facciata della chiesa permetteva a chiunque volesse di non perdersi un attimo della funzione. Tutto era stato studiato e preparato fin nei dettagli. Il Comune aveva bloccato il traffico intorno alla cattedrale, l'intero corpo dei vigili urbani (trenta persone, venticinque uomini e cinque donne) era stato mobilitato per mantenere la piazza in ordine ed evitare che schiamazzi, o brusii eccessivi, disturbassero lo svolgimento della cerimonia.

«Un giorno» riprese il vescovo, «in cui i nostri cuori devono aprirsi allo spirito dell'accoglienza e della benevolenza, dell'amore e della carità, una strada che ci viene del resto indicata dall'esempio della vita e delle opere della nostra benamata santa.»

Sua Eccellenza si sistemò meglio la mitra sul capo, dedicò un altro sguardo ai fedeli e riattaccò.

«Tuttavia... tuttavia... finanche in un giorno come questo, votato ai sentimenti dell'indulgenza e della misericordia, io ritengo sia necessaria una breve, seppur accorata riflessione sui tempi mesti e difficili che stiamo vivendo.»

Perché monsignor Tonelli aveva fatto quelle due pause dopo l'avversativo?, si chiese don Enzo, in piedi accanto a lui. Il prevosto avvertì un piccolo disagio, come uno sbuffo di calore al petto. Si augurò che fosse per il piviale che portava sulla cotta: era damascato e un po' pesante, per quella stagione. Avrebbe dovuto acquistarne uno più leggero la prossima volta che sarebbe andato a Roma. Si alzò sulle punte e gettò ancora uno sguardo al telo blu che celava la vergogna di marmo, oltre il portone della cattedrale. Era appena mosso da una lieve brezza, ma copriva completamente l'oscenità. Tutto sembrava a posto. Perché mai allora avvertiva quell'inquietudine?

«"Sono tempi duri, tempi difficili, dicono gli uomini: si comportino bene e i tempi saranno buoni. I tempi siamo noi" diceva in una delle sue epistole sant'Agostino. Dunque, nessuno può lamentarsi dei tempi difficili se i suoi comportamenti non sono buoni, se si discostano dalla strada indicata dal Signore. I tempi sono cattivi se i nostri comportamenti sono cattivi, ammonisce il santo. Per questo io mi chiedo e vi chiedo...» e così dicendo il vescovo si tolse gli occhiali e appoggiò entrambe le mani sul leggio: «Siamo davvero certi che i nostri comportamenti siano rispettosi e degni del sacrificio che nostro Signore Gesù Cristo fece per noi, portando la croce sul Golgota? Meritiamo davvero il suo amore, la sua compassione e la sua misericordia? Siete sicuri di essere sulla retta via, di non aver abbandonato la strada maestra?».

Il vescovo si fermò e rimise gli occhiali sul naso. Le sue domande risuonavano come un monito. L'eco sembrò sottolinearle, nel silenzio che era calato.

Don Enzo si girò di scatto a guardarlo. Aveva detto "siamo sicuri" o "siete sicuri"?, si domandò sgomento. Per un attimo pensò di chiederlo in un orecchio al diacono, che se ne stava impassibile lì accanto. Perché la differenza era grande, anzi, enorme. Se aveva detto "siamo sicuri", allora non c'era problema: la declinazione includeva lo stesso vescovo e dunque si trattava di un richiamo generico alla responsabilità degli uomini nei confronti del Verbo. Ma se aveva detto "siete sicuri", allora era tutt'un'altra cosa: significava che ce l'aveva con loro, con la gente di Bauci! E dunque anche con lui! Forse sua Eccellenza pensava che la parrocchia non si fosse adoperata a sufficienza per frenare la deriva secolare di cui Bauci sembrava essere preda... Se era così, se aveva detto "siete" invece che "siamo", lui era rovinato. C'era poco da fare. Il vescovo aveva saputo qualche cosa, magari gli era arrivata voce della storia della statua, o della bambina abbandonata, oppure – Dio non voglia! – qualcuno gli aveva riferito di quelle irresponsabili chiacchiere sui riti dionisiaci. Era certo tutta colpa di quell'impicciona, di quella pettegola di Adelaide... chissà a quante persone aveva raccontato quelle storie senza senso. Don Enzo la cercò con gli occhi tra la folla, ai lati dell'altare, senza riuscire a scorgerla.

Il vescovo riprese l'omelia: «Il Signore non dona la sua indulgenza a coloro i quali non diventano pienamente e profondamente consapevoli dei propri errori. L'Onnipotente è magnanimo e compassionevole, ma per concederci il suo perdono ci chiede cognizione e contrizione, lasciando a noi stessi la scelta e la responsabilità. "*Altissimus enim est patiens redditor*", l'Altissimo è pagatore paziente, dice l'Ecclesiastico. Il castigo arriva, quando non esiste pentimento, ci ricorda la Bibbia. Perciò dobbiamo fare attenzione: poiché per guadagnare il perdono di Dio non sono sufficienti le parole, non bastano i buoni proponimenti e le promesse, se queste non sono poi accompagnate da comportamenti virtuosi. Altrimenti, come ci ricorda l'Antico Testamento, "*per quae peccat quis, per haec et torquetur*", ciascuno sarà punito negli stessi modi in cui ha peccato».

E così dicendo guardò i fedeli seduti nelle prime file. Con le mani giunte sulle gambe, composta e contrita, l'intera classe dirigente di Bauci concordava in modo evidente e responsabile. Non ce n'era uno, tra loro, che mostrasse dubbi o sembrasse non condividere le parole del prelato. Tutti annuivano con chiari cenni del capo, sindaco e assessori, leader dell'opposizione e consiglieri, segretario e funzionari. Con il suo smartphone, protetto da una colonna, il professor Mangiafico testimoniava la solennità del momento scolpita sui loro volti.

«È nella coscienza dei propri peccati che si incontra la strada della redenzione» concluse sua Eccellenza, «solo attraverso la conoscenza e la consapevolezza si può giungere alla via del perdono, della misericordia e dell'accoglienza, come ci indica la nostra Eufrasia, alla quale, oggi, noi tutti rivolgiamo la nostra preghiera e il nostro devoto ringraziamento.»

Ogni parola del vescovo era stata una frecciata.

La campana era suonata per tutti, come si dice, ma più di ogni altro, era don Enzo che si sentiva come san Sebastiano martire, legato a una colonna e trafitto dai dardi.

Del tutto ignaro del dramma che in quel momento si andava consumando, il maestro Mario Donnarumma lanciò un la minore con l'organo, e il coro delle voci bianche del paese, diretto da Jolanda Scognamiglio, attaccò la prima strofa di *Pietro, pescatore di uomini* – inno che era stato provato e riprovato ogni sera nell'ultimo mese nella sala della parrocchia: «Oh Signore sono stanco e me ne vado, le mie reti son rimaste sempre vuoooote...».

Con il testo tra le mani, i fedeli seguivano in ordine sparso, stonando qua e là.

Don Enzo, però, non cantava né ascoltava. Sudava per il nervosismo, invece, e gli scivolavano gli occhiali dal naso.

Flagellato davanti a tutta Bauci, come sant'Erasmo martire alla presenza di Diocleziano; legato sulla graticola e cotto a fuoco lento, come san Lorenzo; o ancora, costretto a ingerire piombo fuso, lapidato in piazza, decapitato, appeso coi ganci alle ascelle, impiccato, messo al rogo come i mille martiri del Cristianesimo. Ecco come si sentiva.

Da qualche parte, nei recessi profondi del suo animo, il prevosto conservava ancora un flebile barlume di speranza: magari, chissà, sua Eccellenza aveva forse voluto rivolgere gli evidenti strali della sua omelia alla sola classe politica di Bauci, da anni derisa in tutta la Costiera per la diatriba che divideva giunta e opposizione – una faccenda che era diventata una specie di barzelletta. Chissà.

Di certo lo avrebbe scoperto presto, alla fine della processione, quando sarebbero andati a pranzo ad Atrani, in una trattoria discreta che aveva già allertato da settimane.

Sempre che sua Eccellenza fosse ancora dell'avviso di pranzare con lui, beninteso...

La messa ormai si avviava a conclusione.

Il vescovo pronunciò la frase di rito della nuova liturgia: «Scambiatevi il segno della pace». Sindaco e assessori si strinsero la mano tra loro, nei banchi di destra. Quelli dell'opposizione fecero altrettanto, nei banchi opposti. Il maresciallo Mannino diede la mano ai suoi uomini, al comandante dei vigili urbani, al primo cittadino che gli stava davanti, baciò su una guancia la moglie, che non ne aveva voluto sapere di restarsene a casa, e accarezzò sulla testa la loro figlia. Carmelina strinse la mano della dottoressa Neri, che era lì accanto a lei, con Bambinamia tra le braccia. Poi finalmente poté voltarsi a guardare intorno, senza che la cosa si notasse. Lo vide subito: Venanzio svettava su tutti, con la brillantina tra i capelli, l'abito scuro e la camicia bianca. Anche lui la stava cercando con gli occhi e, quando incrociò i suoi, le sorrise. «Grazie» sussurrò scandendo le sillabe, e mimò il gesto di profumarsi, toccandosi dietro le orecchie. Carmelina ebbe un tuffo al cuore. Allora era proprio lui! Lo sapeva! Lo sentiva! Rispose al sorriso e subito dopo si girò dall'altra parte, perché intanto le guance avevano preso il colore dei suoi lamponi migliori.

«La messa è finita, andate in pace» disse il vescovo.

«Rendiamo grazie a Dio» risposero i fedeli, e sciamarono lenti verso il sagrato, in attesa della partenza della processione.

Era il momento delle chiacchiere e dell'attesa. La folla cominciò ad accalcarsi. A mano a mano che il sagrato si riempiva, la gente iniziò a posizionarsi anche lungo le scale. Di lì a poco sarebbe partito il corteo, diretto verso i giardini del

Belvedere. I vigili urbani tentavano di lasciare aperto un corridoio, per permettere il passaggio della statua e della processione, ma non era un'impresa semplice. L'anno prima non c'era quel telo blu, lo spazio a disposizione adesso era ridotto a poco più della metà della piazza.

Intanto la folla aumentava.

A vederla dall'alto, come stava facendo dal suo balcone quell'anarchico mangiapreti di Oreste Dellisanti (uno si sceglie le idee, mica il cognome, si giustificava lui con chi gli faceva notare l'incongruenza politico-anagrafica), piazza Garibaldi appariva divisa in due, separata dalla cortina della pubblica morale: dal lato della cattedrale straripava di persone, dall'altra c'erano solo la *Maja tropical* e qualche turista in calzoncini e infradito che aveva rinunciato alle spiagge della Costiera. A separare i due mondi, il telo blu. Dellisanti, autodidatta e impiegato delle Poste in pensione, puntò il binocolo sul sagrato. Non partecipava a quella farsa da anni, come amava vantarsi al circolo, ma non se la sarebbe persa per niente al mondo.

Tutto sembrava pronto.

La banda musicale si dispose in posizione, davanti al portone della cattedrale. Venti elementi diretti dal maestro Donnarumma: flauti e clarinetti in prima fila, rullanti e trombe al centro, grancassa, piatti e trombone a chiudere. Tutti in pantaloni bianchi, giacca azzurra e copricapo blu.

Dellisanti mise a fuoco il binocolo. La banda attaccò l'*Ave verum* di Mozart. La processione iniziò. Dal portone della cattedrale uscì per prima la croce, portata da un diacono affiancato da un sacerdote, che dondolava il turibolo con l'incenso. Dietro di loro due file di chierichetti, coi ceri tra le mani. A seguire, le confraternite della diocesi e le monache della Congregazione delle suore della Carità del Buon Pastore. Subito dopo, don Enzo, che reggeva l'ostensorio, e il vescovo. E dappresso, la macchina lignea sovrastata dalla statua della santa, restaurata di recente, portata a spalla da quaranta fedeli del circolo operaio cattolico di Bauci, venti per lato. Seguivano la statua il gonfalone del Comune – dietro il quale si spintonavano quelli della giunta e dell'opposizione – e poi le autorità militari e i gonfaloni della Caritas, della Croce Rossa e dell'associazione Combattenti e Reduci.

La folla si apriva al passaggio per quanto poteva, ma lo spazio era quello che era e i vigili faticavano a tenere la gente. Il corteo procedeva lentissimo. La banda aveva ormai esaurito il primo brano e il maestro Donnarumma aveva attaccato *T'adoriam ostia divina*. I portatori della statua erano giunti alla fine delle scale e si accingevano a mettere sulle spalle la pesante effige della santa, che era arrivata in basso grazie a un collaudato sistema di corde e pulegge, per superare il dislivello senza che la statua si inclinasse.

Era quello il momento che dava davvero inizio alla processione. La folla, che sapeva, aveva levato in alto una selva di telefonini, tutti già posizionati sul pulsante "rec".

Il capo-corteo urlò il comando di rito: «Onoriamo sant'Eufrasia! Oooooooooh issa!». E i portatori sollevarono la pesante statua.

Fu allora che accadde.

Tutte le ricostruzioni che seguirono gli avvenimenti, negli anni a venire, non chiarirono mai, in modo definitivo e univoco, come si svolsero davvero i fatti né tantomeno quali furono le cause che li determinarono. I testimoni restarono fedeli ciascuno alla propria versione. Alcuni sospettarono un sabotaggio, altri suggerirono che si trattò di imperizia, qualcuno sussurrò di un bambino sfuggito al controllo dei genitori e finito tra le gambe dei portatori, qualche altro parlò di fatalità e generici errori umani e infine ci fu chi (e fu più d'uno a dire il vero) accennò a incantesimi e malocchi causati da lei, la *Maya tropical*.

Come fu e come non fu, fatto sta che, appena issata, la santa oscillò prima a destra e poi a sinistra. Per un secondo o due sembrò che stesse per abbattersi sui fedeli. Si udì prima un urlo, poi un secondo. La folla iniziò a ondeggiare. «Fermi, fermi!» urlò il comandante dei vigili urbani, temendo che si scatenasse il panico. Ma la paura si era impadronita di quelli più vicini alla statua. Molti cominciarono a spintonarsi. Nel parapiglia alcuni caddero e finirono sul telo blu, abbattendolo d'un colpo.

Quando, dopo alcuni secondi, i portatori riuscirono a bloccare l'oscillazione della statua, in piazza per fortuna tornò la calma.

In quel momento, nel silenzio generale, sant'Eufrasia e la *Maya tropical*, o meglio, sant'Eufrasia e il culo della *Maya tropical*, si trovarono l'una di fronte all'altro.

Fu come un disvelamento.

Monsignor Pier Camillo Tonelli sgranò gli occhi, allibito, augurandosi in cuor suo di aver visto male. Poi si girò verso il prevosto, e sollevando il dito chiese: «E quella cos'è?».

«Signore misericordioso...» sospirò don Enzo. Il suo incubo peggiore si era appena materializzato. Allora, come in preda a una furia, senza aggiungere una sola parola, si lanciò verso l'oscenità che si era rivelata ai fedeli, alla santa e, soprattutto, a sua Eccellenza il vescovo, tenendosi la tonaca e i paramenti. Si fece largo a spintoni tra la gente, emettendo una specie di lamento cupo, e quando fu davanti a quelle immonde nudità, afferrò un lembo di telo e, saltando, cercò di tirarlo verso l'alto, nel disperato intento di coprire le gigantesche pudenda. Ma per quanto facesse, per quanto saltasse, l'immenso deretano continuava a straripare da tutte le parti, offrendosi agli occhi della folla ora da una parte, ora dall'altra.

«Aiuto! Che qualcuno mi aiuti!» gridava il prevosto. Sindaco e assessori si precipitarono a dare una mano, mentre De Santis bloccò i suoi con una sola occhiata: che Casillo si impiccasse pure al telo blu insieme ai suoi accoliti e al prete, che in fondo – diciamolo – era sempre stato un suo compagno di merende.

La folla intanto era rimasta lì a guardare, annichilita, nessuno capiva cosa stesse succedendo. La banda aveva smesso di suonare, i portatori se ne stavano in piedi, con la santa sulle spalle, mentre un gruppo di scalmanati cercava di sollevare di nuovo la cortina franata, e intanto don Enzo saltava tutt'intorno, gridando «Oh Signore!... Oh Signore benedetto!».

Elvira Neri non credeva ai suoi occhi. Non aveva mai assistito a una scena del genere. Era rimasta con la bambina tra le braccia sul sagrato, per evitare la calca. La guardò per vedere se stesse bene. La piccola le sorrise. Era il volto dell'innocenza. Sorrideva beata, per nulla turbata dalla follia collettiva che le si stava scatenando intorno. Guardandola, Elvira cominciò a ridere. Piano, dapprima, cercando di trattenersi. Ma, come accade in questi casi, più cercava di controllarsi e peggio era. E così a un certo punto straripò, e rise a gola piena, come non le capitava più da tempo. Fu come un lento contagio. Quelli accanto la seguirono subito. E la stessa cosa fecero quelli più in là. In breve, tutta la piazza rideva. Vecchi e bambini, donne e uomini, residenti e turisti, anche i chierichetti, che non capivano bene cosa stesse succedendo, ridevano confusi e inconsapevoli, come in un gigantesco rito liberatorio.

Il vescovo si guardò intorno, sgomento. Ma cosa stava accadendo a Bauci?

Quelle risate, quei ghigni! Qui si prendevano gioco di lui e del clero tutto. Era in atto un'insubordinazione generale, un'ordalia.

«Via via! Che la processione riprenda!» gridò disperato.

Il maestro Mario Donnarumma, che aveva fatto il liceo alla scuola militare della Nunziatella di Napoli, afferrò le redini del comando e, calcato il cappello sulla testa, ordinò alla banda di attaccare *Io credo risorgerò*, un inno che gli sembrava adatto alla bisogna. I clarinetti avviarono il tema in mi maggiore e la banda riprese la marcia. La statua della santa, come svegliandosi, riprese il cammino.

La processione, lentamente, ripartì.

Anni dopo, a chi ancora glielo chiedeva, Oreste Dellisanti ripeteva sempre la stessa storia. Quelli che pensavano che si fosse trattato di un riflesso delle lenti, o di un gioco di ombre creato da un bagliore del sole, dicevano così perché non si trovavano al posto suo in quel momento. Ma lui era lì, ed era sicuro di quello che aveva visto. E per quanto ancora oggi non avesse trovato una spiegazione razionale, lui era certo che nel momento in cui l'aveva inquadrata nel binocolo, per un attimo, proprio per lo spazio di un secondo, la *Maya tropical* aveva sorriso.

Trenta

Era una settimana che gli alberghi avevano chiuso.

Il più rinomato di tutti – così a picco sul mare che i dépliant lo descrivevano come affacciato *dentro* il tramonto della Costiera – aveva serrato gli infissi già ai primi di settembre. Poi erano seguiti gli altri, quelli a tre e a due stelle, fino agli affittacamere. Verso la fine del mese anche i ristoranti, le trattorie, i bar, i negozi di abbigliamento e quelli di souvenir avevano concluso gli inventari, ultimato i bilanci e tirato giù le saracinesche.

La stagione era finita. Il paese s'era ormai svuotato. I soli servizi di accoglienza e ristoro rimasti aperti erano il bar di Michele, le pizzerie Regina Margherita e Stella Maris (i cui titolari, cugini da parte di madre, continuavano ogni sera a bruciare trucioli nel forno più per farsi dispetto tra loro che per cuocere pizze, vista la penuria di clienti) e l'hotel meublé Flora, una pensioncina che non chiudeva mai perché l'anziana coppia di proprietari viveva proprio lì, e dunque restare aperti o chiusi non faceva alcuna differenza.

Ai primi di ottobre, mentre in Costiera qualche temerario si tuffava ancora in mare, lì in alto, sul promontorio di Bauci, un'aria cristallina calava dai monti Lattari e attraversava strade e vicoli. Appena il sole scompariva, la brezza frizzante diventava vento pungente, a folate ramazzava foglie e sterpi dai giardini, scuoteva i lampioni, percuoteva le imposte, risaliva fino alla cattedrale di Sant'Eufrasia e a volte faceva oscillare la campana, che dondolava come quando don Enzo si aggrappava alle corde per chiamare a raccolta i fedeli.

A guardare le cose con l'occhio distratto dei passanti, sembrava che Bauci si preparasse ad affrontare il letargo invernale con la frettolosa rassegnazione di sempre. Ma era solo la prima impressione. Anche se nessuno sapeva spiegarsi il perché, in paese si respirava un'aria tesa, un sentimento impalpabile pareva tenere legati tutti col filo di un segreto condiviso, di un'inconfessabile complicità. Negli sguardi sfuggenti e nei saluti sbrigativi di quelli che si incrociavano per strada si leggevano i segni di un'attesa guardinga, come se da un momento all'altro qualcosa o qualcuno potesse svelare la vera natura delle cose e l'origine dei fatti.

Ai tavolini del bar Arturo, Marco De Matteo era raggomitolato al caldo di uno dei funghi a gas che Michele aveva disposto qua e là, a conforto degli avventori. Il profumo speziato del primo rosso della stagione era una piccola promessa di felicità.

«E se stasera ci facessimo una pizza?» propose il giornalista, tirando giù un sorso.

«È un'idea. Hai già pensato in quale delle due pizzerie andare?» gli chiese Elvira.

«A dire il vero no. Ma perché, è importante?» si informò Marco, un po' stupito della domanda.

«Be', sì, è importante, perché bisogna scegliere a quale dei due cugini dare il dispiacere di non essere il prescelto.»

Lui ridacchiò senza replicare: non aveva mica pensato alle diatribe familiari che poteva scatenare una Quattro stagioni.

«Ormai dovresti saperlo che da queste parti anche una Margherita può alimentare una faida. Sai cosa facciamo, invece? Restiamo a casa, preparo due linguine con zucchine, pomodorini e gamberetti di nassa.»

«Ma la pescheria è chiusa, come...»

«Ho preso tutto ad Amalfi prima che tu arrivassi» lo anticipò Elvira con una punta di soddisfazione, respirando il profumo del rosso che saliva lento dal suo calice. E, dopo un sorso sapiente, calò l'asso con studiata noncuranza: «In frigo c'è anche una bottiglia di Falanghina».

Marco De Matteo strizzò gli occhi come un gatto al sole, beandosi al solo pensiero. In fondo era proprio quello che sperava accadesse: restare a cena a casa. Quella femmina era un portento anche in cucina. Per mostrarle quanto apprezzasse il suo spirito d'iniziativa si alzò dalla sedia, si inchinò e le fece un baciamano pomposo, piegandosi in avanti e sollevando il braccio sinistro dietro la schiena, di quelli che nemmeno D'Artagnan.

«Scemo» gli disse Elvira ridendo, e gli tirò un buffetto sulla nuca.

Era il primo fine settimana che trascorrevano insieme dopo quella strana, turbolenta estate.

Avevano l'età giusta per farlo senza infingimenti e l'esperienza necessaria per non dare alcun peso alle chiacchiere che sarebbero seguite, inevitabili, alla loro prima passeggiata mano nella mano tra le viuzze del paese. Del resto c'era poco da nascondere. Bauci non ci aveva messo molto a capire che il giornalista napoletano correva dietro alla dottoressa: prima le rose, poi tutti quei regali alla bambina (*'o barbiere te fa bello, 'o vino te fa guappo e 'a femmena te fa fesso*, scuotevano la testa i vecchi al bar davanti a quelle esagerazioni...) e infine la cenetta a lume di candela di fronte al mare. Insomma, tre indizi fanno sempre una prova, come si dice, e già a luglio chi voleva capire aveva capito. Per quei pochi che non ci erano ancora arrivati, invece, ci aveva pensato il professor Gaspare Mangiafico che, sul suo blog, tra una citazione di Ovidio e una di Catullo, aveva rivelato anche ai meno attenti l'esistenza di una liaison all'ombra di Botero, una storia romantica che aveva aggiunto "una nota colorata e profumata a un'estate cupa e piena di drammatici colpi di scena".

Con la serenità di chi ne ha viste troppe per dar peso a quelle chiacchiere da comari, Marco sfogliava le pagine del quotidiano, gli occhiali incollati alla punta del naso.

Elvira gli guardò le belle mani dalle dita affusolate, le rughe della fronte, le tempie imbiancate. Quell'uomo le era già diventato familiare e necessario. Chissà da dove prendeva il potere di darle calore e rassicurarla anche con la sola presenza, si chiese. Quando era con lui, deponeva armi e corazza. Era scivolata in quella storia quasi senza accorgersene, a poco a poco, senza opporre resistenza. Tutto era avvenuto in modo inatteso e naturale, senza calcoli o reticenze.

Ma da dove sei spuntato?, gli domandò con gli occhi mentre lui, intanto, era passato alle pagine sportive. Elvira sorrise guardandolo. Era come se la vita le avesse offerto il dono di un frutto tardivo. Sono quelli più buoni, quelli col sapore migliore, le aveva spiegato una volta Carmelina, perché hanno fatto appello a tutte le loro energie per maturare, e ce l'hanno fatta quando ormai nessuno se lo aspettava più. Proprio com'era capitato a lei, che s'era quasi rassegnata a non attendersi sorprese da quella stagione della vita.

E invece adesso eccola lì, impegnata a pensare ai piatti che potevano piacergli, a cercare i vini che lui preferiva, a intercettare pensieri e anticipare desideri.

Seduta ai tavolini del bar Arturo, si stupiva di come il destino si diverta a prendersi gioco dei nostri accomodamenti e dei nostri piani. Forse era vero che in quel bar accadevano cose particolari, fatti inspiegabili. Anche quello che era capitato a loro in fondo era un piccolo miracolo, no?

«Che c'è?» chiese Marco abbassando il giornale, sentendosi osservato.

«Niente» rispose lei sorridendo.

«Buongiorno, dottoressa Neri... Buongiorno, dottor De Matteo.»

In jeans e maglione il maresciallo Mannino sembrava un

ragazzo, un giovane padre intento a spingere la carrozzina dentro la quale si affacciava al mondo Salvatore, il nuovo arrivato della famiglia. La moglie Lucrezia era accanto a lui, mentre la piccola Piera trotterellava due passi avanti, con la sua Winx stretta tra le mani.

«Buongiorno» risposero quasi all'unisono Elvira e Marco, facendo un cenno con la mano.

«Ecco una famiglia felice» disse la dottoressa accompagnandoli con lo sguardo mentre si avviavano verso i giardini del Belvedere.

«Non sembrano essere i soli» disse Marco, indicando col mento un gruppetto che scendeva in quel momento le scale della cattedrale. Elvira appuntò lo sguardo e vide Doll. Era insieme ai suoi genitori. Quel fagotto tra le braccia di Liberto Iannaccone era di certo Bambinamia. Fiero e impettito, come si conviene a un primo ufficiale di macchina che ha conosciuto le insidie dei mari d'Indonesia e le tempeste di Capo Horn, nonno Liberto la stringeva al petto con l'attenzione del marinaio che ha appena tratto in salvo un naufrago.

Marco allungò una mano a cercare quella di Elvira, che non staccava gli occhi da quel piccolo presepe.

Doll li vide in quel momento. Si avvicinò a suo padre, gli disse qualcosa e gli prese la bambina dalle braccia. Sorridendo si avvicinò al loro tavolino. Elvira strinse la mano di Marco in modo impercettibile.

«Buongiorno.»

«Ciao Doll.»

«Ho pensato che forse la volevate salutare» disse lei, e scoprì il volto della bambina, ch'era un po' nascosto dalla sciarpa e dal cappellino. Finalmente liberi, due lampi azzurri saettarono allegri e curiosi tutt'intorno.

«Quant'è bella» sussurrò Elvira.

«Si chiama Grace» spiegò orgogliosa la mamma.

«Sei bella come una principessa» le disse Marco, che s'era affacciato a sbirciare.

Grace accolse il complimento sbracciandosi un po' e lanciando un paio di gridolini d'approvazione.

«Anche il nonno mi sembra contento» disse Elvira guardando i genitori di Doll che salutavano con un cenno del capo da lontano.

«Guai a chi gliela tocca. È pure più apprensivo della nonna. E di me» rispose lei dedicando loro un'occhiata.

«La vita aggiusta tutto» disse Elvira, quasi fra sé e sé.

«Be', noi andiamo, buona giornata» fece Doll. E sorridendo un'ultima volta, raggiunse i suoi genitori.

«Tutto è bene quel che finisce bene.» La voce alle loro spalle era quella di Michele iPhone. «Vi ho portato un assaggio di frittata di maccheroni. Sono quelli riposati, cucinati il giorno prima, come si faceva una volta. Poca roba, giusto per accompagnare il vino nuovo» disse appoggiando sul tavolino il piatto coi tocchetti di frittata. E, prima che loro potessero accennare a un ma o un ba, aggiunse: «Avete già conosciuto il nuovo parroco?». I suoi occhi ebbero un brillio davanti ai loro sguardi stupiti. «Che scemo che sono: certo che no! E come facevate? È arrivato a Bauci appena tre giorni fa. Viene da un paese dell'Africa» spiegò abbassando un po' il tono della voce, come se si trattasse di un'informazione riservata e confidenziale. «A dire la verità, se lo avevate visto non c'era nemmanco bisogno che ve lo spiegavo io da dove viene. Si capisce subito che nun è uno 'e qua: è nero come un tizzone. Pasquale 'o tabaccaio già l'ha ribattezzato Balotelli.»

«E don Enzo dov'è finito?» chiese Marco.

«Il mistero della faccenda è proprio questo, dottor De Matteo. Ufficialmente sarebbe stato richiamato a Roma, o almeno questo è quello che ha fatto capire lui, diciamo così. Ma Adelaide, la perpetua – ve la ricordate, no? – lo ha sentito fare un paio di telefonate a qualcuno a Pantelleria...»

«Vabbe', ma questo non significa niente» obiettò Marco.

«Certo. Però Adelaide, che lo conosce bene, dice che quelle non erano telefonate come le altre, pare che chiedeva informazioni sul numero delle chiese dell'isola, su quanti sono i parrocchiani, cose accussì, insomma. Quelle so' domande che fa chi tiene interesse a capire, chi deve indagare per sapere dov'è che lo stanno sbarcando, no? Però, poi, vallo a sape' addo' sta' la verità... Certo che se l'hanno sbattuto 'ncoppa 'a nu scoglio dirimpetto a Tunisi nun se po' di' che l'hanno promosso, giusto?»

Ne erano cambiate di cose in pochi mesi, rifletté Marco mentre ascoltava in silenzio.

«E sindaco e capo dell'opposizione, nessuna novità?» si informò giacché c'era, visto che Michele iPhone non aspettava altro che ricevere qualche domanda.

«Ah, quelli sono sempre cane e gatto. Come li avete lasciati, così li ritrovate. Proprio poco fa è passata 'a staffetta 'e Casillo per dare 'na controllata ai miei tavolini. Segno che, se vi trattenete ancora un poco, da un momento all'altro vedete spuntare sindaco e assessori che si vengono a fare l'aperitivo.»

«Eh no, questa poi no, me la risparmio volentieri» disse Elvira, prendendo la borsa. «Andiamo a fare due passi?» propose a Marco alzandosi, tanto perché si capisse che più che una domanda era un imperativo che non ammetteva titubanze.

«Ma sì» convenne lui, raccogliendo con le dita l'ultimo cubetto di frittata.

«Tutti gli assessori meno uno» aggiunse sibillino Michele, giocando l'ultima carta, quella a sorpresa.

«Che significa?» si incuriosì il giornalista.

«Significa che il professor Ferrigno, l'assessore alla Cultura, se n'è uscito dalla giunta. S'è dimesso. Divergenze culturali, ha spiegato. Dice che il sindaco gli aveva bocciato una mostra di certi pittori francesi per l'anno prossimo. Lui e Casillo si sono presi a male parole proprio qua in piazza, una sera, davanti alle scale della cattedrale. Se sentivate le urla... Io pensavo che era per una questione di femmine, sapete com'è: non sarebbe stata nemmanco la prima volta. Invece il sindaco se n'è andato che sembrava un pazzo. Gridava "Deficiente, basta co' 'sti culi!" – con rispetto parlando, dottoressa Neri –, mentre l'assessore gli alluccava dietro "Non ti meriti niente, ignorante! Con te sono solo perle ai porci!".»

«E com'è andata a finire?» volle sapere Elvira, che a questo punto s'era incuriosita non poco.

«E allora, com'è, come non è, pare che la mostra si farà lo stesso, però in una struttura privata, forse il notaio De Lorenzi mette a disposizione un suo piccolo fondaco nel centro storico. E l'assessore invece si è fatto il partitino suo. Si chiama "Bauci nel cuore" e c'ha un sacco di giovani che gli stanno appresso. Sembra che alle prossime amministrative darà filo da torcere a sindaco e opposizione storica.»

«Mi sa che questa volta un articoletto su Bauci lo pubblico» disse Marco mentre Elvira lo portava via.

«Be', il materiale non ti manca, e stavolta senza parlare di bambine abbandonate, magie, statue e miracoli» replicò lei.

Marco ridacchiò.

Mentre imboccavano vicolo Marinari, Elvira notò una coppia in fondo alla stradina. I due erano di spalle, ma una sagoma era inconfondibile. Era Venanzio, alto e allampanato, che dava il braccio a una donna elegante; lei indossava una giacca di lana fredda con una cintura che stringeva la vita, e una gonna fasciante al ginocchio che cingeva le forme morbide e rotonde.

«Guarda lì» sussurrò Elvira a Marco, per non farsi sentire da quei due che, ignari, se ne andavano a spasso.

Lui osservò senza capire.

«Venanzio e Carmelina» lo aiutò lei.

«Quella lì è Carmelina?» si sbalordì il giornalista. Che metamorfosi era avvenuta! Sinuosa come una danzatrice del ventre, languida e flessuosa, Carmelina adesso aveva l'abbondanza giusta e la morbidezza voluttuosa di un babà. Soavemente appoggiata al braccio di Venanzio, se ne andava ondeggiando con la grazia di una gondola tra i canali.

«Sarà dimagrita almeno dieci chili» osservò ammirato Marco.

«Quattordici. Me lo ha detto lei questa mattina...»

«Un miracolo.»

«No, una dieta seria, un po' di movimento e una nuova fiducia in sé stessa» spiegò orgogliosa Elvira, che si sentiva un po' artefice di quella metamorfosi.

Mentre spariva dietro l'angolo, al braccio del suo uomo impettito e orgoglioso, Marco le dedicò un ultimo, sapiente sguardo.

Magari non era un miracolo, pensò, ma lui non aveva dubbi.

In quei fianchi sembrava esserci la mano di Botero.

Trentuno

Cari amici di "Vite parallele",

poiché l'eco dei noti, ancorché passati avvenimenti, resta ancora viva nelle menti e nelle discussioni del paese, il vostro cronista si sente indotto a un'ultima riflessione sull'accaduto.

Come per le malattie croniche, quelle che costringono l'ammalato a una prolungata e disagevole degenza, l'infermità da cui è stata colpita Bauci ha lasciato nel suo corpo straziato profonde piaghe da decubito.

Ma se è vero che "cui prodest scelus, is fecit"*, e cioè autore del delitto è colui al quale esso giova, come dice Seneca* (Medea, *atto* III, *vv.* 500-501*), gli untori, i colpevoli della malattia che da anni debilita il nostro povero paese sono sotto gli occhi di tutti: sempre gli stessi, tutt'ora liberi di continuare a far danno nel nostro martoriato territorio.*

Cosa deve accadere ancora perché la gente di Bauci si svegli dal suo torpore e finalmente eradichi il virus dal suo corpo malato, mandando a casa questo manipolo di incapaci che continua ad ammorbare l'aria cittadina, ahimè non è dato sapere.

*Il vostro estensore capisce bene che la critica è facile, e l'arte è difficile, come dice Destouches (*Le glorieux, *atto* II, *scena 5), e dunque scrivere può apparire di certo più semplice che agire. Ma è vero anche che tutti noi siamo dotati di spirito critico e capacità speculativa. E nessuno, tra voi che avete scritto o telefonato, ha usato parole meno forti di quelle fin qui utilizzate per segnalare questo o quel comportamento colpevole.*

Dunque, cittadini di Bauci, leviamoci!

Com'era scritto nell'epigrafe del giornale di Prudhomme, («les Révolutions de Paris», luglio 1789), i grandi ci sembrano grandi perché noi siamo in ginocchio: solleviamoci!

È giunta l'ora di dire basta a questa compagine di ignoranti e inetti. Il nostro paese merita aria nuova e nuovi delegati. Il riso che accompagnò i noti accadimenti della processione è conferma che i baucesi sono migliori degli uomini che dovrebbero rappresentarli.

*La prova di quanto il vostro estensore afferma è lampante: un uomo che ride non sarà mai pericoloso, scriveva Lawrence Sterne (*A Sentimental Journey, *cap.* XLVIII*). Ebbene, fateci caso, cari amici, quel giorno in piazza nessuno dei colpevoli rideva: né il sindaco né il capo dell'opposizione né i loro accoliti né tantomeno i rappresentanti del clero – a coloro i quali la circostanza fosse sfuggita e ne volessero conto, rimando alle numerose immagini pubblicate su "Vite parallele" nei giorni successivi ai noti eventi.*

Dunque, liberiamo Bauci dalle catene e dall'oppressione dell'ignoranza a cui questa classe dirigente la condanna.

A nessuno più è dato restare a guardare scevro da responsa-

bilità, poiché fabrum esse suae quemque fortunae, *ciascuno è artefice della propria fortuna, come sostiene Appio Claudio Cieco secondo Sallustio* (Epistulae ad Caesarem, *II).*

Dunque il nostro destino è nelle nostre mani.

Riflettere sul futuro è perciò un nostro ineludibile dovere.

È solo a tal fine che questo blog continua a esistere. E di questo il vostro resocontista si augura che voi vogliate continuare a favorire.

"Vite parallele" non pretende di essere il Verbo, bensì è consapevole che la parola abbia un senso solo quando incontra un orecchio disposto all'ascolto.

Ci auguriamo dunque di aver reso un favore a voi, che avete avuto la compiacenza di seguire fin qui i resoconti e le riflessioni del vostro estensore.

Se "Vite parallele" è riuscito a scuotere anche una sola coscienza, allora questo tribolare acquista un senso. Se ciò invece non è avvenuto, il vostro cronista se ne rammarica e si scusa.

Del resto, come scrive Plinio Cecilio Secondo (Epistole, *libro III, ep. 5), ora come un tempo, crediamo non esserci libro tanto cattivo, che non possa in qualche parte giovare.*

E questo è quanto.

Per il resto, ritengo che Cartagine debba essere distrutta.

Ringraziamenti

Un romanzo – tanto più se racconta una vicenda corale – ha per sua intrinseca natura molti padri. Dunque, troppi ringraziamenti dovrei fare. Tuttavia, per non annoiare quelli fra voi che hanno avuto la gentilezza e la pazienza di arrivare fin qui, trovo doveroso limitarmi a una lista sobria, affrontando l'inevitabile rischio di scontentare alcuni e dispiacere altri – della qual cosa mi scuso fin d'ora con gli esclusi.

Il primo ringraziamento va allora al professor Domenico De Masi ("Mimmo" per gli amici) sociologo di vaglia, il quale, essendo fautore dell'ozio creativo (teoria a cui ha dedicato un saggio acuto e raffinato, nonché buona parte della sua vita), ha la responsabilità di aver acceso la scintilla che ha dato fuoco alle polveri un pomeriggio trascorso in un bar della Costiera amalfitana, raccontandomi una storia incredibile fatta di passione, creatività, approssimazione, impegno e cialtronaggine di cui egli fu al tempo stesso testimone, protagonista e vittima. A lui – e a quella vicenda segreta – sono ispirati il romanzo e il personaggio di Elvira.

Sono certo che l'inatteso salto di genere non creerà alcun disagio al professor De Masi che anzi, non essendo affatto misogino, di certo ne menerà vanto.

Un ringraziamento affettuoso va anche a due personaggi del libro, i soli peraltro chiamati a rappresentare persone realmente esistenti – a differenza di tutti gli altri, che sono invece frutto di fantasia. Parlo di Fernando Botero e Massimiliano Fuksas. Il Maestro colombiano è finito in questa storia tirato per la giacca da una sua opera inesistente, la *Maja tropical*. A lui, nel corso di una sera beona in un ristorante di Pietrasanta, chiesi il permesso di utilizzare il suo nome e questa sua opera immaginaria. La risposta del Maestro, da vero hidalgo latino, fu: «Sono onorato di far parte del suo romanzo». E come avrete intuito – essendo arrivati fin qui – io ho approfittato di quella sua menzogna cortese.

Massimiliano Fuksas, uno dei più grandi architetti del mondo, ha invece accettato di essere citato come autentica archistar che in uno snodo del racconto viene chiamata a costruire un'opera che non vedrà la luce: cosa che per fortuna non è mai capitata ai suoi meravigliosi progetti.

Un devoto ringraziamento anche a due autentici esperti, due profondi conoscitori della storia della Costiera amalfitana: i professori Giuseppe Gargano e Giovanni Camelia. I loro suggerimenti sono stati fondamentali per conferire cornice e sfondo al romanzo, e le chiacchiere spese davanti ad alcune granite di caffè si sono rivelate indispensabili per delineare i contorni di una formidabile *comédie humaine* che spero di essere riuscito a trasferire almeno in parte.

E, ancora, un amorevole ringraziamento e un abbraccio ad Anna Rita Bonamici, amica da sempre, per quella bella casa di Montemarcello dalle cui terrazze si vedono la bocca del Magra, Lerici e, laggiù in fondo, le luci di Porto Venere.

E infine un grazie di cuore ad amici vecchi e nuovi che hanno letto, suggerito e spronato: Michele Rossi e Stefano Izzo, angeli custodi di Rizzoli, e Jean Pierre el Kozeh e Marco Garavaglia, due approdi sicuri. Se i loro consigli hanno sortito l'effetto desiderato e il romanzo vi è piaciuto è ovviamente merito mio. Se viceversa vi ha deluso, be', cosa volete da me? Prendetevela con loro.

Finito di stampare nel mese di marzo 2015
presso il Nuovo Istituto Italiano d'Arti Grafiche – Bergamo

Printed in Italy

NOV. 2015